Séminaire de psychanalyse d'enfants

Françoise Dolto

Séminaire de psychanalyse d'enfants

Tome 1

ÉDITION RÉALISÉE
AVEC LA COLLABORATION
DE LOUIS CALDAGUÈS

Éditions du Seuil

EN COUVERTURE : photo A. de Andrade
Archives Ana

ISBN 2-02-012571-4, t. 1, édition de poche
ISBN 2-02-012574-9, édition complète
(ISBN 2-02-006274-7, t. 1, première édition)

Ce livre est un ouvrage unique dans l'histoire de la psychanalyse.

Son originalité tient à celle de la situation qui lui a donné naissance : depuis près de quinze ans, à son séminaire de l'École freudienne de Paris – et ailleurs [1], *depuis la dissolution de cette dernière par Lacan en janvier 1980 – pendant une heure et demie d'affilée, Françoise Dolto répond à toutes les questions de thérapeutes – à 90 %, des femmes – en difficulté dans leurs cures d'enfants.*

Ce séminaire, qui a lieu deux fois par mois, est uniquement ouvert aux psychothérapeutes et psychanalystes en formation, déjà analysés ou encore en analyse, et pour la plupart, travaillant en institution.

Les personnes présentes viennent soit ponctuellement, en cas de difficulté particulière au cours d'un traitement, soit par goût de la recherche psychanalytique. La vocation de ce séminaire, en effet, est de répondre dans l'urgence. Mais, peu à peu, s'est aussi dégagée une autre orientation, naturelle, pourrait-on dire, qui consiste à bien déterminer, à travers des cas particuliers, ce qu'il y a de spécifique dans l'analyse des enfants.

Le tome I de Séminaire de psychanalyse d'enfants *est un choix effectué par l'auteur parmi les séminaires les plus aptes à faire saisir sur le vif en quoi consiste le processus d'élaboration psychanalytique. Ce sont donc les enregistrements à chaud d'un travail à trois personnages : l'analyste, l'enfant, physiquement*

1. A l'Institut des jeunes sourds, 254, rue Saint-Jacques, Paris, 75005. Tous les deuxième et quatrième jeudis du mois.

absent, et Françoise Dolto. Le psychanalyste, dans son incompréhension devant un cas difficile, transmet la douleur psychique et les problèmes de l'enfant à Françoise Dolto, qui réagit.

L'analyste, à ce moment-là, est le médiateur de l'enfant. Mais un médiateur qui s'est trouvé dans l'impossibilité d'exercer un mouvement réflexif sur sa pratique. Il est alors passionnant, pour les psychothérapeutes présents dont c'est aussi parfois le problème, de découvrir comment un autre analyste n'arrive plus à prendre, vis-à-vis de son angoisse, la distance qui lui permettrait de trouver l'attitude intérieure et le mot justes. Souvent, nous constatons qu'en effet le thérapeute, le nez collé sur son cas, ne s'aperçoit pas qu'il est paralysé par certains des problèmes de l'enfant, qui interfèrent avec un épisode de son propre passé, non encore éclairci. Il est parlé, possédé par la souffrance de son petit patient, patient que Françoise Dolto, hors du champ du transfert et du contre-transfert particulier à cette cure, peut rendre à son histoire à travers le psychothérapeute, qu'en même temps elle rend à la sienne.

Les réponses de Françoise Dolto sont des instantanés, « passant au marbre » de son « ressenti » tous les éléments qui lui semblent tordus dans le récit du cas. La lecture de ces dialogues permet donc d'assister sur le vif au jaillissement, parfois brutal, d'une vérité simple, à propos d'un cas souvent présenté de façon complexe et lacunaire.

Françoise Dolto possède, en effet, l'art et le savoir de poser les bonnes questions : celles qui provoquent l'afflux de données inédites, qui font apparaître des situations occultées, ou révèlent l'importance de certains personnages jusqu'alors tenus pour secondaires et pourtant essentiels dans la vie de l'enfant. Comme, par exemple, un père, un grand-père, une grand-mère ou un frère, dont il n'était jamais question.

Si Françoise Dolto peut anticiper sur la logique des cas avec autant de vitesse et de pertinence, c'est à partir de sa considérable expérience, portant sur des milliers d'enfants. Elle a reçu pendant quarante ans toutes les semaines, à l'hôpital Trousseau, entre neuf heures du matin et quatorze heures, dix à douze enfants. Si l'on dit qu'elle a travaillé en moyenne trente-huit semaines par an, on voit la population que cela représente.

C'est ainsi que lui est venu ce qui fait sa double originalité. D'une part, pour elle, la clinique n'est pas un savoir conceptuel, mais, d'abord, les prénoms, les visages et les corps de ceux qui souffrent et qu'elle soigne. Pour Françoise Dolto, la connaissance est avant tout éprouvée et toujours liée au concret.

D'autre part, elle s'est laissé enseigner par les intéressés eux-mêmes à parler enfant et nourrisson. *C'est une nourrissonne savante, d'où l'efficacité unique et toute particulière de ses mots. Certains, affûtés comme des bistouris, tranchent le cordon ombilical. D'autres, pointus comme des aiguilles, ravaudent l'identité. D'autres encore, tendus comme des ressorts, relancent vers le désir.*

Il y a, chez Françoise Dolto, comme chez tous ceux qui explorent des réalités inconnues, une nécessaire création d'expressions et de mots nouveaux. Certains, destinés aux analystes, lui servent à leur traduire au plus près la dynamique pulsionnelle, sous-jacente aux comportements et aux dires des enfants. Ainsi, des mots comme « se décohéser », « se recohéser », « l'allant-devenant de l'enfant », « mammaïser », et bien d'autres.

Certains, proches de ceux qu'utilisent les enfants, quand ce ne sont pas leurs mots mêmes, traduisent pour eux la signification de leurs mouvements graphiques dans le dessin, de leurs mouvements manuels sur la pâte à modeler, ou des mouvements de leurs corps pendant la séance. Ainsi, par exemple, lorsqu'un enfant ne dit rien, mais agite seulement son pied, Françoise Dolto interprète pour lui : « Ton pied veut dire bonjour à ma jambe. » Ou, dans un autre cas : « Ta bouche dit non, mais tes yeux disent oui. » C'est ainsi qu'elle parvient à faire saisir à ses jeunes patients, dénués de vocabulaire, qu'elle les a compris dans leur langage.

Toutes ces expressions sont lestées des morceaux de corps adéquats dont se compose la grande « langue de fond » de l'inconscient. Elles transmettent un morceau d'expérience vécue, raniment la langue d'enfance enfouie chez chacun, même si elle semble tombée en désuétude.

Ce langage s'étaye sur l'éthique du développement humain, que fait sienne avec naturel un enfant en bonne santé psychique. En quoi consiste cette éthique sur laquelle s'appuie la pra-

tique analytique de Françoise Dolto? S'agit-il d'un conformisme? D'une recherche de l'adaptation coûte que coûte de l'enfant à son milieu? D'une sorte de volonté normalisatrice? On l'a dit.

En fait, cette éthique vient, elle aussi, de l'observation clinique : le développement désiré par l'enfant, c'est d'advenir à l'adulte qu'il porte en lui. Donc, de grandir en passant par les étapes propres à la fois à notre espèce et au milieu langagier et éducatif. Peut-on alors reprocher à Françoise Dolto d'être moralisante lorsqu'elle estime, par exemple, que la station debout est spécifique du développement de l'être humain, entre dix et quatorze mois? La métaphore de la verticalité est bien, cependant, l'éthique humaine de la maîtrise de soi dans l'espace!

Françoise Dolto s'emploie, tout au long de son séminaire, à redresser tout ce qui peut entraver, parasiter ou gauchir « l'allant-devenant » de l'enfant vers son état adulte. Avec des crayons, de la pâte à modeler et des mots, elle travaille comme si aucun cas n'était irréparable, aucune situation irrattrapable. D'où cette légère euphorie du lecteur, à l'opposé du lourd accablement qui l'empoigne devant certains ouvrages de psychanalyse. Pour lui aussi, les limites du récupérable et de l'incompréhensible semblent reculer. Que l'on ne croie pas cependant qu'il s'agisse d'orthopédie et de réadaptation. L'expression juste du refoulé, tel qu'il réapparaît dans la relation thérapeutique, engendre des effets ordonnateurs dans l'histoire de l'enfant, et libère sa libido de la répétition qui entravait sa liberté.

Ce qui m'a été le plus utile, lorsque j'ai commencé à suivre ce séminaire et à voir Françoise Dolto à l'ouvrage, c'est de l'entendre rappeler sans se lasser aux thérapeutes qu'en psychanalyse il n'existe aucune grille d'interprétation a priori *et qu'il est nécessaire d'apprendre les éléments du « lexique de base » de chaque enfant. Que signifient pour l'enfant les mots qu'il utilise? Les enfants empruntent des mots du vocabulaire adulte, mais ils les chargent d'un sens directement lié à leur expérience, qui leur est tout à fait personnel et constitue un code parfois impénétrable. Pour l'analyste, il s'agit, avant tout, de le décrypter mot à mot en faisant représenter par l'enfant, au moyen de dessins ou de modelages, par exemple, ce qu'il dit, c'est-à-dire en lui faisant associer aux mots leur représentation. Ainsi, dans le cas de l'enfant qui répète à sa psychothérapeute : « Mes parents sont méchants*[1] *», Françoise Dolto répond : « Demandez à cet enfant ce qui est* méchant *pour lui. Dites-lui : Qu'est-ce que ça veut dire* méchant *pour toi? Et, surtout, faites-lui représenter ce que signifie ce mot, en lui demandant : Dessine-moi un* méchant. *» Que dessinera-t-il alors? Un oiseau? Une bouche? Un gribouillis? Au départ, nous n'en savons rien. C'est seulement à partir de ce qu'il va nous en dire que nous saisirons le sens que ce mot « méchant » prend dans son vécu particulier.*

Même un psychanalyste doit constamment se défendre de plaquer des significations d'adulte sur ce que disent et font les enfants. En particulier, lorsque les enfants ne parviennent pas à exprimer en mots ce qu'ils ont à dire mais le traduisent en gestes, en mouvements, en mimiques, en comportements, parfois en silence et en immobilité. Françoise Dolto nous enseigne, là aussi, qu'il s'agit de décoder ces attitudes comme un langage singulier[2].

Françoise Dolto répète qu'un enfant qu'on amène en consultation est très souvent le symptôme de ses parents. Elle veut dire par là que beaucoup de mères et parfois de pères utilisent inconsciemment les troubles de leur enfant pour se décider à aller voir le psychanalyste eux-mêmes. En fait, ils viennent et travaillent, sans s'en rendre compte, avec le thérapeute ce qui est resté bloqué dans leur propre développement et dans leurs rapports avec leurs propres parents. On s'aperçoit que la venue et la croissance d'un enfant ont pu réactualiser des conflits enfouis, non résolus, qu'ils avaient connus au même âge avec leurs propres parents. Ils vivent alors, à travers leur enfant, une

1. P. 19.
2. Boris Dolto, le mari de Françoise Dolto, lui a beaucoup apporté dans le domaine de l'intelligence du langage du corps. Médecin kinésithérapeute, russe d'origine, Boris Dolto a fondé l'École française d'orthopédie et de massage. Ouvert, par son humanisme à la russe, à toutes les formes de savoir, il avait acquis une compréhension groddeckienne de l'inconscient « charnalisé », s'exprimant sous la forme du fonctionnement, harmonieux ou non, du corps dans sa totalité ou en partie.

relation purement imaginaire qui ne le concerne pas, lui [1]. *Leur relation interpersonnelle de couple s'est transformée en relation de rivalité garçon/fille autour des objets insatisfaisants et imaginaires de leur enfance. Le père et la mère se reprochant mutuellement leur comportement devant leur enfant, déclenchent leur culpabilité réciproque. Celle-ci entraîne à son tour, à certaines étapes du développement de l'enfant, sa culpabilité par rapport à sa croissance et à son sexe, induite par le comportement devenu aberrant de ses modèles adultes et maîtres.*

Bien souvent, les troubles de l'enfant disparaissent au cours des entretiens, que l'on croyait préliminaires à sa cure, entre le thérapeute, les parents, et l'enfant. Alors même qu'aucun contrat de psychothérapie n'avait été engagé, l'enfant retrouve son équilibre, car il se sent soudain débarrassé de la charge du « mal vécu » archaïque de ses parents avec leurs propres parents. Fardeau que ceux-ci lui faisaient supporter et qu'ils transfèrent, désormais, non plus sur lui, mais sur le ou la psychanalyste.

Il arrive aussi que l'enfant ait été tellement perturbé, bien avant l'apparition des derniers symptômes alarmants, qu'il ait besoin d'un traitement pour son propre compte. Même si le thérapeute prend alors une place essentielle dans la vie de l'enfant, Françoise Dolto estime qu'il ne doit jamais se substituer aux parents quant au rôle d'éducateurs qu'ils ont dans le quotidien. Le psychothérapeute n'est là que pour servir au transfert des pulsions du passé, c'est-à-dire pour faire resurgir ce qui est resté enfoui et fait encore problème aujourd'hui, et pour faire advenir ce qui n'a jamais eu lieu au cours du développement, faute d'avoir été parlé et mis en mots. Son travail concerne l'imaginaire, les fantasmes, et non la réalité. Il n'a pas un rôle réparateur ni tutélaire.

C'est pourquoi Françoise Dolto dit aux parents culpabilisés d'avoir fait appel à une thérapeute parce qu'ils se sentaient

1. C'est la raison pour laquelle Françoise Dolto considère que l'on doit être psychanalyste d'adultes avant de faire des cures d'enfants. Car, d'une part, il s'agit fréquemment de prendre l'un ou l'autre des parents en thérapie, et, d'autre part, parce que l'analyse d'enfants est plus difficile. Comprendre leurs modes d'expression demande une plus grande expérience de l'articulation des inconscients dans un groupe familial.

impuissants devant les troubles de leur enfant : « Personne ne saura mieux élever votre enfant que vous-mêmes. » Ce sont, en effet, les parents qui forment le noyau du milieu social réel où l'enfant vit et grandit. C'est donc avec eux, deux êtres tels qu'ils sont, avec leurs liens charnels de désir, clairs ou confus, avec leurs difficultés, leurs impuissances, leurs réussites et leurs échecs, que l'enfant devra dégager, au moment de la phase dite œdipienne, sa sexualité des pièges de l'inceste. Ce qu'il ne saurait faire de façon complète avec des éducateurs ou un psychanalyste, sauf s'il a dépassé l'âge de l'inceste en y étant resté piégé. Il pourra alors engager ses pulsions génitales – marquées par le renoncement œdipien – vers ceux de sa classe d'âge, dans des rapports ouverts au monde culturel et social, tout en conservant ses parents comme interlocuteurs.

Avec les enfants comme avec leurs parents, Françoise Dolto insiste sur la notion de travail en psychanalyse. Faire une analyse n'a rien de mystérieux, d'inaccessible ni de honteux. C'est simplement faire un travail spécifique sur les problèmes de sa propre histoire. C'est un acte responsable, qui demande du courage moral, contrairement à l'idée que s'en font beaucoup de gens, à savoir que c'est un recours passif et complaisant, réservé à ceux qui se regardent le nombril, qui manquent de volonté, ou encore qui ont du temps ou de l'argent à perdre.

A l'inverse de ce que j'ai souvent constaté ailleurs, l'axe de la démarche de Françoise Dolto, c'est de ne jamais laisser oublier la souffrance de l'enfant. Pour elle, son travail consiste d'abord à trouver au plus vite les moyens et les mots qui le soulagent et le remettent dans la dynamique de son développement.

Ce talent d'anticiper l'être humain dans son devenir, et ce depuis la naissance, lui a permis une avancée théorique sans précédent, dans la continuité directe de celle de Freud. La sienne est sans doute, aujourd'hui, une des plus importantes de la psychanalyse en France, puisqu'elle touche aux origines de ce qui constitue notre psychisme. Ceux qui en doutent encore verront se réveiller en eux le plus vif de leur appétit de recherche, après avoir lu le décryptage magistral, par Françoise Dolto, des compulsions, jusque-là incompréhensibles, de Gérard, un enfant autiste [1].

A la différence de beaucoup de psychanalystes, dont certains lui reprochent d'être une « grand-mère simplificatrice », ou même une « guérisseuse d'enfants », Françoise Dolto a toujours eu le désir de communiquer ce qu'elle sait dans les mots de tous les jours.

Pour ceux qui pensent qu'il suffit d'appliquer quelques recettes de bon sens pour « faire du Dolto », la lecture de ce séminaire montre que son enseignement, loin d'être un simple savoir-faire, est une véritable formation théorique et pratique, dont l'efficacité a fait ses preuves jusque dans le grand public. Quel est donc l'analyste qui a su tirer de l'autisme, ou de toute autre pathologie très grave, plusieurs enfants en bas âge, grâce à une série d'émissions de radio [2] *?*

« L'enfant est le père de l'homme » a dit Freud. Françoise Dolto depuis toujours a fait sienne cette découverte, mais elle en a poussé plus loin les conséquences : son savoir lui vient des enfants et, à travers elle, ce sont les enfants eux-mêmes qui soignent les enfants.

Louis Caldaguès

1. Voir p. 152 *sq.* – 2. Voir p. 141 *sq.*

Chapitre 1

Un enfant peut supporter toutes les vérités - Alain, un enfant nié dans ses origines - Tout enfant porte en lui ses parents de naissance - Comment faire s'exprimer un enfant en thérapie - Savoir jouer avec les enfants sans érotisme - Les bébés entre eux communiquent beaucoup plus qu'avec leur mère.

PARTICIPANT : Que signifie le fait qu'une mère refuse de révéler à son enfant quelque chose de son origine?

FRANÇOISE DOLTO : C'est seulement parce que cette mère croit que cela nuirait à son enfant, ou qu'il s'agit d'un fait contraire à sa propre éthique.

C'est notre travail, de lui rendre possible cette confiance dans la force qu'a son enfant de supporter cette vérité. Dans le cas où la mère vous révèle tout devant son enfant, il faut prendre celui-ci à témoin et lui dire par exemple : « Tu vois, ta mère dit qu'elle ne veut pas que tu saches ce qu'elle dit pourtant devant toi, que ta grand-mère était une putain. Alors, est-ce que tu sais ce que c'est qu'une putain? C'est une personne qui gagne de l'argent en prêtant son corps, en faisant semblant qu'elle désire qui le lui demande, ce n'est pas très drôle. Ta pauvre maman croyait que ça n'était pas bien parce que les gens ne trouvent pas ça bien. C'est un métier difficile, pénible et vieux comme le monde. La mère de ta mère gagnait sa vie comme ça. C'était triste pour ta maman même si ce qu'on disait de ta grand-mère n'était pas vrai. Bon, nous ne sommes pas là pour soigner ta grand-mère, ta mère est venue pour toi. Mais, tu vois, ta mère a tout de même eu une bonne maman, une gentille mère, qui a gagné sa vie comme elle a pu, pour l'élever. Sans ta grand-mère, ta mère ne serait pas là, et elle n'aurait pas eu le bel enfant que tu es. »

Vous voyez, notre travail, c'est d'arriver à ce que la mère se renarcissise, quelles qu'aient été ses relations avec sa mère, puisqu'elle est, à son tour, mère.

Nous sommes devant un cas où l'être est viable, la mère est là et pourtant elle déteste en elle sa relation avec sa propre mère, et c'est précisément cela que l'enfant va avoir en manque ou en dette tant que son contentieux n'aura pas été désamorcé par des mots réhabilitants.

P. : Justement, il arrive que des mères ou des pères ne le disent pas devant l'enfant, mais seulement lorsqu'il n'est pas là. Alors, nous sommes piégées.

F. D. : Piégées! Mais pas du tout... Si vous dites à ses parents : « Il n'est pas question de faire une psychothérapie avec votre enfant tant que vous ne comprenez pas qu'il doit savoir la vérité le jour où s'en posera la question. » Il est d'ailleurs très rare que les parents n'arrivent pas à l'admettre. Au contraire, si nous entrons dans leur jeu et si nous épousons leurs fantasmes coupables et dénarcissisants, nous ne sommes plus analystes. Et si nous acceptons de ne pas dire cette vérité à l'enfant, cela signifie que nous pensons aussi qu'elle serait mauvaise pour lui, donc que nous ne pouvons pas l'accepter nous-mêmes.

Avoir une telle attitude reviendrait à projeter qu'une part de ce qui constitue cet être dans sa vérité est une réelle bombe à retardement. Or, pour l'analyste, toute épreuve est un tremplin, toute castration est structurante.

P. : Mais souvent je ne me sens pas le droit de dire à l'enfant quelque chose que les parents ne veulent pas lui révéler.

F. D. : Bien sûr, mais alors ne le prenez pas en psychothérapie! Vous ne pouvez pas le prendre en traitement, quand dans le contrat initial vous avez la certitude de le berner. Je me souviens cependant d'un cas où la mère, après six séances dramatiques pour elle, a fini par me donner l'autorisation de dire la vérité sur ses origines à son enfant, pour l'aider à se sortir d'un état qui paraissait psychotique et ne s'est révélé être, par la suite, qu'une névrose hystérique gravissime.

Eh bien, dans ce cas, jamais l'enfant, une fille, n'a posé la question de son origine. Elle était la vraie fille de sa mère, fille-mère à l'époque de sa naissance. Elle l'avait déposée à l'Assistance publique, mais « non abandonnée », c'est-à-dire qu'elle était non adoptable jusqu'à l'âge de treize ans.

La mère, entre-temps mariée, et ayant deux fils de neuf et six ans, avait, à la demande de son époux, retrouvé sa fille et le couple l'avait adoptée. Cette femme voulait que l'enfant ne puisse jamais apprendre qu'elle était sa vraie fille. Eh bien, cette enfant n'a pas posé la question de ses origines une seule fois. Ces deux êtres se ressemblaient comme deux gouttes d'eau, tout le monde le constatait et la petite fille en était ravie : « C'est de la chance que je ressemble tellement à ma maman adoptive! disait-elle, d'ailleurs c'est pour cela qu'ils m'ont choisie, parce que je ressemblais à ma maman. »

Ils ne l'avaient adoptée qu'à l'âge de treize ans, âge où elle devenait adoptable, car c'est alors que la mère avait révélé l'existence de cette fille abandonnée à son mari.

> P. : Alain, onze ans et demi, m'est amené dans le cadre d'une consultation d'admission dans une clinique recevant des enfants hémophiles. Il souffre d'une maladie du sang avec de fréquents saignements de nez, mais présente aussi toute une série d'échecs scolaires. Sa maladie a été découverte alors qu'il avait sept ans. Sa mère me dit qu'Alain est le fils d'un homme qu'elle a fréquenté dans le passé mais qu'elle n'a plus vu après la naissance de l'enfant. Quand ce dernier a eu trois mois et demi, elle a rencontré celui qui est devenu son mari par la suite. Elle a été enceinte d'un autre garçon quand Alain avait quinze mois et demi, puis d'une fille qui a six ans aujourd'hui.
>
> Alain n'a jamais su qui était son vrai père. Je me demande s'il ne serait pas nécessaire d'avoir des entretiens thérapeu-

tiques avec les parents avant l'admission d'Alain, parce que l'un des risques de son placement serait de maintenir le secret familial qui pèse sur tous. Qu'en pensez-vous?

F. D. : Mais il y a une chose qui manque complètement. C'est l'histoire de la conception et l'histoire des neuf premiers mois d'Alain. Cette période est tellement importante qu'on peut dire qu'à neuf mois, les bases de la structure d'un enfant sont constituées, puisqu'il est près de marcher et d'être sevré.

Et puis Alain sait, bien sûr, que son beau-père l'a épousé en même temps que sa mère, car avant, Alain n'avait pas une mère : il y avait seulement une femme qui était fusionnelle avec lui. Ensuite, il y a eu une femme qui a été fusionnelle à un homme, puis à partir de la naissance du deuxième enfant, Alain a été défusionné. C'est à partir de là seulement que sa mère n'a plus été sa petite sœur.

Par ailleurs, je ne vois aucune difficulté, dans la réalité, à dire son histoire à cet enfant. Il la connaît. Alors, dites-lui simplement : « Tu sais, ton père est arrivé dans ta vie quand tu avais neuf mois, et ta mère a changé de nom à ce moment-là. Tu n'allais pas encore à l'école, mais tu as très bien entendu qu'on appelait ta mère par un autre nom que celui qu'elle portait jusque-là. » Parce que, pour un enfant de neuf mois, les mots dont la mère est qualifiée ont une importance considérable.

Le fait d'être négativé dans son origine par sa mère fragilise énormément un être humain, puisque c'est en réparant cela qu'on redonne toute sa puissance à un enfant abandonné, par exemple.

Un enfant peut mourir parce qu'on ne lui a pas donné sa scène primitive, et donc sa fierté d'être au monde. Ça n'est pas dévalorisant, d'avoir des parents qui n'ont pas pu aller plus loin que d'assumer un enfant jusqu'à sa naissance, puis de l'abandonner. Mais l'enfant est l'objet de projections dévalorisantes de la part des autres. On pourrait presque dire qu'ils sont jaloux qu'un enfant puisse vivre en se passant de ses père et mère. Les personnes qui nous élèvent sont des pères et mères affectifs qui ont la plus grande importance dans les échanges verbaux, mais ils n'appartiennent pas à l'ordre vital comme les géniteurs. L'ordre vital du narcissisme primaire est joué dès l'origine et dans les gènes. Notre affaire à nous, psychanalystes, c'est la communication de la vérité de cette scène primitive, qui redonne la force de vivre et de communiquer.

Alain est barré dans tout, parce que sa mère ne veut pas le voir comme une authentique graine complète de celui qu'elle a aimé et qui l'a trahie. Elle voit cet enfant comme celui qui continue la trahison de ce premier.

> P. : Un enfant abandonné à qui je parlais de ses parents, puis de son abandon et des raisons pour lesquelles il avait été placé dans une institution m'a dit : « Ils sont méchants mes parents. » Je lui ai répondu que non : « Car, lui ai-je dit, ils t'ont mis au monde, et c'est quand même une preuve d'amour. C'est après seulement qu'ils n'ont pas été capables de s'occuper de toi. » Je ne sais plus très bien quoi lui dire d'autre.

F. D. : Avant toute chose, il fallait qu'il en arrive à vous dire : « Ils sont méchants mes parents. » Avant de replaquer quelque chose de vous. Moi, j'aurais aussitôt dit : « Mais dessine-les tes parents méchants, et ton père de naissance! Est-ce que c'est méchant de vivre? Et si c'est pas méchant de vivre, puisqu'ils t'ont donné le vivre, ils ne sont donc pas méchants. » Il faut absolument qu'il représente en dessin ce que signifie pour lui « méchant ». Souvent, méchant, c'est un chien représentant, par exemple, une mère qui dévore son enfant de baisers et le mord à longueur de temps. Lui seul peut vous dire ce qu'il en est.

En tout cas, cet enfant est la représentation de son père et de sa mère de naissance. Il est la représentation d'un vivre encore plus authentique que celui d'enfants qui pour survivre ont besoin d'avoir leurs vrais parents. Cela prouve qu'il a reçu une vitalité telle qu'il était capable de continuer à vivre sans ses parents, alors que beaucoup d'enfants meurent de l'abandon.

> P. : Je me suis laissé coincer en me disant qu'il y avait peut-être quelque chose de méchant chez ses parents, mais je ne savais pas très bien comment le lui dire.

F. D. : Quand vous êtes analyste, il n'y a qu'une chose à faire : faire représenter par l'enfant ce qu'il dit d'une autre manière que par la parole. Dans le cas d'Alain, après lui avoir dit « dessine tes parents de naissance », vous auriez pu lui dire : « De toute façon, les seuls parents importants ce sont ceux que nous avons en nous, et ceux-là ne sont pas méchants, puisqu'ils sont en toi. »

P. : Pourquoi dites-vous « faire représenter par un autre moyen que la parole »?

F. D. : Par autre chose que la parole, ça peut être le dessin, le modelage, la musique.

J'ai eu en thérapie un enfant incapable de dessiner et de parler. J'avais un piano à ce moment-là, je lui ai dit : « Est-ce que tu pourrais dire en musique? » sachant qu'il pianotait chez lui. Son père et sa mère faisaient de la musique, mais lui refusait d'apprendre vraiment pour ne pas obéir à ses parents. En fait, il était bien plus musicien qu'eux. Eh bien, il a fait son analyse en jouant au piano toutes les images qui lui passaient par la tête. De temps en temps, je lui disais ce que je ressentais. Alors, il ajoutait tout de suite : « Oui, c'est ça », quand c'était vrai pour lui, ou, quand c'était faux, il continuait à jouer imperturbable et je lui disais : « Tu vois, je n'ai pas compris, mais alors, qu'exprimait-elle, ton image? » Et il disait en même temps qu'il jouait : « Jaune – rouge – carré – pointu. » C'était totalement abstrait. Il était très intelligent mais perverti à tous les niveaux.

Il y a d'autres moyens d'expression humaine que la parole. Cette dernière a souvent déjà été entachée de tant de faussetés que les enfants ne peuvent pas s'en servir pour dire du vrai, puisque, pour eux, elle est mensonge.

Un enfant exprime par des gestes, des postures, en dessin, en modelage ou en musique l'image intérieure de son fantasme. Tout être humain symbolise par fantasmes auditifs, gustatifs, olfactifs, tactiles et visuels. Mais il peut les exprimer autrement que par la parole. C'est d'ailleurs ce que font les bébés.

Dans le cas dont vous parliez, il aurait fallu vous demander : « Quel fantasme se cache derrière le qualificatif méchant? » Notre travail psychanalytique consiste toujours à faire s'exprimer le sujet autrement. Je crois que certains enfants, dont la langue maternelle a toujours été porteuse de leurres, de faussetés, ne peuvent pas continuer à l'utiliser sans se trouver piégés, à travers ce langage, dans les projections qui ont été faites sur eux.

« Méchant », c'est peut-être ce que cet enfant a toujours entendu dire de lui.

P. : Alors, j'ai dû associer avec quelque chose qui est en moi et qui concerne la « mauvaise mère ».

F. D. : Ah, ce qualificatif de mauvaise mère! Il a fait beaucoup de mal à la société des psychanalystes. La mauvaise mère n'existe pas. C'est à un niveau social que les bonnes mères projettent qu'il en existe de mauvaises. Mais une mère est une mère, et c'est d'abord son enfant qui l'a faite mère.

L'a-t-il faite bonne ou mauvaise? Question absurde. Si le mauvais représente ce qu'on rejette, toute mère est rejetée, donc mauvaise. Parce que le lait, on le prend, mais il faut bien le rejeter aussi. Alors, quand on prend, c'est bon, miam-miam, et quand ça n'est pas bon, on le rejette c'est mauvais, caca. Alors maman est alternativement miam-miam et caca. Et c'est la vie! Elle est une médiatrice de la vie et elle est donc traversée par son courant.

Alors, si recevoir, c'est bon, et rejeter ou émettre, c'est mauvais, personne n'échappe au clivage du bien et du mal. Puisqu'il s'agit pour tout le monde de recevoir et d'émettre, toujours. Et, entretemps, d'en faire son beurre.

Ce beurre, est-il méchant ou pas? Parce qu'on a donné à tout cela beaucoup d'emphase, on finit par arriver à une situation paradoxale : maman n'a pas assez à manger de caca de son enfant, alors elle s'angoisse. C'est donc une bonne mère, qui s'angoisse que son enfant ne lui donne pas du caca, donc du méchant. Et personne n'y comprend plus rien.

En d'autres termes plus théoriques : la relation avec la mère se fait à travers la satisfaction des besoins, accompagnés d'un langage des désirs, émotionnels, gestuels et mimiques, que l'enfant boit à la fontaine de sa mère en même temps que son corps propre s'entretient par son fonctionnement digestif.

P. : Dans le cas dont je parle, c'est lui qui l'a dit, « méchant ».

F. D. : Il l'a dit, mais de qui l'a-t-il reçu? Vous auriez dû lui demander : « Qui te l'a dit? » ou : « Comment est-ce? Dessine-moi des bons et dessine-moi des méchants. »

P. : Les parents du narcissisme primaire sont-ils représentables par le dessin?

F. D. : Oui, ils sont représentables par un tourbillon. Le tourbillon, c'est le parent vivant en soi. Pour qu'il y ait un tourbillon, il faut qu'il y ait un axe imaginaire. Le tourbillon, c'est une dynamique, et cet axe, c'est la vie.

P. : Dans les psychothérapies d'enfants, vous insistez beaucoup sur le fait que vous travaillez à partir de la représentation, en dessins, de ce qui traverse l'enfant. Actuellement, j'ai le sentiment que lorsque je demande un dessin à un enfant, il le fait pour me faire plaisir, ou pour que je lui fiche la paix. Partagez-vous ce sentiment?

F. D. : Mais pourquoi lui demandez-vous absolument un dessin? Il n'y a aucune raison à cela. L'enfant, qui est avec vous, fait ce qu'il a à faire.

P. : On dit quand même à l'enfant : « Fais un dessin, c'est la règle. » L'enfant n'est pas là pour faire n'importe quoi. Tout n'est pas permis.

F. D. : Mais enfin, je ne comprends pas. A aucun moment vous n'avez à indiquer à l'enfant ce qu'il doit faire! Il est permis de tout dire, mais pas de tout faire. Et dire, cela signifie s'exprimer. Un enfant comprend très bien quand on lui dit : « Tu peux dire avec des mots, des modelages ou des dessins. » Mais ça n'est qu'un moyen d'exprimer ses fantasmes de façon différente. Il est là pour communiquer avec vous à propos de son problème.

P. : Oui, mais ce que j'en disais se situait par rapport à l'utilisation du dessin comme un système défensif.

F. D. : Eh bien, à ce compte-là, tout peut être un système défensif. La parole, par exemple, tout dépend de l'intention qu'on a au départ. Si cet enfant désire ou non communiquer avec vous. Souvent en effet, la situation est difficile quand les adultes imposent à un enfant de communiquer avec eux.

P. : A certains moments, l'enfant est trop angoissé, et il se contente de mimiques sans faire de dessins.

F. D. : Mais les mimiques sont déjà le résultat de représentations internes. C'est déjà cela! Certains enfants apportent leurs jouets pendant les séances, pourquoi pas? Ils ne sont plus tout seuls, ils jouent avec leurs jouets, c'est tout. Ce jour-là, ils ne vous demandent rien, et vous non plus. C'est à prendre comme un signe, qui fera peut-être sens par la suite. D'ailleurs, c'est un peu ce que font les mères lorsqu'elles-mêmes sont angoissées : elles amènent leur jouet-bébé, vous le laissent et s'en vont. Alors qu'en fait, ce sont elles qui devraient parler. Non, vraiment, je ne crois pas que le dessin ou le modelage soient des éléments imposés, comme vous le dites. La psychanalyse, c'est la communication par tous les moyens. Un enfant qui se roule par terre, c'est une communication, par exemple.

P. : Oui, mais alors là, vraiment, on ne sait pas très bien quoi en faire!

F. D. : Quoi en faire, ça ne veut rien dire. Ce qui importe c'est de ressentir en vous ce que produit le comportement de l'enfant et de lui dire : « Moi, je ressens ça comme ça, mais je ne sais pas si c'est cela que tu veux me dire. Qu'en penses-tu? »

P. : On parle tout le temps de la formulation de l'interprétation mais je trouve que dans la psychothérapie d'enfants, il y a tout un ensemble d'éléments informels difficile à ramener à une interprétation : les pâtes à modeler, les crayons dans les doigts, se mettre à quatre pattes par terre, renverser la poubelle, jouer avec la lampe du bureau, sortir, rentrer... Comment vous sentez-vous dans ces cas-là, pour donner une interprétation?

F. D. : Eh bien, d'abord, je ne sais pas si j'interpréterai à ce moment-là. Il faut analyser le contexte. Mais c'est en effet très difficile et beaucoup plus délicat d'être psychanalyste d'enfants que psychanalyste d'adultes.

P. : Il y a vraiment très peu d'échanges là-dessus, particulièrement ici.

F. D. : En ce moment même, de quoi parlez-vous? Bon... Au début d'un traitement, l'important consiste à bien cadrer pourquoi vous êtes prête à écouter l'enfant qui est là et à bien dire à sa mère : « Si ça n'intéresse pas votre enfant, c'est vous qui viendrez parler pour lui. » Ensuite, observez soigneusement l'enfant. Si, par exemple, il se précipite dans la salle et renverse quelque chose, il traduit un désordre intérieur de renversement. Ce n'est pas rien, en effet, de renverser un contenu. Eh bien, c'est cela que vous allez lui traduire. Votre travail consiste à mettre en paroles ce qu'il fait : « Tu étais pressé de venir, tu renverses un contenu, c'est le panier qui contient des choses, les choses sont par terre... » Vous associez librement avec l'enfant et quand il fait quelque chose qui vous donne à penser, vous lui dites : « A travers ce que tu viens de faire, je pense que tu cherches à me communiquer quelque chose... C'est toi qui sais ce que tu veux me dire... Moi je vois ce que tu as fait et je sais que c'est pour me dire quelque chose. »

P. : Avec des enfants très perturbés, les séances sont vraiment de plus en plus dures. Cela vous arrive-t-il à vous aussi?

F. D. : Bien sûr. Plus leur analyse avance, plus ils sont, en effet, délabrés en séances, plus ils sont du « répandu par terre », plus ils expriment des émois archaïques, jusqu'à renaître entre des pieds de chaises, par exemple, où ils se coincent. En même temps, à l'extérieur, en société, à l'école, ils sont de plus en plus adaptés.

L'analyse progresse ainsi, grâce au retour du refoulé de l'enfant dont les modes d'expression ne sont pas tolérés en société et qu'il a besoin d'exprimer avec vous. Cela l'aide à vivre et à garder son authenticité intérieure, qui consiste peut-être à conserver en lui des choses qui l'ont précisément renversé. Nous n'en savons rien et nous sommes là pour observer, ressentir et supporter le transfert. C'est la raison pour laquelle le paiement symbolique est indispensable. Il permet de se rendre compte si un enfant veut vraiment venir, s'il vient pour s'offrir une bonne érotisation, ou s'il vient pour travailler quelque chose.

Quand un enfant refuse, par exemple, d'apporter son paiement, mais qu'il désire faire sa séance, vous pouvez dire : « La prochaine fois tu me paieras avec deux cailloux au lieu d'un. » Il fait une dette de cailloux. Ou par exemple : « Aujourd'hui tu as une dette de deux cailloux, dessine-la-moi. » Comme vous feriez reconnaître sa dette par écrit à un adulte.

S'il refuse, dites-lui : « Tu vois, tu dois m'apporter deux cailloux, sans ça, je ne peux plus continuer à écouter ton malheur. Si vraiment tu veux revenir dire ton malheur, tu reviendras. Mais, aujourd'hui, je ne peux pas t'écouter, parce que, pour faire mon métier, je veux avoir des cailloux, sans ça, je ne le fais pas. »

C'est vraiment la preuve qu'il est libre de ne pas vous parler et vous aussi, de ne pas faire votre métier de l'écouter.

C'est un moment nodal dans le traitement, s'il ne veut pas revenir, il ne reviendra pas et vous continuerez le travail avec la personne anxieuse de son développement. L'enfant a toujours raison.

P. : Faut-il mettre la production d'une séance à la disposition de l'enfant lors de la séance suivante. Par exemple, un dessin qui n'est pas fini?

F. D. : Comment le ressentez-vous?

P. : J'étais là, l'enfant a pris une feuille en disant : « Je n'ai pas fini mon dessin », et il a fait exactement le même.

Alors, je me suis posé cette question. En principe, que faut-il faire?

F. D. : Je n'en sais absolument rien. Cela dépend de chaque enfant. Nous ne savons pas si une production est un faire-caca, ou si c'est un fantasme qu'il a voulu représenter.

P. (homme) : Et qui dit que son dessin n'est pas fini?

F. D. : Oui. Lui dit qu'il n'est pas fini, mais il a fini pendant qu'il était avec vous de traduire ce qu'il avait à traduire, et d'aller jusqu'où il pouvait aller. De toute façon, ça n'est jamais fini. Mais, je vous le répète, l'important ça n'est pas du tout le dessin, c'est ce qu'il va en dire. Quelquefois cela arrive, bien sûr, qu'un enfant reprenne ses dessins. Mais huit jours après, c'est vraiment du réchauffé, une répétition de lui-même.

Alors, ce que je vous suggère de lui dire, serait quelque chose comme : « Puisque tu es vivant, tu as chaque fois un dessin nouveau dans toi. Et comme à chaque fois tu n'arrives pas à le terminer, qu'est-ce qui, d'autre que ton dessin, n'est jamais terminé quand tu es avec quelqu'un? »

Peut-être veut-il retarder le moment de s'exprimer avec vous? Ce qu'il faut analyser, c'est ce qu'il répète. Qu'il a été sevré trop tôt? Accouché trop tôt? Je ne sais pas. Mais l'analyse consiste à chercher ce qui se répète, et pas à lui dire : « Tu vas faire comme si, tu vas pouvoir continuer, tu vas pouvoir le continuer la fois d'après, etc. » Ce n'est pas parce qu'on a sevré un enfant trop tôt qu'on va lui redonner à dix ans le biberon qu'il n'a pas eu, ce qui l'a rendu rachitique.

P. : Dans la mesure où un enfant me demande de jouer avec lui, quelle doit être ma position?

F. D. : Si c'est lui qui fait le jeu, à quoi demande-t-il de jouer?

P. : C'est très souvent ce jeu avec deux lettres et des tirets.

F. D. : Une lettre, c'est vous, une lettre c'est lui, et il établit un tiret entre les deux.

P. : Ou alors il pose des devinettes : « Qu'est-ce qui est vert? Qui s'accroche aux arbres? » Dois-je répondre?

F. D. : Dites-lui : « Qu'est-ce que je répondrais? Moi je ne suis pas là pour jouer. »

P. : Il dit : « Tu ne veux pas répondre. »

F. D. : « Mais non je ne veux pas répondre, tu ne me paies pas pour que je te réponde, et moi je ne te paie pas pour que tu me répondes. Moi, je suis payée pour écouter ce qui ne va pas dans toi. Alors, tu n'arrives à jouer avec personne? » Très souvent, les enfants prennent une poupée et jouent en faisant les deux personnages, la mère et l'enfant.

P. : C'est vrai, ils finissent par jouer seuls, mais c'est très stressant.

F. D. : Le stress, c'est de résister à l'érotisation. Toutefois, il y a des jeux de marchands qui sont très importants, puisque ce sont les jeux de l'oral et de l'anal. Si, par exemple, une fillette vous dit : « Je serais le boucher... » – c'est bien pour cela qu'elle vient, puisqu'elle l'est, bouchée... – et puis tu seras la cliente. Alors, madame, que désirez-vous? » dit-elle. Moi, comme un personnage de Molière, tout bas : « Qu'est-ce que je te dirais? » Elle : « Tu me dirais qu'il te faut deux tranches de ceci. » Alors, vous répétez sur un ton monocorde : « Je veux deux tranches de ceci. » Exactement ce qu'elle vous a dit, mais sans y ajouter de votre propre affect, et puis vous vous adressez tout bas à nouveau et en aparté à l'enfant : « Qu'est-ce que je dirais, qu'est-ce qu'elle dirait la cliente? » Même si l'enfant proteste, en disant, par exemple : « Mais c'est toi qui fais la cliente et qui sais! » vous lui expliquez : « Mais moi, je suis une cliente idiote, alors tu me dis ce que je dois faire. » Peu à peu, la situation évolue. Finalement, c'est elle qui a fait le jeu en vous utilisant, vous, l'analyste, pour exprimer ce que signifie ce jeu avec elle-même. C'est toujours un jeu oral et anal. Très souvent, il manque le paiement. La marchande est contente de vendre ses produits, mais la cliente s'en va sans payer.

Beaucoup d'enfants ne vous disent pas qu'il faut payer. Alors, c'est à vous de dire au bout d'un certain temps : « Tu crois que c'est comme ça chez les vrais marchands? » En introduisant le paiement et la valeur de l'argent, vous apprenez à l'enfant que l'on n'a rien sans rien. C'est un jeu qui ouvre sur autre chose. Je me rappelle le cas d'une petite fille qui me disait : « La cliente, elle prenait toujours tant de parts. » Et moi, je lui demandais : « Mais pourquoi prend-elle tant de parts? Pour qui? » Alors, elle me répondait : « C'est pour son mari! » Et moi, je répliquais : « Combien a-t-elle d'enfants? » Et il y avait toujours une part manquante pour un enfant.

En fait, elle faisait jouer à la cliente le rôle de sa mère. Ils étaient quatre enfants dans la réalité, et elle n'en prenait jamais que pour trois. C'était à la cliente, transférée sur moi, qu'elle donnait la responsabilité de ne pas vouloir faire vivre le dernier petit frère.

C'est le point de départ d'une association sous-jacente qu'il faut décoder, ou bien c'est une négation de la réalité. C'est toujours ce même travail, lorsque la réalité oblige un sujet à bloquer sa vie imaginaire. Il ne peut pas aller plus loin et devient un être soumis à la volonté des éducateurs, sans pouvoir continuer à être vraiment vivant.

En revanche, si une inflation de son imaginaire nie la réalité, il ne peut pas non plus s'adapter à la vie quotidienne, laquelle demande, à la fois, le sens de la réalité et la préservation d'une vie imaginaire enroulée autour d'elle.

Notre travail consiste toujours à mettre à la disposition de l'enfant des expressions symboliques faciles à comprendre, pour lui permettre de rencontrer d'autres êtres humains avec lesquels échanger et communiquer, ce qui n'est pas le cas avec ceux de son entourage.

Un bébé, par exemple, ne peut pas communiquer à sa mère tout ce qu'il voudrait.

Nous en avons la preuve à la Maison Verte [1], qui est un lieu de socialisation des enfants.

Les bébés entre eux communiquent beaucoup plus qu'ils ne communiquent avec leurs mères, et avec quel plaisir! Ils ont besoin de cette communication, qui leur est spécifique, car ils

1. 13, rue Meilhac, Paris, 75015.

sont branchés sur les mêmes fréquences auditives et sans doute sur les mêmes fantasmes. Nous avons fait de nombreuses observations de mères jalouses de leurs enfants de trois mois, les uns à côté des autres, par terre comme des grenouilles, roucoulant les uns pour les autres.

C'est stupéfiant : dès qu'une mère essaie d'entrer dans le circuit, les bébés se taisent instantanément. A leur niveau d'évolution humaine, c'est la preuve qu'entre eux, les bébés ont des moyens de communiquer leurs fantasmes que leur mère leur interdisent déjà, sans le savoir. Parce qu'elles leur demandent de la réalité, alors qu'ils ont besoin de communiquer des fantasmes. Ou qu'elles leur imposent leurs propres fantasmes, qui ne sont pas des fantasmes d'enfants avec d'autres enfants.

Dans ces jeux de marchandes, dans ces jeux de complicité, que cherche l'enfant? Il cherche quelqu'un à son niveau. C'est à nous de nous y placer, mais surtout pas d'apporter nos propres fantasmes. Nous devons rester l'analyste qui cherche où l'enfant nie la réalité, ou au contraire, là où il est trop dans la réalité, ce qui lui impose d'être sadique, comme le monde l'est autour de lui.

> P. : C'est pour cela que vous dites qu'on doit commencer par apprendre notre métier avec des adultes et pas avec des enfants! Malheureusement, c'est généralement l'inverse.

F.D. : Hélas! oui. Mais c'est un effet social qui tient à ce que les enfants sont les détecteurs de leurs parents. Bien sûr, certains enfants ont des problèmes qui leur sont propres, mais ils sont très augmentés par ceux de leurs parents.

> P. : Au fond, comment définiriez-vous notre rôle de psychothérapeute d'enfants?

F.D. : Notre rôle consiste à justifier le désir qui s'exprime et à chercher ce que l'enfant répète de ce désir qu'il n'a pas pu exprimer au jour le jour avec l'entourage. Nous devons également retrouver les affects entourant les désirs qui se sont refoulés autour d'un Surmoi imposé par l'ambiance éducatrice. Les pulsions de désir dont les affects n'ont pas pu s'exprimer, soit directement, soit de façon détournée, troublent le fonctionnement somatique et idéatoire de l'enfant et provoquent de l'angoisse. C'est tout à fait le schéma de Freud dans son livre *Inhibition, Symptôme et Angoisse.* L'inhibition chez un enfant peut aller jusqu'à stopper ses fonctionnements vitaux et sa croissance. Notre rôle consiste à rétablir la circulation entre tout cela. Mais certainement pas à normaliser, ce qui ne veut rien dire.

Il consiste surtout à permettre que s'expriment, et aussi que coexistent en bonne intelligence, cet imaginaire et cette réalité qui sont une contradiction que nous avons tous à assumer et que nous assumons justement par la vie symbolique, qui n'est pas seulement verbalisée.

Tout est langage.

Chapitre 2

L'enfant, symptôme des parents - Les erreurs des jeunes psychanalystes - Les enfants adoptés font tout pour ressembler charnellement à leurs parents - L'enfant, thérapeute familial - Comment mener un premier entretien.

P. : Quand un enfant est le symptôme de ses parents, doit-on le prendre en thérapie et envoyer ses parents à d'autres psychanalystes? Ou bien entamer un traitement avec chacun d'entre eux?

F.D. : Les parents doivent aller voir d'autres thérapeutes, sinon, dans l'inconscient du psychanalyste de l'enfant, les parents se rencontreraient, comme s'ils étaient des jumeaux de leur enfant. Ce serait très mauvais.

Si ces parents ont besoin d'être soignés pour eux-mêmes, c'est qu'en mettant cet enfant au monde, ils l'ont totalement perturbé en transférant sur lui leur propre vécu archaïque. C'est une relation de transfert au lieu d'une relation vraie. Dans ce cas, comme les parents de la réalité jouent une relation d'objet faussée par répétition de leur passé sur leur enfant, il est nécessaire que le psychanalyste les entende dans l'intérêt de l'enfant pour savoir à quelles projections le petit doit faire face, au jour le jour, dans son éducation.

Mais le psychanalyste ne doit jamais s'occuper de l'éducation d'aujourd'hui, il a toujours affaire aux pulsions du passé, aux images du corps d'autrefois. Le thérapeute est seulement là pour servir au transfert du passé et pour « catharsiser » le refoulement d'aujourd'hui.

Il s'agit, bien sûr, de faire revivre le refoulé chez le patient, éventuellement de le « catharsiser » et ainsi de permettre que se dise en mots l'agressivité non sublimable, ce qui lève l'inhibition des autres pulsions dans ce qu'elles ont de sublimable, hors du cadre de la cure, dans la vie réelle.

C'est pourquoi, les parents constituant le milieu réel de l'enfant, ils peuvent avoir besoin d'une aide pour faire face au retour de la santé chez leur enfant. En effet, les parents ayant passé des années, sans s'en rendre compte, face au problème qu'ils ont eux-mêmes créé chez leur enfant, la disparition des problèmes de ce dernier les met dans un étrange état de souffrance retrouvée, dans leur corps ou dans leurs relations.

Bien sûr, ce n'est pas à la première séance que vous pouvez dire, de votre place, aux parents que leur enfant est leur symptôme. Ils sont de bonne foi en amenant un enfant qu'eux et la société environnante jugent dérangé, parce qu'il dérange à l'école ou qu'il est dans son corps atteint de troubles fonctionnels : du langage, de la motricité, anorexie, encoprésie, énurésie, bégaiement, etc. Le rôle du psychanalyste est donc de recevoir les parents d'abord. Assez longuement, surtout la première fois. Puis les parents et leur enfant, en laissant s'exprimer les uns et les autres. Enfin, l'enfant, avec alternativement l'un et l'autre de ses parents [1].

S'il s'agit vraiment d'un enfant-symptôme, le fait s'éclairera de lui-même. Soit l'enfant ne s'intéressera pas à ces entretiens, sortira de la pièce, permettant à ses parents de prendre conscience de leurs propres difficultés, soit l'enfant mettra ses parents à la porte, et ceux-ci, en désarroi, auront besoin d'être aidés à supporter ce soudain sevrage et l'indépendance que leur enfant manifeste à leur égard.

C'est pourquoi je dis qu'il faut d'abord être psychanalyste d'adultes avant d'être psychanalyste d'enfants.

Si tel n'est pas le cas, on ne peut pas comprendre que la souffrance projetée sur un enfant depuis sa naissance, et qui fait de lui le symptôme des parents, implique le traitement des parents et que c'est d'ailleurs, en fait, ce qu'ils viennent demander à

1. Je parle d'enfants de moins de 7 ans surtout.

travers leur enfant. Il est surprenant d'entendre dire, chez beaucoup de psychothérapeutes d'enfants, non psychanalystes d'adultes : « Le pauvre enfant, avec une mère ou un père comme ça! » « Ou encore : « Il faut débarrasser cet enfant de cette mère. » Ou bien : « Cet homme n'est pas un père », etc.

Ils expriment un transfert négatif massif sur les parents, ce qui traduit leur propre angoisse de thérapeute, et donc leur impossibilité de travailler avec cette famille.

Les pouvoirs publics, je veux dire les personnes les représentant, ne sont pas des psychanalystes, et c'est pour cela qu'ils ont créé des consultations pour enfants. En pensant qu'un enfant peut être soigné pour ses impuissances à s'adapter à la société, sans ses parents.

D'où les impasses dans lesquelles se trouvent les consultations où en fait on ne peut pas soigner les enfants, alors qu'elles sont faites pour eux.

C'est d'autant plus curieux que la loi rend les parents responsables de leurs enfants encore plus tard qu'autrefois : puisque les jeunes sont tenus de ne pas travailler jusqu'à seize ans au moins, et qu'il n'y a pour eux aucun moyen d'échapper à un éventuel climat pathologique familial, sans être délinquants.

Quant à séparer l'enfant de ses parents par une autorité supérieure, c'est-à-dire par placement ou par déchéance parentale, les effets secondaires dans sa vie et dans celle de ses descendants sont toujours gravissimes.

Ce sont les parents et les enfants, aidés ensemble et séparément, chacun pour soi, qui peuvent comprendre la nécessité de se séparer, bénéficiant de l'aide sociale à laquelle ils peuvent recourir de leur plein gré, soutenus par des thérapeutes. Mais ce ne doit jamais être sur la décision d'une personne étrangère au groupe familial.

J'aimerais revenir sur ce que je vous disais, à propos du transfert négatif de beaucoup de thérapeutes d'enfants, sur ce qu'ils appellent des mauvais parents.

Je vais prendre un exemple pour mieux l'illustrer. Quand un enfant vient en séance avec sa petite auto en vous disant qu'elle est cassée, ou avec sa poupée en vous disant : « Elle m'embête tout le temps, elle pisse au lit, elle mord tout le monde, elle ne veut jamais dormir, jamais manger », allez-vous soigner l'auto ou la poupée et dire aux parents de cet enfant : « Achetez-lui une autre auto ou une autre poupée, et puisque cet enfant est incapable de s'en occuper, nous allons confier ces jouets à un autre enfant! »

Voilà à peu près, traduit dans l'absurde, à quoi se résume l'attitude pleine de bonnes intentions de ces thérapeutes. Cela est vrai pour des enfants jusqu'à six ou sept ans, malades des projections de leurs parents névrosés, psychotiques ou qui sont redevenus des célibataires, ennemis l'un de l'autre à travers leur enfant.

Après sept ou huit ans, à la suite d'un certain nombre d'entretiens avec les parents et avec l'enfant, on se rend compte si ce dernier désire être aidé pour lui-même, indépendamment des parents. Ceux-ci, à l'occasion de leurs entretiens avec le psychanalyste, qui doit être aussi positif avec eux qu'avec l'enfant, deviennent souvent conscients de leur besoin d'être aidés pour eux-mêmes. Le psychanalyste doit alors leur faire comprendre qu'il ne peut prendre en cure qu'un seul des membres de la famille, car il lui est impossible de soigner en même temps plusieurs personnes de la même famille.

Il est possible, si l'enfant seul désire se soigner, d'établir un contrat de cure avec lui alors que ses parents ne sont pas encore décidés à faire une psychanalyse pour eux-mêmes : dans ces conditions, l'enfant peut faire seul un travail personnel. Les répercussions de ce travail, si l'enfant trouve sa place en société, auront un effet libérateur sur ses parents. Mais avec des contrecoups d'angoisse.

C'est là que le psychanalyste se doit d'être humain et de ne pas se figer dans une attitude d'exclusion radicale des parents. Les difficultés secondaires, psychologiques ou caractérielles produites chez ses parents pour le traitement de l'enfant, l'inciteront d'ailleurs à demander lui-même à son thérapeute de répondre à la demande d'entretien de ses parents.

C'est l'équivalent des synthèses demandées dans les institutions ayant en charge des enfants en thérapie.

Il n'est pas question alors de recevoir les parents sans la présence de l'enfant, mais rien n'empêche de les recevoir en sa présence, et d'entendre ce qu'ils ont à dire. C'est à l'occasion de ces réunions familiales que les parents prennent conscience des transformations positives de leur enfant, mais elles les font souffrir. Ou ils se rendent compte de l'aide qu'il attend d'eux et qu'ils ne peuvent lui donner.

Le psychanalyste répercute ce qu'ils se disent les uns aux autres et ouvre ainsi une communication pouvant se prolonger en famille hors de sa présence. Ce point est important car, lorsqu'un contrat thérapeutique est passé avec l'acquiescement des parents entre un enfant et un thérapeute [1], bien des enfants et bien des parents en viennent à ne plus se parler.

Comme si le psychanalyste avait délogé les parents de leur place d'éducateurs.

C'est au cours de ces synthèses que la réalité actuelle est entièrement remise entre les mains des parents par le thérapeute. (Au moment de l'établissement du contrat avec l'enfant, les parents n'auraient pas été à même de saisir cette réalité.)

Il y est répété aux parents que ce sont eux les éducateurs et qu'ils demeurent totalement libres de leurs attitudes et de leurs dires vis-à-vis de l'enfant.

En effet, la multiplication des consultations de guidance infantile laisse croire aux parents qu'une thérapie remplace l'éducation. C'est à nous, psychanalystes, qu'il revient de rétablir les choses et de ne pas jouer, s'il y a cure d'enfant, un rôle de conseiller pédagogique ou d'éducateur avec les parents. Je précise que je parle ici des enfants qui ont plus de sept ou huit ans et ont assumé personnellement leur contrat de cure psychanalytique.

Parfois un incident dans le transfert provoque chez certains enfants l'oubli de ces conditions du contrat, pourtant clairement signifiées devant lui et ses parents au début de la cure.

Les réactions négatives des parents et leur angoisse, provoquant la nécessité de ces synthèses, viennent de ce que l'enfant leur fait porter la part négative du transfert qu'il n'amène pas en séance.

Combien voyons-nous de parents, à l'occasion de ces réunions de synthèse, nous dire que leur enfant ne cesse de clamer chaque

1. Ce contrat implique le secret professionnel de ce que l'enfant dit au psychanalyste et la réserve des parents concernant ce qui se passe en séance

fois qu'il se passe quelque chose de désagréable pour lui à la maison : « Je le dirai à mon psychanalyste! » On l'apprend ce jour-là, et c'est ainsi que l'on comprend que les parents se soient sentis inhibés dans leurs réactions vis-à-vis de l'enfant, à cause de ce dire menaçant et fantasmatique.

Méfions-nous avec les enfants des transferts de séduction qui voudraient nous faire prendre la place fantasmatique des parents. Mais est-ce donc si différent des transferts d'hommes et de femmes mariés, qui se servent du fantasme de leur relation avec nous, leur thérapeute, pour ne plus avoir de relations avec leur conjoint dans la réalité, ou même pour briser leur couple au nom de leur amour pour leur psychanalyste.

Avec les enfants comme avec les adultes, et plus encore peut-être, à cause de l'absence de réalisation sexuelle génitale nécessaire au corps, soyons vigilants pour qu'au nom du transfert, la perversion des rapports familiaux ne s'installe pas. Pas plus que la perversion de la relation avec le psychanalyste.

Un autre problème encore à ne pas laisser passer, dans votre écoute analytique des parents : la possible ressemblance de l'enfant avec des gens que les parents n'aiment pas dans la réalité. Ce sera très important de le verbaliser à l'enfant : « Tu ressembles à ta tante Trucmuche, que ta mère ne peut pas voir en peinture. Alors il faut que tu remontes ce handicap. Tu as les yeux, un épi, ou le visage comme elle. » Une fois tout cela mis en mots, cela devient de la réalité et les enfants trouvent cela très bien et se débrouillent avec. Tandis que si cela reste non dit, les enfants ne se sentent pas eux, car tout un pan d'eux-mêmes disparaît parce qu'ils ressemblent à la chose du corps d'un autre, que, pour des raisons affectives, la mère ne peut pas supporter.

Pour les enfants adoptés, cela se passe de façon inconsciente : ils ont à remonter le handicap de ne pas être les enfants de sang, comme on dit, de leurs parents. Aussi font-ils tout pour leur ressembler, bien plus encore quand ils sont petits.

Un petit garçon que j'ai vu récemment m'a dit : « Vous comprenez, comme je n'ai pas été porté dans le ventre de ma mère,.elle veut que je ressemble encore plus à mon père, puisqu'elle l'aime. » Il était en plein Œdipe et très jaloux, mais tout de même il marchait dans le truc. Il ressemblait à son père pour rivaliser avec lui et posséder sa mère. Toutes les imitations par objets partiels étaient bonnes. Tout ce qu'il pouvait, les tics, les manies, etc. Jusqu'au jour où le psychanalyste lui a fait remarquer qu'il semblait croire que son père adoptif était son père de naissance. L'enfant a seulement dit : « Ben, si c'est vrai, j'ai pas besoin d'avoir des tics comme lui. »

Quand il s'est rendu compte que ça n'était pas la peine de rivaliser comme cela, tout a changé.

La résolution de l'Œdipe, pour chaque enfant, qu'il soit enfant de sang ou non, consiste à assumer son identité en renonçant à l'identification à l'objet de plaisir et de désir pour l'un et l'autre des parents tutélaires.

L'amour des parents adoptifs pour leur enfant, qui n'est pas « gardé » par le savoir qu'il est chair de leur chair, peut piéger l'enfant plus encore. Les sentiments filiaux archaïques des parents vis-à-vis de leurs propres géniteurs se vivent au cours de la petite enfance de leur enfant adopté, de la même façon qu'ils les auraient vécus avec un enfant engendré par eux. Tout cela est fantasmatique.

L'exigence inconsciente de l'enfant adoptif, d'être plus charnellement encore, plus visiblement, leur enfant qu'il ne l'eût été avec des parents de naissance, trouve son répondant chez les parents adoptifs qui misent tout leur espoir sur cet enfant, destiné à pérenniser leur nom et à faire fructifier l'amour et les efforts faits pour lui.

L'âge ingrat, comme on dit, paraît encore plus ingrat quand il s'agit de celui d'un enfant adopté et on peut l'en culpabiliser encore davantage.

Un enfant de chair est un enfant des besoins des parents mais non, parfois, de leurs désirs, tout au moins conscients. Il peut être un enfant de rut du père et de soumission de la mère, mais dans le cas d'un enfant adopté, les parents ne peuvent pas se nier qu'il est un enfant choisi et désiré longtemps par eux avant que la société ne les ait satisfaits.

Depuis son entrée dans leur couple, l'enfant adopté a pris une si grande place qu'au moment de se détacher de sa famille adoptive il est à nouveau culpabilisé, encore plus que ne l'est tout enfant de chair.

La parole du Décalogue, « Tes père et mère honoreras », est bien difficile à admettre, car elle est totalement en contradiction avec l'amour pour les parents, l'amour qui rend dépendant. Honorer ses parents, c'est advenir à sa pleine stature, et réussir dans la vie sous leur nom, mieux encore qu'ils ne l'ont fait. Ce précepte éthique est au cœur de chacun, qu'il en ait été ou non instruit, et il est souvent en contradiction avec ce que chacun de nous croit devoir à ses parents, à cause de notre amour infantile de dépendance que nous n'arrivons pas à dépasser.

L'assistance aux parents âgés, alors que la vieillesse les rend impuissants à s'assumer eux-mêmes, est aussi au cœur de chacun une réponse à l'assistance qu'ils nous ont donnée au cours de notre enfance. Il s'agit là aussi de voir que bien souvent nous confondons cela avec l'amour de dépendance, si près de la haine, quand cet amour nous a barré l'accès à notre identité.

Bref, toujours le piège du pré-génital qui se retrouve au post-génital, je veux dire, la vieillesse.

Dernier problème qui mérite de vous être signalé : il peut également arriver au cours d'une cure qu'un enfant vous dise : « Tu serais ma maman. » Dans ce cas, répondez-lui absolument : « Ta maman de quand? » Il peut, en effet, transférer la maman de quand il y avait deux ou trois ans, et pas la maman d'aujourd'hui, puisque tous les jours il a à faire mourir sa mère, puis à la ressusciter le lendemain matin, tout comme lui-même d'ailleurs. La maman du passé est morte. Il peut donc la transférer sur quelqu'un d'autre. Mais celle d'aujourd'hui est vivante, c'est donc avec celle-là qu'il doit se débrouiller.

P. : J'en reviens aux handicaps auxquels vous faisiez allusion tout à l'heure. Ils ne se résument pas toujours, malheureusement à un épi dans les cheveux. Je pense à une petite fille de huit ans, Sophie, que j'ai depuis dix-huit mois en thérapie et qui est écrasée par ses deux grands-mères. Sophie, jusqu'à dix-huit mois, c'est-à-dire jusqu'à la naissance d'un second, a été confiée à la semaine à sa grand-mère maternelle par le jeune ménage. Celle-ci est décrite par la jeune mère comme une personne bizarre et un peu folle.

Là où l'affaire se complique, c'est que les parents de Sophie trouvent qu'elle ressemble également à sa grand-mère paternelle, mais dans ce qu'elle a de moins bon. Comme elle, Sophie serait peu affectueuse, se débrouillerait toute seule et ne s'attacherait à personne. Je vois cette enfant ployer sous le double fardeau de ses grands-mères. Alors, j'insiste auprès des parents en leur disant : « Mais enfin, c'est vous son père et sa mère! » Que puis-je faire d'efficace pour Sophie?

F. D. : Si l'enfant a été confiée à cette grand-mère maternelle, la mère que Sophie a introjectée pour devenir qui elle est au jour le jour est cette grand-mère maternelle. Et ça n'est pas par hasard. C'est à cause de la fixation non liquidée de sa mère, petite fille, et de son père, petit garçon, à leurs mères respectives, les grands-mères de Sophie.

En effet, pour pouvoir se dégager de cette fixation, les deux parents ont utilisé la technique du lézard qui, coincé, laisse sa queue pour pouvoir s'en aller. On laisse très souvent ses premiers enfants à sa mère pour pouvoir mener sa vie de jeune ménage. Sans quoi la mère risque d'être trop jalouse et de s'enquérir de tout ce que font les jeunes époux. Alors, pour être plus tranquille, on lui donne un chewing-gum à se mettre sous la dent, et soi-même, on peut enfin se libérer d'elle.

P. : Mais si je comprends bien, quand on a souffert de sa propre mère, on lui remet son propre enfant dont on sait pertinemment qu'elle le fera aussi souffrir?

F. D. : En fait, tout n'est pas si clair que cela, mais on a pitié d'elle. Les enfants sont les psychothérapeutes de leurs parents : pour qu'elle nous permette de vivre, il faut lui donner une poire pour la soif! Alors on lui laisse le premier. Elle est déjà tellement jalouse que sa fille ait un bébé...

Combien de mères qui viennent d'être ménopausées sont les harpies de leur fille enceinte! Alors la jeune mère se tient le raisonnement suivant : d'une part, ma mère va me servir de nourrice gratuite et en plus elle va s'occuper de l'enfant qui va la calmer, pendant que moi, je pourrai être tranquille avec mon Jules.

On ne peut pas dire que c'est mauvais. Si c'est mis en paroles, ça peut s'arranger. L'enfant en fait son beurre tous les jours d'avoir cette grand-mère, seulement leur relation est érotique. C'est hétéro- ou homosexuel, selon que l'enfant est une fille confiée à sa grand-mère ou à son grand-père. Dans ce dernier cas, c'est une relation incendiaire, érotique, et c'est pour cela que c'est mauvais pour l'enfant.

Dans le cas de Sophie, la grand-mère n'est pas si folle, mais elle a vécu quelque chose d'érotique avec Sophie, et je crois que c'est au jeune couple de réfléchir sur la situation et de parler à leur enfant. Et avec vous aussi, naturellement. Vous pourriez dire à Sophie, par exemple : « Tu vois, ta mère trouve que tu ressembles à sa mère. Mais après tout, ta mère aussi, puisqu'elle est sa fille et qu'elle est devenue quelqu'un de très bien! Alors toi, tu ressembles surtout à toi; et aussi à ton père et à la famille du côté de ton père. » Je crois qu'il faut dégager par des paroles les enfants de ce qu'ils entendent. De cette façon leur fardeau est seulement symbolique, et c'est par des mots qu'on leur en retire le poids.

Les mots, c'est ce qu'il y a de plus libérateur mais aussi de plus mortifère. Par des mots également, on pourrait alourdir le fardeau symbolique.

Mais la situation, dans le cas de Sophie, c'est la possessivité de ses grands-mères. Les parents de Sophie la leur reprochent après, mais c'est tout de même cela qui leur a permis de mûrir, ayant été trop tôt parents. Ils n'auraient pas pu prendre complètement leurs responsabilités, ni supporter l'agressivité de leur mère, s'ils avaient confié l'enfant à une autre personne, moyennant finances. Il fallait bien que la grand-mère maternelle se paie elle-même avec le plaisir de s'identifier à une jeune femme, sa fille, en lui kidnappant partiellement Sophie, c'est-à-dire l'enfant qu'elle pouvait fantasmer avoir de son gendre.

Au fond, elle se payait sur la dette que tout parent inculque à son enfant : celle des sacrifices de liberté que son éducation lui a imposée.

P. : J'aimerais que vous nous parliez encore de ces premières séances déterminantes pour bien expliquer notre rôle.

F. D. : Il est, en effet, important de bien faire saisir aux patients et aux parents des enfants ce qu'ils ne peuvent pas attendre de nous. En allant voir un psychothérapeute, les parents ont souvent tendance à le prendre pour un professeur, donc à apprendre leur leçon de psychothérapie, ou leur leçon tout court. Ou alors ils le prennent pour un médecin de type particulier, qui vise à corriger un symptôme les angoissant de façon imaginaire ou réelle, parce qu'il est un handicap dans l'intégration de leur enfant en société. Il est bien évident que notre rôle consiste à leur faire comprendre qu'il s'agit de tout autre chose que du corps de cet enfant et de la relation d'autrui à son corps.

Nous ne sommes pas à l'écoute du comportement du corps, ni de ses troubles, même si ces derniers ont été reconnus comme des troubles physiques et soignés comme tels par un médecin. Ceci n'est pas notre champ d'écoute, notre longueur d'onde.

On voit parfois des psychanalystes, des jeunes surtout, vouloir que les parents suppriment les médicaments d'un enfant, abruti par toute une pharmacopée. C'est peut-être dommage pour cet enfant qu'il ne soit pas mis au contact des autres à cause de ce mur de coton médicamenteux, mais notre rôle n'est pas de parler de cela.

Notre attitude concerne uniquement cet être symbolique. C'est notre castration d'analyste.

D'ailleurs, certains enfants ont réellement besoin de médicaments, leur corps a un besoin vétérinaire d'être aidé pour survivre.

Je me souviens d'avoir eu en analyse une femme pédiatre, spécialiste du traitement des enfants épileptiques vrais, dont l'attitude vis-à-vis des enfants a changé en cours de cure.

Elle les rend désormais totalement responsables de leur traitement, à partir de cinq ou six ans. Elle dit devant les parents : « Vous n'avez pas à vous mêler du traitement de votre enfant. S'il veut être soigné, je vais régler avec lui le problème des médicaments. » Elle demande seulement aux parents d'accepter que l'enfant puisse venir la voir chaque fois qu'il le désire, ou alors qu'il puisse lui téléphoner. « Si tu juges que tu veux diminuer une dose, dit-elle, tu peux m'en avertir par téléphone. Je te dirai si c'est le moment ou pas. Si tu l'as fait, et que tu t'inquiètes, tu peux venir me voir. Je te demande une seule chose, n'augmente jamais ta dose tout seul. »

Bien sûr, elle ne demande pas à chaque fois le prix d'une consultation, et elle est conventionnée.

Elle a obtenu des résultats extraordinaires. « J'arrive à donner le minimum nécessaire, m'a-t-elle dit, parce que l'enfant est tout à fait capable de dire ce qu'il ressent, si les doses le gênent au lieu de le soutenir. » Cette technique lui a beaucoup appris sur les effets aléatoires des médicaments selon les sujets.

C'est un très grand pas, justement, d'établir chez les parents une castration entre les besoins – les médicaments correspondent à un besoin vétérinaire – et les désirs.

Cette femme a compris que le problème était de donner à un être humain la responsabilité de son corps; elle avait la technique de quelqu'un qui connaît les troubles et les médicaments. Elle se défend de faire des psychothérapies au sens classique, et pourtant sa façon d'agir, qui permet à l'enfant d'être à l'écoute de lui-même et de ses angoisses, est une autre forme de thérapie.

L'impuissance de nombreux médecins devant des cas qui ne sont pas organiques se traduit souvent d'une façon étonnante. Je pense, par exemple, à beaucoup d'enfants autistes, bourrés de médicaments abrutissants par leur médecin, alors que leurs examens n'avaient rien révélé d'organique.

J'ai constaté la même chose avec des enfants qui ne sont pas sourds mais que les médecins appareillent quand même parce qu'ils refusent d'entendre. A partir du moment où une communication véritable s'établit avec un thérapeute, ces enfants arrachent leurs appareils.

P. : Pourriez-vous nous donner quelques conseils relatifs à la spécificité de notre travail de psychanalystes dans une institution?

F. D. : C'est vraiment un problème d'être psychanalyste dans une institution. Vous devez constamment vous rappeler que votre travail consiste à faire advenir le sujet à lui-même et l'aider à se retrouver dans ses contradictions. A partir de quoi il peut se fabriquer une unité intérieure lui permettant de parler en son nom, partout où il se trouve, même s'il agit d'une façon qui ne satisfait pas les voisins, par exemple.

Très souvent quand on envoie un enfant dans un CMPP[1] parce que sa façon d'agir gêne les institutions ou sa famille, lui n'est pourtant pas un être en désordre. Il a surtout besoin d'être soutenu pour apprendre à ne pas subir les projections d'autrui et à se construire, enraciné dans la scène primitive de sa conception, en protégeant son narcissisme primaire menacé de dissociation, s'il cède devant les injonctions de ceux qui lui demandent d'agir comme un pantin.

Ces injonctions sont entachées de valeurs affectives dont nous devons aider l'enfant à se libérer. Il n'y a pas, en effet, d'autres valeurs que celles de la vie. Et puisque cet enfant a trouvé suffisamment de force pour vivre jusqu'à ce que vous le rencontriez, il n'a pas de raisons de ne pas continuer avec votre soutien.

1. Centre médico-psychopédagogique.

Chapitre 3

Les différentes castrations I

Une castration qui est une frustration n'est plus symboligène - Katia, une petite handicapée, qui n'avait reçu aucune castration (intégralité de la séance).

P. : Vous dites souvent que le traitement psychanalytique consiste à apporter les différentes castrations : orales, anales et génitales. Qu'entendez-vous exactement par « apporter les castrations »?

F. D. : La castration, qu'elle concerne les pulsions orales, anales ou génitales, consiste à donner les moyens à un enfant de faire la différence entre l'imaginaire et la réalité autorisée par la loi, et ce, aux différentes étapes précitées.

La castration orale consiste, par exemple, à rendre un enfant indépendant des dires de sa mère, c'est-à-dire à permettre à l'enfant de juger lui-même s'il est d'accord (« s'il oui ») pour exécuter l'acte qu'implique le dire de sa mère ou de quelqu'un d'autre.

D'ailleurs, nous avons presque toujours à donner une castration orale à un enfant dont la mère n'a pas été elle-même castrée à ce niveau-là. Quand une mère vous dit par exemple : « Mon fils est désobéissant, il suffit que je lui dise quelque chose pour qu'il fasse le contraire. » Cela sous-entend très souvent que l'enfant exprime un désir qui lui est propre, et conforme à ses fantasmes.

Ce désir est souvent parfaitement réalisable mais, en fait, la mère traduit, dans ses injonctions, le désir de voir son enfant réaliser ses fantasmes à elle. C'est la raison pour laquelle ce style de mère reproche sans cesse à son enfant de ne pas agir ses dires, et qu'elle le met toujours en faute. Elle veut que son dire soit assimilé comme une réalité non jugeable par l'enfant.

Prenons l'exemple suivant de castration orale : au cours d'une séance, un enfant fait un dessin qu'il décrit comme explosif. « Ce dessin, il ne faut pas y toucher parce que ça va faire péter la maison », dit-il au thérapeute. « Je le mets là et tu n'y toucheras pas. » Puis, l'enfant s'en va. A la séance suivante, il demande : « Tu as gardé mon dessin? » Le thérapeute : « Cherche-le, tu verras bien. » L'enfant : « Mais je le trouve pas! Pourtant j'avais dit que je ne veux pas qu'on y touche! » Le thérapeute : « Ah oui, tu avais *dit* que tu ne voulais pas qu'on y touche. Tu avais bien le droit de dire, mais les choses ne sont pas dépendantes de ce que tu dis et de ton imagination. »

Et cela s'arrête de cette façon : l'enfant est ravi et rassuré que le thérapeute fasse la différence entre le dire – toujours permis – et le faire, indépendant de ses fantasmes. C'est cela la castration orale.

Mais pour la donner, il faut absolument faire représenter à l'enfant le fantasme qui sous-tend son dire, pour lui donner le pouvoir de le communiquer. Faute de quoi, les pulsions orales – le dire – ne sont pas passées au crible de l'anal – le faire –, c'est-à-dire les pulsions qui permettent l'exécution d'un acte, d'un agir musculaire laissant une trace. Cette trace, évidemment, recèle une douleur, mais elle n'est pas conforme à l'imaginaire.

Quant à la castration anale, elle consiste à faire comprendre à l'enfant que le faire ne peut pas porter de fruit et ne consiste pas à engendrer.

P. : Comment peut-on repérer qu'un enfant est prêt à recevoir la castration œdipienne?

F. D. : Quand il est fier de ses génitoires et qu'il en connaît la sensibilité. Quand il reconnaît la valeur de la génitalité de ses deux parents – donc de chacun des deux sexes – et la valeur du rapprochement intime de son père et de sa mère, qui est procréateur.

En revanche, si une fille vous dit par exemple : « C'est dégoûtant la zézette des garçons », c'est le signe qu'elle n'est pas encore prête à recevoir la castration œdipienne.

P. : Oui, mais qu'entendez-vous exactement par castration symbolique?

F. D. : J'utilise cette expression dans son acception de castration *symboligène*, c'est-à-dire dans le sens d'une déprivation de la satisfaction des pulsions au plan où elles émergent, à savoir dans un circuit court en relation avec l'objet qu'elles visent, pour être reprises dans un circuit long, en relation avec un objet de transition, puis avec des objets successifs qui, par transferts réciproques en chaîne, sont reliés au premier objet.

Pour qu'une castration puisse être symboligène, il faut qu'elle intervienne à un moment où les pulsions, mettons orales, ont trouvé de droit leur satisfaction dans le corps de l'enfant.

Si jamais ce plaisir nécessaire au narcissisme fondamental n'a pas eu lieu d'abord, alors une castration devient une frustration et n'est plus symboligène.

Je pense que l'on peut donc dire les choses ainsi : il faut d'abord que l'enfant ait éprouvé le plaisir de la satisfaction de la pulsion, de la façon dont il l'a cherchée au début, mais qu'en même temps l'objet partiel oral – sein, nourriture, fèces, pipi, etc. – lui procurant la satisfaction dans son corps, soit associé à une relation avec un objet total – la personne s'occupant de lui – qu'il aime et qui, de son côté, admet le plaisir qu'il tire de sa pulsion satisfaite.

A partir du moment où cette personne prend pour un enfant au moins autant d'importance que la satisfaction de sa pulsion, elle peut l'aider à atteindre un niveau supérieur de communication, en dépassant l'assouvissement brut de la pulsion.

Pour cela, il faut qu'existe une situation triangulaire – la mère, le père, l'enfant, ou la mère, la grand-mère, l'enfant, ou la mère, une autre personne, l'enfant, etc. –, c'est-à-dire que ce ne soit pas pour plaire à la mère que l'enfant se frustre, sinon nous nous trouvons dans une situation perverse.

En effet, l'enfant veut s'identifier à la personne qu'il aime. Celle-ci ne se satisfait pas seulement de la façon dont l'enfant s'assouvit, elle veut l'initier à la manière dont elle satisfait ces mêmes pulsions.

Dans le cas des pulsions orales, par exemple, en lui apprenant à les satisfaire en parlant. C'est, en effet, un plaisir de bouche, de parler, de chanter, de roucouler.

L'enfant s'aperçoit que cette personne, généralement sa mère, prend aussi du plaisir comme cela, qu'elle autorise le plaisir qu'il en tire, mais qu'en parlant avec une autre personne, elle veut l'introduire au style de communication correspondant à cette pulsion en la faisant passer par un circuit plus long.

C'est pour cela qu'elle le déprive du plaisir partiel auquel il reviendrait toujours, pour l'initier à la façon plus élaborée dont elle se satisfait de ces mêmes pulsions.

Prenons un autre exemple : au lieu de donner un bonbon à son enfant qui le réclame à grands cris, sa mère lui dira : « Parle-moi des bonbons, tu les préfères à la menthe, à la fraise, durs, mous, avec du papier, etc. » Agissant de la sorte, sa mère lui donnera beaucoup plus qu'un bonbon.

La castration symboligène demande donc la médiation d'une personne assumant d'être à la fois un modèle permissif mais aussi un obstacle progressif à la satisfaction de l'enfant, provoquant ainsi un déplacement de la pulsion sur un autre objet.

Grâce à quoi l'enfant entrera en communication avec cette personne – avec l'objet que représente pour lui cette personne – puis élargira, de personne en personne, sa relation d'échange avec autrui, accroissant de cette façon le champ de satisfaction de cette pulsion.

Ce dont je parle tout le temps, dans la clinique des enfants, c'est de la castration des pulsions par rapport à l'objet – puisqu'il y a satisfaction par cet objet et par la zone érogène concernée.

Cette castration est donnée dans le but d'obtenir un effet symboligène, c'est-à-dire d'apporter une satisfaction de cette pulsion encore plus grande, mais par un circuit plus long. Sinon c'est un marché de dupes, prouvant seulement que l'enfant a été « violé » par ses éducateurs. Il a été seulement vu comme un être de besoins et non comme un être de désirs.

Imaginons, par exemple, une mère qui laisse son enfant sucer son pouce à deux mois et demi. Nous sommes en présence d'une satisfaction de type circuit court, sur un objet de transfert du sein, que l'enfant considère comme son propre corps. Le voilà donc sevré, castré de ses pulsions visuelles, auditives, olfactives, dans sa relation avec sa mère. Il les a simplement remplacées par la succion du pouce. Pour lui, c'est comme une symbolisation, et, pourtant, ça n'en est pas une.

Son pouce est bien symbolique – au sens d'ersatz du sein – mais cependant cette castration n'a pas été symboligène d'une relation avec un autre sujet. Son propre pouce sert d'objet partiel, le leurrant, et lui laissant croire qu'il est un objet total. L'enfant prend du plaisir à sucer son pouce, mais sans échange avec autrui. Sa mère, n'ayant pas su lui apporter à temps à la place du sein la satisfaction d'une communication langagière, l'enfant l'a remplacée par l'illusion d'une relation symbolique avec elle, à travers cette relation avec son pouce, qui est en fait une simple masturbation orale.

> P. : Reprenons, si vous le voulez bien, le cas de Katia. C'est une enfant de quatre ans, handicapée motrice, qui porte deux appareils aux jambes. Elle avait été étiquetée psychotique à cause de difficultés scolaires, mais, dès la première séance, Françoise Dolto a eu l'intuition qu'elle pourrait aller à l'école comme tout le monde, ayant observé que Katia, comme beaucoup d'enfants handicapés, n'avait reçu aucune castration.

F. D. : Bon. Alors lisons ensemble l'intégralité de cette deuxième séance où j'ai rencontré Katia [1].

« Quand Katia entre, tout le monde reprend en chœur :
– Bonjour madame, bonjour monsieur, bonjour Katia. »

1. Françoise Dolto lit alors son propre rôle. Ses interventions s'adressent soit aux personnes présentes à son séminaire bimensuel de l'École freudienne, soit elles sont transcrites dans le texte qu'elle lit et étaient destinées à l'assistance de sa consultation publique de l'hôpital Trousseau.

Françoise Dolto y a reçu les enfants tous les mardis matin, de neuf heures à quatorze heures, pendant quarante ans. Elle travaillait dans le service du professeur Lainé, auquel a succédé le professeur Laplagne, puis, aujourd'hui, le professeur Lassale.

Le texte ici rapporté a été noté mot à mot lors d'une des consultations de Trousseau, à laquelle les parents de Katia assistaient.

Françoise Dolto, s'adressant à l'auditoire de son séminaire : Je fais quelquefois signe à l'assistance pour qu'un chœur antique accueille tel ou tel enfant.

« *Françoise Dolto* (à Katia) : Tu te rappelles madame Dolto?
Katia : Je veux une médaille.
Françoise Dolto : Tu veux quoi? Tu ne marches pas encore.
Katia (tenant à la main un hochet formé de boules ovales en plastique de couleurs différentes) : Ça ressemble à des glaces! (montrant une boule rose) : une glace à la fraise; (montrant une boule jaune) : une glace à la vanille; (puis, montrant une boule bleue) : une glace au chocolat. »

Françoise Dolto, s'adressant à l'auditoire de son séminaire : Alors là, dans mon esprit, ça fait tilt! Une boule bleue pour le chocolat!

« Katia ajoute aussitôt : Et une glace à la framboise. »

Françoise Dolto à son séminaire : Je m'appelle Françoise! Je crois qu'elle est passée du chocolat boule bleue, couleur féminine, à framboise-moi, c'est-à-dire qu'elle a embrayé dans une relation avec moi qui lui permet de devenir femme au lieu de demeurer un zombie, à savoir un enfant ni garçon ni fille.

En société, Katia avait un statut d'enfant handicapée motrice, qui la rendait différente des autres. Et quand un petit n'est pas comme les autres, il n'est ni fille ni garçon, il est un objet partiel hétérogène à l'ensemble du groupe.

« *Françoise Dolto* (à Katia) : Des glaces!
Katia (à Françoise Dolto) : Ils sont bons, les glaces!
Françoise Dolto : Tu es une fille, tu ne dis pas : il est gentil Katia, ni Katia il est bon. Katia elle est non-madame Dolto. »

Françoise Dolto s'adressant à l'auditoire de son séminaire : Je le lui ai formulé de cette façon, parce qu'elle était furieuse que je l'aie corrigée dans sa manière de parler.

« *Katia :* Oui, madame Dolto.
Françoise Dolto : Oui? Elle est oui à quoi?
Katia : A la fraise.

Françoise Dolto : Mais oui, à la fraise!
Katia : Caca! Caca!
Françoise Dolto : Pour être un garçon, pense Katia!
Katia : A la fraise!
Françoise Dolto : A la fraise. Couleur quoi, le chocolat?
Katia : Bleue. Jaune c'est la vanille.
Françoise Dolto : Cela pourrait être du citron. Tu peux dire le contraire de madame Dolto, c'est permis de dire non et puis de m'embêter.
Katia : Le petit garçon, il prend une grosse glace à la vanille.
Françoise Dolto : Mais la petite fille?
Katia : Je veux une médaille.
Françoise Dolto : Quoi? »

Puis s'adressant à son séminaire : Exactement comme au début!

« *Françoise Dolto* (à Katia) : Quoi, une médaille?
Katia : Une médaille on va faire.
Françoise Dolto : Oui. Qu'est-ce qu'il y aura dessus?
Katia : Une ficelle.
Françoise Dolto : Une fils-elle? Ah non, jamais. Qui a une médaille?
Katia (marquant d'abord un silence et ne voulant pas répondre, puis disant contrariée) : Oui.
Françoise Dolto : Elle veut dire non!
Katia : Ça poisse. (Et de gros flocons de bave lui sortent de la bouche à ce moment.)
Françoise Dolto : Ça a commencé par quoi la première médaille? Qui a une médaille? Un chien? C'est une médaille ou un pendentif?
Katia : Une médaille.
Françoise Dolto : Ah, je suis trop bête pour faire une médaille, moi, c'est toi qui sais faire. Une médaille c'est rond comme une pièce de monnaie, avec un anneau. Elle est accrochée au cou par une chaîne. »

Françoise Dolto s'adressant à l'assistance de son séminaire : Je me souviens de ce que Katia regardait à ce moment partir de la salle de consultation une femme qui portait un pendentif.

« *Françoise Dolto* (à Katia) : Regarde ce que porte la dame autour du cou, cela s'appelle un pendentif. Mais j'aimerais bien que tu me racontes une médaille. (S'adressant aux parents de Katia) : Quand elle est née, a-t-elle eu une médaille? »

Françoise Dolto s'adressant à l'assistance de son séminaire : La médaille est un signifiant clé pour elle depuis qu'elle est toute petite. Son père le dit, elle a toujours désiré une médaille. Alors j'ai dessiné une médaille.

« *Katia* (montrant la médaille sur le papier) : Je la voudrais.
Françoise Dolto : Quand on dessine quelque chose, on l'a un peu dans son cœur. Raconte-moi la médaille. Qui avait la médaille que tu veux avoir pour être quelqu'un?
Le père de Katia : Ma mère porte des pendentifs. »

Françoise Dolto à l'assistance de son séminaire : Il aurait pu le dire plus tôt!

« *Katia :* Mammika! »

Françoise Dolto à l'assistance de son séminaire : A ce moment un des participants de la consultation de Trousseau se lève et vient me donner une médaille rose.

« *Katia :* Je veux la mettre!
Françoise Dolto : C'est permis d'avoir envie, mais tu n'auras pas la médaille rose. Tu es ici pour guérir de ta peine, pas pour la remplacer. »

Françoise Dolto s'adressant à son séminaire : Le dire de cette façon, c'est très important : cela fait partie de la castration, à savoir ne jamais donner le remplaçant de ce que l'enfant veut avoir, mais le représenter et en parler. Si nous lui donnons la chose réelle qu'il demande, tout le travail analytique et la tension nécessaires au progrès sont coulés. Ce que Katia demande, la médaille, est un objet qui visiblement représente le vœu de devenir la mère du père. Katia regardait en effet une femme de l'assistance de Trousseau portant un pendentif qui la faisait penser à mammika. Elle veut devenir mammika pour son père qui est sans doute très attaché à sa mère, de façon fils-à-elle, la fameuse ficelle qui est apparue précédemment.

Katia est en rivalité œdipienne avec mammika, c'est-à-dire la personne avec laquelle son père n'a pas fini son Œdipe. Son père a des pulsions qui continuent d'être engagées dans une relation fils-à-elle avec sa mère.

« *Katia :* Demain (et elle se met à pleurer), demain je la mettrai, demain je la mettrai.
Françoise Dolto : Oui, demain, quand tu seras grande. Qu'est-ce qui te fait tant de peine? Comme si quelqu'un avait quelque chose que tu n'as pas. C'est mammika, la mère de ton père, qui a la médaille. Dessine une petite fille qui a toutes les médailles que tu voudrais.
Katia : On peut mettre la médaille rose?
Françoise Dolto : On? Qui on? Tu dis " je " d'habitude. »

Françoise Dolto à l'assistance de son séminaire : On, c'est elle et son père, sans doute.

« *Katia :* Je veux mettre la médaille rose.
Françoise Dolto : C'est ennuyeux d'avoir envie de faire quelque chose qu'on ne peut pas faire. Il y a beaucoup de choses, Katia, que tu voudrais et que tu n'as pas. Par exemple tu es enragée de ne pas marcher. La médaille rose, c'est une fausse consolation. Tu sais pourquoi tu ne peux pas marcher?
Katia : Non. (Après un silence) : Je veux la médaille rose.
Françoise Dolto : Non! (Puis, s'adressant aux parents de Katia) : Avez-vous quelque chose à me dire, depuis qu'on s'est vus? Madame, avez-vous dit à Katia qu'elle allait venir aujourd'hui?
La mère de Katia : Oui, on lui en parle régulièrement.
Le père de Katia : Elle le réclamait, pour que madame Dolto aide à commander ses jambes.
Françoise Dolto (à Katia) : Oui, c'est cela. As-tu des amis, Katia?
Katia (elle lève le nez en l'air, puis dit en regardant Françoise Dolto) : Dolto, *vinguit.* »

Françoise Dolto s'adressant à l'assistance de son séminaire : Je pense qu'il y a là condensation de quelque chose. Le prénom de Valérie apparaîtra par la suite, et elle fait également allusion au valgus de ses jambes qu'elle ne commande pas.

« *Françoise Dolto* (s'adressant à Katia) : Tes mains sont fortes pour travailler la pâte à modeler.
Katia : Ça fait mal!
Françoise Dolto : Non, ça ne fait pas mal! Non, c'est une chose, la pâte à modeler, tu peux la griffer très fort, ça ne fait pas mal, ça ne peut pas souffrir. »

Françoise Dolto à l'assistance de son séminaire : Elle était en train d'agresser la pâte à modeler.

« *Françoise Dolto :* Quel âge as-tu?
Katia : Quatre ans.
Françoise Dolto : C'est grand. (Puis montrant un petit canard), et ça, tu sais ce que c'est?
Katia : Un petit canard.
Françoise Dolto : Qu'est-ce qu'il fait?
Katia : Coin-coin.
Françoise Dolto : Qu'est-ce que tu vas faire maintenant?
Katia : Un chien bleu, un chien jaune.
Françoise Dolto : Aussi gros que le canard ou plus petit. Un chien a une tête, un corps, une queue. Comment ça fait un chien?
Katia : Ouah-ouah!
Françoise Dolto : Comment s'appelle le chien que tu connais?
Le père de Katia : On voulait en prendre un pour lui... (Il se reprend), euh, pour elle... mais elle en avait très peur.
Françoise Dolto : Un chien mâle? »

Françoise Dolto à l'assistance de son séminaire : Un chien mâle, puisque c'était pour lui!

« *Le père de Katia :* Oui.
Katia : C'est un chien bébé.
Françoise Dolto : Quand il sera grand, ce sera un chien papa ou un chien maman?
Katia : Une maman.
Françoise Dolto : Quand tu seras grande, qu'est-ce que tu seras, toi?

Katia : Une dame, comme maman. (Elle se tait.)
Françoise Dolto : C'est très étonnant de penser à cela.
Katia : Le chiat.
Françoise Dolto : Le chiat? Chien ou chat? Chiat, cela ne veut rien dire. Chat ou chien, fille ou garçon, pas les deux à la fois. Faire caca, de temps en temps, en français, ça peut se dire chier. Un chiat, c'est peut-être un bébé chien, un chiot, né d'une maman chienne et d'un papa chien. Tu ne sais pas ce que tu veux. Tu veux être Katia qui veut être une fille? Quand tu étais dans la couveuse [1], tu ne savais pas de qui tu étais le plus près dans ton cœur, de ton papa ou de ta maman.
Katia : Une boule.
Françoise Dolto : Une boule papa? Une boule maman?
Katia (prenant une poupée fleur) : Ça ressemble à un gant. »

Françoise Dolto s'adressant à l'assitance de son séminaire : Elle change de conversation.

« *Françoise Dolto :* Une drôle de poupée.
Katia : Une drôle de Valérie!
Françoise Dolto : Toutes tes poupées sont des Valérie?
La mère de Katia : Non, sa meilleure amie s'appelle Valérie.
Katia suce son pouce en tétant.
Françoise Dolto : Au revoir. Oui, téter et sucer, cela te ressemble comme quand tu étais toute petite. A dans quinze jours ou dans un mois?
Katia : Quinze jours. Le jouet il est tombé, faut pas pleurer.
Françoise Dolto : Cela ne fait rien de pleurer, Katia, tu peux pleurer.
Katia : Faut pas pleurer.
Françoise Dolto : C'est très bien de pleurer, tant pis pour les gens que cela embête, pleurer c'est comme de l'eau qui vient des yeux. Madame Dolto ne dit pas qu'il ne faut pas pleurer.
Katia sort. »

F. D. : Ce qui me paraît intéressant à la relecture, c'est qu'il a fallu que Katia redégringole à l'image de la boule, c'est-à-dire

1. Il est nécessaire, évidemment, d'expliquer à l'enfant ce qu'est une couveuse.

au plus archaïque de son image. C'était nécessaire, car pour sa mère, tous les enfants semblaient s'appeler Valérie. Ses amies, ses poupées, etc. En fait, pour sa mère, Katia aussi était une poupée sans nom. Elle n'était pas nommée parce que infirme. Un état qui avait été une épreuve terrible pour ses parents. C'est pourquoi, sans doute, Katia a essayé d'être mammika et nier qu'on pouvait réunir les deux sexes dans la scène primitive et devenir les deux adultes. Tout cela pour pouvoir redescendre à cette image archaïque de la boule, sucer son pouce et pleurer, c'est-à-dire faire retour aux yeux baignés par le liquide amniotique. Elle a pu se laisser aller à régresser très loin, momentanément, après avoir reçu, au cours de cette séance, ces initiations successives à la castration.

Sa séance a bien marché, puisque Katia a voulu revenir quinze jours plus tard.

Il y avait déjà un progrès énorme par rapport à la première séance, où elle paraissait incapable d'entrer en relation, lançant au hasard des mots sans rapport avec ce que je lui disais.

P. : Aujourd'hui, que pourriez-vous dire à propos de cette séance que vous nous avez lue?

F. D. : Elle est avant tout l'illustration que, lorsqu'un enfant désire un objet partiel, c'est toujours en identification à quelqu'un.

Beaucoup de psychothérapeutes l'oublient. Quand un enfant cueille des fleurs, c'est toujours pour quelqu'un. Quand un enfant parle, c'est toujours à l'intention de quelqu'un, mais certainement pas pour parler tout seul, et ça n'est pas toujours pour s'adresser à la personne présente.

Tous les gestes, actes ou paroles des enfants se font ou se disent en fonction d'une relation imaginaire avec quelqu'un.

Par exemple, quand un enfant vous dit : « Je veux cela », répondez-lui donc « Pourquoi faire? » Lui : « Je le veux. » Vous : « Pour être comme qui? Pour faire comme qui? » Et, là, il vous le dira.

C'est toujours dans le but de s'identifier à quelqu'un représentant une image progressive pour lui ou valorisée par autrui, que l'enfant fait ou dit quelque chose.

Chapitre 4

Les différentes castrations II

La non-castration ombilicale et les phobies - La castration orale - La castration anale.

P. : Comment définiriez-vous la castration ombilicale?

F. D. : Retournons le problème. La non-castration ombilicale se repère à ce que l'enfant est dans un état fusionnel avec l'autre. On le voit aussi chez les adultes psychotiques et pré-psychotiques. Pour en sortir dans une thérapie, il faut commencer par admettre cette fusion pendant un certain temps, puis verbaliser la terreur phobique de ne plus être dans un état fusionnel avec l'autre. Les personnes n'ayant pas construit leur double sont potentiellement psychotiques et c'est leur enfant qui leur sert de double. Dans ce cas, lui est psychotique.

Cette non-castration ombilicale s'observe dans presque toutes les phobies. L'être humain n'a pas une image de lui-même en tant qu'individu complet et cela se concrétise en présence de l'objet phobique : il lui faut absolument ce dont il s'imagine manquer.

Je pense par exemple au cas d'une petite fille qui allait seulement à l'école les jours où sa tante venait chercher sa mère.

L'explication fut vite trouvée : sa mère était phobique des chiens et ne pouvait pas passer seule devant la loge de la concierge, où il y avait un chien, sans tenir la main de quelqu'un.

Il me semble que les phobiques ont des images du corps telles qu'ils ont besoin d'un deuxième corps, celui d'un autre, auquel ils empruntent la partie dont ils s'imaginent manquer pour pouvoir faire face au danger.

Un autre cas me revient, celui d'une enfant de six ans, qui m'a été amenée pour un symptôme curieux. Elle se pliait soudain en deux dans la rue et regardait derrière elle entre ses jambes, pénétrant dans un monde déréel puisqu'elle voyait les passants à l'envers. Si sa mère lui prenait la main à temps, le trouble disparaissait.

En fait, au cours des séances, je me suis aperçue qu'elle se mettait dans cette position pour voir si elle avait un pénis. Seulement c'était complètement déplacé dans ce symptôme dingue : pliée en deux, regardant le monde à l'envers entre ses jambes, à ras du sol, c'est, dans l'image du corps, une situation quasiment fœtale.

A l'école, elle devenait maboule de perfectionnisme, rien n'était assez parfait dans son travail, ce que j'ai interprété, en en parlant avec elle, comme quelque chose du style suivant : « Si je ne suis pas parfaite, c'est qu'il me manque le membre pénien des garçons, qui, eux, représentent la perfection. » Et par ce dire, elle est sortie de la castration primaire.

La phobie est un trouble qui induit des régressions graves : « Je ne suis pas équipé pour assumer les épreuves d'un être humain autonome », se dit le phobique. L'autonomie n'est pas atteignable si on est mutilable par n'importe quoi ou n'importe qui, et si on n'est pas reconnu par soi et par autrui dans son sexe.

Quand on touche à la castration primaire, on est obligé de retourner à la castration ombilicale.

On ne peut pas parler à l'enfant de castration primaire sans lui parler de son désir d'être né sexué tel qu'il est. Et dans l'exemple de cette petite fille, de lui expliquer que, puisqu'elle est du sexe féminin, elle est intègre depuis toujours. Si c'est un garçon, de lui dire la même chose, mais de préciser qu'il ne sera jamais mutilé, parce que son père veut qu'il ait ce sexe puisque c'est lui qui lui a donné la vie, pour qu'il donne la vie à son tour.

On ne peut pas non plus donner la castration primaire à un enfant, si on ne la relie pas à la fécondité des parents et à sa future fécondité, reliée à son désir d'être né d'une scène primitive initiale qui est celle de sa conception.

Dans une psychanalyse la reviviscence de ce fantasme et l'état dépressif qui s'ensuit – ce que l'on appelle passer par les pulsions de mort – sont fondamentaux. C'est le signe que le sujet est allé jusqu'au bout dans sa perte du placenta, ce double, ce jumeau intra-utérin – et qu'il s'est constitué dans le transfert, par la parole, un double authentique.

La castration ombilicale, c'est la castration du fusionnel, qui est alors symbolisée par une relation à deux, dont l'un, la mère, est tout à fait entier, et l'autre, le bébé, a besoin d'un objet partiel.

Mais cet objet n'est plus ombilical, il est la sublimation de la relation ombilicale qui est la relation à la nourriture liquide passant par la bouche au lieu de passer par l'ombilic.

Il y a transposition : la nourriture vient par la bouche, l'ombilic est castré, mais il est transposé dans des pulsions vitales qui sont satisfaites par la bouche. Quant aux pulsions d'expulsion vitale excrémentielles, elles prolongent l'expulsion *in utero* de l'urine.

Il y a, par exemple, des enfants retardés qui font caca dans leur bain. Là il faut absolument leur parler de cette façon de faire dans la mère, qui est incestueuse dans les intentions, et la castrer en disant : « Quand tu étais dans le ventre de maman, tu ne faisais pas caca, tu ne mangeais pas, tu buvais et tu urinais seulement. Alors qu'est-ce que ça veut dire de faire caca dans le bain? Peut-être veux-tu tuer maman? Peut-être veux-tu te tuer toi-même? Peut-être veux-tu mourir? »

Un enfant m'a dit « oui » un jour. Alors je lui ai répondu : « C'est permis de mourir, mais autrement qu'en faisant un caca dans l'eau. Et on va parler mourir. » Il s'est aussitôt mis à faire un dessin tout noir.

En effet, c'est une pulsion quasi autodestructrice de faire caca dans le bain, parce que ça n'a jamais existé. En présence d'une situation ayant déjà existé, on peut permettre une satisfaction archaïque.

Mais pas dans le cas d'une situation n'ayant jamais été, sinon cela signifierait pour l'enfant que nous autorisons une déviance et une autodestruction imaginaire.

C'est à cause de cela que beaucoup de gens me reprochent d'être morale avec les enfants. Je le suis, en effet, car la morale du développement du corps est indispensable, sinon l'enfant n'atteindra jamais à la sublimation des pulsions castrées en s'identifiant à l'adulte qui continue de satisfaire ces mêmes pulsions, mais d'une autre façon.

Par exemple, voyons comment se passe une castration orale réussie. Elle commence par le lait. L'enfant, en venant au monde, le fait monter dans les seins de sa mère. C'est donc à la fois un objet qui lui appartient mais qui se trouve aussi dans le corps de la mère.

Mais cette mère, nourriture par le lait qu'elle donne, est aussi un instrument fonctionnel par sa mamelle. L'enfant, au moment du sevrage, sera privé de la mamelle et la représentera ensuite par tous ces bonbons dont il nous inonde, ou par tous ces objets partiels en pâte à modeler qu'il se fourre dans la bouche, pour réévoquer le mâchonnement du sein ou de la tétine.

Bon, alors je laisse faire un certain temps et j'explique ensuite à l'enfant que seul le lait lui appartenait, mais pas le téton, qui était seulement prêté. Car ce téton est pour l'enfant le prolongement du corps de la mère et le prolongement de sa langue à lui.

Il faut donc castrer la langue du téton pour que l'enfant puisse parler, et c'est pour cela qu'il ne faut surtout pas que la mère disparaisse le jour où elle arrête de donner le sein, mais au contraire compenser cela en cajolant le petit en corps à corps, en mettant des mots sur le sevrage et en étant attentive à ce que l'enfant apprenne à prendre de l'air dans sa bouche, pour parler.

Cette médiation est très importante et peut durer quelques semaines. Elle est rarement enseignée aux mères, qui arrêtent de donner la tétée pour retourner au travail et placent l'enfant en nourrice sans qu'il y ait eu symbolisation de la pulsion castrée, qui commande toute la maîtrise de la pulsion sphinctérienne orale-anale de la bouche anale, c'est-à-dire de la bouche musculairement phonatoire, faiseuse de paroles. (La bouche orale, elle, est avalante, mordante.) Cette analisation de la bouche se fait également dans le corps à corps cajoleur par la relation subtile olfactive avec la mère, qui continue au-delà du sein. Faute de cela, l'enfant ne va pas sublimer les pulsions orales en communication de paroles, c'est-à-dire de choses subtiles, encore plus subtiles que le liquide.

Tout ce que nous rencontrons actuellement de difficultés de langage chez les enfants vient d'un sevrage brutal. L'enfant passe, d'un lien charnel avec sa mère, à la position d'objet partiel avec la personne qui s'occupe de lui. Il est manipulé comme un simple nichon. Dans ce cas, l'enfant est certes sevré, mais mal. Il a en effet comme modèle quelqu'un qui ne peut pas symboliser ses pulsions orales. L'adulte en question n'est pas sevré lui-même et n'est donc pas castré sur ce plan.

Quant aux pulsions anales, c'est le grand viol dans notre société, c'est la privation bien trop tôt, donc insupportable [1]. La castration des pulsions anales n'est jamais envisageable avant que l'enfant puisse neurologiquement contrôler la région dont on lui demande de ne plus tirer les mêmes satisfactions. Ce contrôle n'est possible qu'avec la terminaison complète du système nerveux central, la terminaison de la moelle épinière et de la queue de cheval, c'est-à-dire ces petits filets nerveux qui vont à toutes les terminaisons, en particulier aux terminaisons des membres inférieurs, en même temps qu'elles vont au périné et chez le garçon jusqu'au méat urinaire, jusqu'à la peau des bourses et à la plante des pieds.

On peut savoir que cette maturation est terminée quand l'enfant acquiert une très grande souplesse, qu'il peut se mettre sur la pointe des pieds, sauter, danser, c'est-à-dire vers vingt-quatre mois.

Si un petit garçon ne devient pas propre à ce moment-là, c'est qu'il n'a pas accédé à une identification à lui-même en tant que garçon.

Il s'identifie à une chèvre, à un chien, à n'importe quoi, ou à un objet de plaisir ou de déplaisir pour sa mère, qu'il maîtrise à sa guise par sa non-continence, en l'obligeant à lui donner ses soins.

Mais une mère qui exige de son fils une propreté trop précoce se livre à un vrai jeu de massacre, car un petit garçon n'a aucun moyen de sensibilité discriminatoire de la plénitude de la vessie

1. La frustration n'est pas symboligène, elle est traumatisante, mutilante du sain plaisir de « faire » à son lieu érogène premier.

ou du rectum et il confond tout d'un bloc, ses pulsions sexuelles, anales et urétrales.

Pour la petite fille, ce sera moins grave, parce que ses pulsions sexuelles ne sont pas confondables avec ses pulsions anales et urétrales et que cela pourra toujours se remanier plus tard. Elle est donc dans ce cas comme dans le cas d'une non-castration ombilicale, mais en identification avec quelqu'un qui a le même corps qu'elle.

De toutes façons, un enfant qui n'a pas été violé dans ses rythmes physiologiques devient continent tout seul. Tous les mammifères le sont. Alors, ne pas l'être, chez un humain, est un langage... à décoder.

Autre idée reçue à mettre à mal : le corps n'a pas à produire quelque chose – un caca ou un pipi, par exemple – pour faire plaisir à la mère. Cela c'est une perversion des demandes de l'adulte. Et pourtant cela a couru les livres de psychanalyse : « C'est le premier cadeau, il faut le valoriser, bravo, c'est bien, comme il est beau ton caca, etc. » Toutes sortes de comédies qui disloquent l'enfant, ce dernier sachant très bien que son caca n'est ni beau ni laid; il est, c'est tout.

En revanche, je sais que les enfants diarrhéiques sont dépressifs parce que leurs excréments n'ont pas une belle forme, mais ils sont également dépressifs à cause de l'inquiétude de leur mère devant leur diarrhée. Avoir la diarrhée, c'est être déconfit et non promotionné. Mais cela c'est autre chose.

Autrement, le caca n'est ni beau ni laid. Le faire, c'est signe que l'on va bien, c'est tout. En revanche, en psychothérapie, le caca peut avoir une utilisation intéressante. Par exemple, quand l'enfant fait un modelage à propos duquel il vous dit qu'il a voulu faire telle ou telle chose et que vous ne la reconnaissez absolument pas, vous pouvez lui dire : « Je ne reconnais pas. Mais ce que je reconnais, c'est que ça ressemble à une crotte. » Les enfants sont absolument ravis. Et vous continuez : « Ce serait la crotte de qui? Qui aurait fait cette crotte? Alors, c'est papa? C'est Tartempion? » Finalement on arrive à reconnaître une crotte de chien, une bouse de vache, une chiure de mouche. C'est fantastique, parce que les pulsions anales finissent par se sublimer dans le langage et dans l'observation.

C'est cela sublimer les pulsions anales. Il faut commencer par s'y intéresser, parce qu'il est nécessaire d'éprouver d'abord du plaisir, mais en paroles, ce qui est déjà autre chose, et ensuite de reconnaître que ce besoin est celui de tous les êtres vivants charnels.

Quant aux humains, qu'en font-ils de ces pulsions anales? Ils déplacent cet intérêt manipulatoire et expulsif sur la modification d'une forme avec la surprise, par les formes qu'ils produisent, de se découvrir créateurs. Et s'il s'agit de quelqu'un, sur l'identification à quelqu'un d'autre. C'est cela castrer les pulsions anales. Mais certainement pas empêcher les enfants de faire pipi et caca quand ils en ont envie. Cela, c'est agir en femme de Cro-Magnon en se croyant au XXe siècle.

C'est mutiler les enfants dans leur rythme et leur être charnel. Ce n'est pas de l'éducation. Les mères « bouffe-merde » sont en fait des paresseuses qui ont la flemme de changer l'enfant. Et plus il est mutilé, plus il est trognonné, plus elles sont fières de dire à la voisine : « Vous voyez, mon petit, il est rudement trognonné, il est déjà propre. »

Pour un enfant, l'éducation consiste, une fois le moment venu, à se comporter pour l'excrémentation comme le font les adultes, c'est-à-dire à aller aux lieux réservés à cela. Mais il faut que le destin de l'excrément soit connu de l'enfant, il faut qu'il sache pourquoi l'excrément se met dans les cabinets, sinon cela n'a pas de sens. Qu'est-ce que c'est que ce trou qui veut quelque chose qui était en moi avant et qui va s'en aller par là après? Tout cela, il faut l'expliquer.

Tout doit être dit avec des paroles. En général, à la campagne, c'est très clair. Les enfants voient que ça sert à faire pousser les légumes, ou que ça va sur le fumier. Mais dans les villes, il faut expliquer au petit le cycle de l'azote, lui expliquer qu'il est maître de son excrément jusqu'au moment où il va le mettre, comme les parents, dans le trou des cabinets. Les chasses d'eau sont dramatiques pour beaucoup d'enfants, parce que ce n'est pas eux qui la font marcher, alors qu'un bébé qui fait caca, c'est quand même lui qui fait marcher la chasse d'eau du vide de ses couches, et il sait depuis qu'il est petit ce que sont ses besoins et qu'ils vont dans ses couches.

Alors quand ils arrivent à la propreté sphinctérienne, il y a déjà belle lurette que les enfants sont très adroits des mains pour faire des formes. Les mains, qui sont des sphincters grâce aux doigts, forment et modèlent des matières sur lesquelles se sont déplacés les intérêts sphinctériens antérieurs.

L'éducation, c'est non seulement l'identification aux adultes, mais aussi l'abandon du circuit court des satisfactions pour un échange à base de modification des formes, en vue de produire des idées qui sont des représentations d'autre chose.

Le commencement des transformations des pulsions anales consiste à faire quelque chose avec ses mains. Et les premières choses que tout enfant fait, qu'il le sache ou non, ce sont des crottes. C'est ce que fait le corps. A partir de là, la symbolisation peut se faire, à condition que l'adulte ne s'intéresse pas à l'objet partiel-caca, en tant que tel, et ne demande pas sans arrêt : « Comment as-tu fait caca? » Vous savez bien qu'il y a des familles obsessionnelles dans lesquelles le père demande à chacun au petit déjeuner : « Comment as-tu fait? »

C'est quelque chose qui date, je dirais du XVIe siècle, au moment du choléra. A l'époque cela se comprenait pour dépister le moindre signe de cette maladie. Mais aujourd'hui, c'est de la bonne névrose obsessionnelle, et chez des enfants élevés dans une telle famille, il est souvent très difficile de s'apercevoir de cette anomalie de comportement familial.

C'est aussi le cas des enfants qui ont eu des mères dévoreuses. Donner son caca à sa maman – à sa maman dévoreuse de caca – a été tellement promotionnant pour l'enfant, que ce dernier s'arrête par exemple de manger au milieu des repas pour faire caca. C'est cela le symptôme du pot de chambre sous la chaise de l'enfant à table. Là aussi, il s'agit d'une confusion des sublimations orales et anales. Je me souviens d'un petit garçon schizophrène dont la mère voulait qu'il soit propre, mais sans avoir froid au derrière sur son pot de chambre en métal. Alors elle mettait le pot à chauffer sur un coin du fourneau, parmi les casseroles. Quand on mettait le couvert, l'enfant allait chercher son pot de chambre, le mettait sous sa chaise, commençait à manger, puis descendait sur son pot, remangeait, redescendait, et ainsi de suite. Dès l'origine, il y avait chez cet enfant confusion entre le réceptacle de l'objet à manger, casserole, et celui de l'objet à déféquer, pot de chambre.

La castration orale, elle, débouche sur la symbolique de la mimique. De la castration de l'enfant découle le tabou du cannibalisme. Ce dernier est remplacé par la communication orale et la parole.

Tandis que la castration anale, c'est au bout du compte la castration de la déformation des formes et de l'atteinte au corps d'autrui. L'interdit de l'agression du corps d'autrui, et donc du meurtre, découle de la sublimation des pulsions anales. Au départ, c'est un déplacement sur des objets de déformation, de coupe, d'agression. Cela se joue autour des pulsions anales castrées de la satisfaction sur l'objet et reportées sur des représentations, mais jamais sur le corps d'un animal vivant ni de quelqu'un, qu'on formerait à son idée, qu'on déformerait ou mutilerait.

Chapitre 5

L'être humain, ce mammifère, est psychiquement un être de filiation langagière, donc d'adoption - Didier ne parle que le langage qu'il s'est inventé.

P. : Qui sont les parents du narcissisme primaire, dont vous parlez souvent?

F.D. : Ce sont les parents intérieurs, le père et la mère, qui vivent en chacun de nous. C'est la raison pour laquelle aucun d'entre nous n'a besoin d'être élevé par ses parents de naissance, à partir du moment où d'autres êtres humains permettent notre développement potentiel libidinal et éduquent nos capacités vers leur destin d'échange langagier, créatif et procréatif. L'être humain est physiquement un mammifère et psychiquement, un être de filiation langagière, donc d'adoption.

Au départ, l'enfant se construit symboliquement dans sa relation avec autrui. Bien sûr, la fonction mammifère biologique de l'être humain existe aussi, mais elle est totalement marquée par le langage, sans doute à cause de la disproportion existant entre notre énorme encéphale et notre corps.

Notre maturation biologique marque un retard considérable par rapport aux autres mammifères, puisque notre encéphale n'est terminé qu'à vingt-huit mois et notre développement osseux qu'à vingt-cinq ans.

Tandis que les mammifères sont debout tout de suite et capables dans l'heure suivante de trouver leur nourriture, l'enfant, lui, est absolument lié à sa génitrice pour sa survie ou à une autre créature vivante, qui assume son existence.

Le père et la mère, vivant en chacun de nous, se perpétuent à travers nous, en s'adaptant au langage de celui qui s'occupe de nous. Puis, c'est le temps de la castration : le garçon, par exemple, ne peut plus se laisser aller vers la mère qui est en lui, il renonce à la féminité, qu'il retrouvera à l'extérieur, dans la femme qu'il choisira. C'est cela le véritable Œdipe : il se vit à l'intérieur du sujet, qui effectue tout un travail sur le père et la mère en lui, ainsi que sur la fonction émissive (masculine) et réceptive (féminine).

Ces éléments constituent le narcissisme primaire, dans lequel le corps est entièrement impliqué. Le corps est à la fois émissif et réceptif pour lui-même. Mais selon son sexe, chaque être favorisera la dominante en renonçant à ce qui en lui appartient à l'autre sexe pour pouvoir s'adapter à la vie en société, avec ceux de sa classe d'âge et de son sexe.

L'Œdipe, processus interne de l'être humain, peut être faussé par les relations langagières d'une mère et d'un père, fixées érotiquement et de façon inconsciemment incestueuse, à leur enfant.

C'est ce qui mène certains humains à l'homosexualité, dominante dans leur corps génital. On sait aussi que cette homosexualité adulte permet les plus grandes sublimations culturelles. La fécondité, mais également la paternité et la maternité symboliques, qui ne peuvent se réaliser sur le plan de la génitalité, trouvent une issue sur le mode langagier, culturel et artistique.

P. : Voilà le cas de Didier, un petit garçon de cinq ans, qui ne parle qu'un langage inventé, et que je ne comprends pas. Comment m'y prendre?

F. D. : C'est un enfant musicien?

P. : Oui.

F. D. : C'est souvent le cas. Ce sont des enfants musiciens, très intelligents, traités comme des imbéciles par les parents. Ils n'ont pas parlé à temps, alors qu'ils comprenaient le langage. On leur parlait « gnagnagna », sans attendre de réponse d'eux, ni chercher à savoir qu'ils comprenaient. C'est vraiment un enfant pour qui la psychothérapie est indiquée, parce qu'il conserve en lui des enclaves d'attitudes négatives vis-à-vis de la société des adultes. Il est sûrement doué auditivement. Mais on s'est payé sa tête en lui apprenant le langage.

Il doit y avoir là-dessous l'histoire de la naissance d'un petit frère. Et la mère, au lieu de s'adresser à cet enfant comme à l'aîné qu'il était, s'est mise à lui parler comme au nourrisson, avec ces « gnagnagna » stupides.

P. : Pour l'instant, je vois surtout sa mère, en sa présence.

F. D. : Mais pourquoi parlez-vous avec sa mère?

P. : De toute façon, Didier ne veut pas parler.

F. D. : Ne pouvez-vous pas entrer en contact avec lui, même en présence de sa mère? Mais pas pour elle, pour lui. Pour que lui prenne valeur de sujet, d'interlocuteur valable, en faisant faire silence à la mère. Si elle veut répondre à la place de son enfant, faites-lui comprendre, par votre index sur la bouche, qu'elle ne doit pas répondre. Mieux vaut ne pas saisir la réponse de l'enfant, plutôt que de laisser sa mère interpréter ce qu'il dit ou répondre à sa place. Vous pouvez dire à la mère, par exemple : « Si vous avez besoin d'exprimer quelque chose, vous l'écrivez sur un petit papier, et vous le faites passer. » Et vous dites à Didier : « Je ne veux pas que ta mère parle, c'est toi qui m'importes, si elle a quelque chose à me dire, elle me l'écrira. » Et si la mère écrit quelque chose, vous le lisez au petit.

P. : Mais il n'y a pas que la mère, il y a souvent aussi le grand-père, la grand-mère, le petit frère, enfin toute la famille!

F. D. : Mais alternativement? Tout le monde ne vient pas à la fois?

P. : Quelquefois tous viennent en même temps.

F. D. : Eh bien, faites entrer tout le monde, cela n'a aucune importance, puisque vous allez demander à tout le monde de se taire. Et puis dites bien à l'enfant : « Je ne veux pas que ta famille m'aide à te comprendre, sinon cela ne t'avancera pas. » En fait, c'est un enfant qui veut dire beaucoup plus de choses qu'on ne lui en a dites.

P. : Mais enfin, il tient énormément à ce langage!

F. D. : Oui, mais il tiendrait encore plus à faire de la musique. Qu'on lui donne un professeur de piano, et vous verrez à quel point c'est un enfant musicien.

La forme des mots, le langage, ne l'intéressent pas. Il faudrait que des neurobiologistes nous parlent de cela. Cela tient à la façon dont s'inscrivent les informations dans tel ou tel hémisphère cérébral. Le dessin, ou le trait, s'inscrivent dans un hémisphère, et la couleur dans l'autre. De même que la sonorité des paroles est reconnue dans un hémisphère, et la forme des mots dans l'autre.

P. : C'est une langue qu'il s'est construite et qui est bien formée.

F. D. : Sûrement. C'est une forme d'autisme chez cet enfant. Mais c'est un autisme grâce auquel il communique, plus par la richesse des modulations et des sonorités que par le sens et le code des mots.

P. : Il a presque une grammaire dans cette langue-là.

F. D. : Bien sûr! Étudiez-la, ce serait très intéressant. Vous comprendriez l'inconscient de cet enfant qui a créé un autre langage, et qui cherche à communiquer.

P. : Oui, il parle sans arrêt.

F. D. : J'ai eu un cas semblable à celui de Didier. Je n'ai rien fait, je n'ai pas voulu voir l'enfant. J'ai simplement conseillé à ses parents de lui donner un professeur de musique et de le mettre à l'école. En prenant la précaution d'expliquer à la maîtresse qu'il parlait très bien, mais qu'il faisait exprès d'utiliser un langage à lui pour qu'on ne le comprenne pas; que, d'ailleurs, un médecin l'avait examiné, en diagnostiquant que le jour où il voudrait, il parlerait très bien. A l'école, il parlait parfaitement, tandis qu'à la maison il continuait à n'utiliser que son langage. Pourquoi aurait-il changé? Puisque cela amusait beaucoup ses frères et ses sœurs et qu'il obtenait ainsi toujours ce qu'il voulait. C'est hystérique, c'est tout ce que l'on veut, c'est fait pour intéresser les gens, et c'est pour cela qu'il faut le respecter. Parce qu'il a des qualités personnelles singulières qui sont à éduquer : une sensibilité auditive et une adaptabilité à l'affectivité du monde ambiant. Interlocuteur reconnu comme amusant mais sans importance, il agissait pareillement vis-à-vis de son entourage familier.

J'ai eu des nouvelles de cet enfant bien plus tard. Les parents étaient rassurés de savoir qu'à l'école, au moins, il parlait, amusés et perplexes à la fois devant son jargonnage à la maison.

Il a cessé après une classe « verte », où la vie, comme à la maison, s'est déroulée en communauté.

Dans cette famille, c'est finalement la mère qui a fait une psychanalyse. Les parents étaient venus chez moi pour avoir l'adresse d'une orthophoniste, envoyés par leur médecin qui m'estimait de bon conseil. Il est certain que si cette famille avait soumis l'enfant à une consultation médico-pédagogique, il était bon pour une rééducation orthophonique qui aurait duré des mois. Tant qu'il n'allait pas à l'école, il n'était pas motivé pour corriger son langage, et, sans musique, il n'était pas reconnu dans son type à lui, d'intelligence auditive, qui avait besoin d'être pris en considération.

En ce qui concerne Didier, avez-vous vu son père? Parle-t-il à son fils?

P. : Oui.

F. D. : Dit-il des choses intéressantes?

P. : Oui, mais il n'est pas très concerné. C'est surtout la mère, toute la lignée maternelle qui s'y intéresse.

F. D. : Je ne dis pas que vous n'avez pas à voir la mère, mais pas le même jour que l'enfant. Qu'elle vienne pour elle, mais le jour où elle vient pour l'enfant, qu'elle se taise. Et puis, demandez donc que le jour où Didier vient vous voir il soit accompagné par son père, ou par son grand-père. Cet enfant entouré de femmes qui ne peuvent dire que des choses parfaitement ennuyeuses a sans doute désiré rester en deçà du langage des adultes, presque uniquement représentés par des femmes.

Il serait bon de le « garçonniser ».

P. : C'est une famille où il n'a jamais été désiré par les femmes. La mère, de plus, ne voulait que des filles et l'arrivée de garçons a toujours été une catastrophe.

F. D. : Ce que vous venez de dire là est fantastique! Cet enfant a perçu très tôt qu'en tant que sujet dans un corps de garçon il n'avait pas sa place d'interlocuteur valable. Plutôt que de parler selon le désir des femmes, comme une fille qu'il aurait dû être, il a préféré prendre ce statut d'ange, c'est-à-dire d'être humain parlant, mais pas le langage terrien.

Cet ange parle un autre langage que les femmes, ignorant tout du langage que parlent les hommes. Vous, une femme, que faites-vous donc encore là-dedans?

Il faut absolument voir le père et le grand-père. Il a cinq ans, n'est-ce pas? Pour cet enfant qui n'est pas retardé, c'est l'âge œdipien, et ce langage bizarre, c'est son truc pour avoir sa mère.

P. : Qu'entendez-vous par enfant retardé?

F. D. : Didier ne l'est pas pour sa libido. Il l'est en performances. Il me fait penser à un autre cas. Récemment, on m'amène en consultation un jeune garçon tellement intelligent – disait sa mère – qu'il fallait absolument lui faire sauter une classe.

Heureusement, le médecin consultant, qui est également un psychanalyste avisé, a tout de suite posé une série de questions pertinentes : mange-t-il tout seul, coupe-t-il seul sa viande, se lave-t-il seul, se torche-t-il seul? A chaque question, la réponse était non. « Bon, a dit ce médecin, je ne l'aide à sauter cette classe que s'il revient dans quinze jours en sachant faire cela tout seul », c'est-à-dire si cet enfant se promotionnait par une conquête motrice. Sans ce médecin, ce garçon filait droit dans la psychose, parce qu'il avait été mis à l'école tout en demeurant encore l'objet partiel du corps de sa mère.

En un mois, cet enfant a tout su faire tout seul.

Voilà aussi ce qu'est un enfant, il faut le savoir. Avant qu'un enfant parle, il faut qu'il sache faire tout cela. Sans quoi il s'embarque dans la seule musicalité de la parole et se coupe de la sociabilité du langage.

Il est indispensable qu'un enfant, à partir de cinq ans, soit complètement au service de son corps, qu'il puisse se passer de sa mère, et qu'il ait sevré sa mère de sa présence pour tout ce qui concerne ses besoins.

P. : C'est pour cela que, dans le cas de Didier, il me semblait important de travailler avec sa mère.

F. D. : D'accord, mais le plus essentiel consiste à comprendre que l'immaturité affective est compensée soit par un langage marginal, comme pour Didier, soit par une intelligence scolaire extraordinaire, comme dans ce dernier cas.

Seulement, voilà, ce sont des enfants tellement fragiles que la moindre chose va les traumatiser.

J'ai eu le cas d'un autre garçon de sept ou huit ans, dont la mère ne pouvait pas se dégager. Devant elle, j'ai dit à l'enfant que c'était à lui d'aider sa mère à se passer de lui et de se faire aider par son père. Eh bien, un jour, elle a voulu, comme d'habitude, entrer avec lui pour sa séance, et il lui a fermé la porte au nez.

J'ai senti qu'elle était dans la salle d'attente en train de sangloter. Alors, avec son enfant, nous sommes allés la consoler. J'ai dit à l'enfant : « C'est parce que tu as grandi très vite, et qu'elle ne s'y est pas attendue, que ta maman est triste. » Alors il a pris la parole : « Tu sais, maman, maintenant il faut que tu demandes à papa de te faire un autre bébé, comme ça tu auras huit ans (son âge) pour t'en occuper. » C'était incroyable de constater l'évolution de cet enfant qui était pourtant sur le point de devenir un délinquant fixé à une mère qui ne pouvait pas se sevrer de lui.

Alors, dans le cas de Didier, par exemple, le truc d'une langue comme la sienne l'oblige encore à être en relation avec sa mère, car elle est la seule à décoder son jargon. C'est cela, le fond de l'histoire. Mais c'est moins grave que d'être bon élève, parce que la société vous croit alors un enfant détaché de votre mère. Et là, il n'y a plus d'issue.

Chapitre 6

Le psychotique en quête de double ou d'objet sexuel? - Tout être humain est utile à quelqu'un d'autre - Les transferts inimaginables des psychotiques.

P. : Parlez-nous de l'importance du double dans les thérapies de psychotiques?

F. D. : Le double, c'est l'autre semblable, l'autre en miroir, grâce auquel nous nous sentons complets et, au contraire, mutilés quand il n'est pas là. C'est une façon qu'a l'individu de sentir un autre en lui et de ne pas être totalement le sujet de son désir. Ainsi, qui parle à qui, lorsque quelqu'un se tutoie dans son for intérieur? Ce tutoiement, qui nous est à tous familier, nous montre d'ailleurs à quel point la solitude est impossible à supporter pour l'être humain. Je crois que la solitude est quelque chose qui n'a pas été tellement étudiée en psychanalyse et que c'est un état pervertissant.

Beaucoup de nos structures psychiques viennent de cette nécessité de négocier la solitude dans laquelle nous sommes tous. C'est de là, sans doute, qu'est née la psychanalyse.

P. : Je pense plus précisément à l'expérience des psychotiques qui quêtent toujours ce double d'eux-mêmes.

F. D. : D'accord. Mais nous ne savons pas si un psychotique quête un double, ou s'il s'agit du guet de l'objet sexuel, et de l'objet sexuel de quelle époque? Cela peut être un objet de son désir. Or l'objet du désir existe déjà chez le nourrisson dès la première respiration. Nous ne savons pas *a priori* chez un psychotique, à quel niveau il cherche un autre. Est-ce son double, ou par exemple en est-il encore seulement au niveau du placenta qui cherche son fœtus? Chercher ce qui manque n'est pas *a priori* chercher un double, c'est-à-dire chercher l'autre qui représente réellement le sujet chercheur à l'affût de son manque. Dans le double, le sujet se reconnaît soi-même dans l'autre à l'affût du même manque que lui. Le double est *a priori,* à tort ou à raison, vu comme du même sexe que le sujet. Il n'est pas à proprement parler un autre.

On pourrait dire qu'un double est un répondant existentiel, mais pas un complémentaire sexuel. Il est contra-phobique de la solitude. Le double imaginé ou rencontré doit en effet être de la même espèce que le sujet et au même niveau d'évolution libidinale. Il est à distinguer du Moi auxiliaire constitué par les amis intimes, en ce sens qu'il est bien antérieur, mais toutefois, quelque chose du double, se moire dans le Moi auxiliaire. Cependant le sujet cherchant un Moi auxiliaire n'est pas frappé d'une hémiplégie imaginaire du corps propre, comme le paraît être le sujet cherchant un double. Cette identité imaginaire, le sujet cherche à la rencontrer dans la réalité pour conforter son narcissisme primaire. Si la personne qui sert de double éprouve le même besoin, alors, un doublet d'individus se constitue dans la réalité. Ceux qui ont trouvé un doublet sont un peu fétiches l'un de l'autre sans le savoir. Ce qui permet à leur propos de se poser la question d'un vécu antérieur au schéma corporel achevé, ou antérieur à un narcissisme primaire précoce vacillant, alors que déjà la nécessité d'un complément érogène s'est fait sentir.

La nécessité de la recherche d'un double est peut-être proche d'une structure pré-psychotique. Mais à coup sûr, le psychotique qui cherche est déjà moins atteint que celui qui ne cherche pas.

Parce que celui qui ne cherche pas démontre qu'il a trouvé, dans ses sensations viscérales, la présence langagière d'un autre. Dans ce cas, la difficulté du transfert consiste pour l'analyste à prendre la place de celui qui parle à l'intérieur du corps du patient, c'est-à-dire à prendre la place des tripes, des muscles, des sensations rythmées, des pulsations du sang, de tout ce qui constitue l'autre invisible du psychotique.

P. : Je crois surtout qu'un psychotique cherche la scène primitive.

F. D. : Oui, bien sûr, nous pouvons dire qu'il cherche le répondant de son narcissisme primaire, mais à quel niveau?

Car le narcissisme primaire se construit, en effet, jusqu'à l'acquisition de la station debout à une période où l'enfant n'a pas encore le langage émissif verbal, ni une parfaite coordination motrice. Le danger pour celui qui cherche à être l'autre du psychotique, c'est-à-dire le psychanalyste, c'est qu'il est menacé de dissocier lui aussi les bases de son narcissisme primaire qui intègre les pulsions actives et les pulsions passives du Ça.

Cela me fait penser à ce qui se passe dans les muscles antagonistes et agonistes qui doivent marcher de concert pour que nous puissions faire fonctionner notre organisme squeletto-musculaire. Prenons une image : un psychotique agressif fait corps avec qui peut être son autre passif et, inversement, avec son autre actif, lorsqu'il est lui-même mû par des pulsions passives.

Mais quel que soit le psychotique, à l'affût d'objets partiels de ses pulsions érotiques dont les aspects passifs peuvent être dissociables des aspects actifs, il y a chez lui, comme chez tout être humain, la nécessité de la rencontre avec un objet total, c'est-à-dire avec un être de langage.

C'est pourquoi, il est si difficile pour une thérapeute, d'être à la fois un être de langage et une prothèse des pulsions du psychotique, dont le double impact passif et actif-agressif, est dissocié.

Et si l'on ajoute que l'objet partiel, que le psychotique recherche, est d'une tout autre époque de son histoire que celui auquel le psychanalyste pourrait s'attendre d'après l'aspect de son schéma corporel, on comprend que servir d'autre à un psychotique angoisse celui qui ne l'est pas.

P. : Au fond dans tout cela ne s'agit-il pas, tout simplement, de la problématique du père? La difficulté dans une analyse de psychotique tient à ce qu'arrive un moment où votre patient vous fait éprouver un niveau incroyable de solitude. C'est à partir de là que nous nous rendons compte que sans

« père » nous ne pouvons pas fonctionner. C'est seulement si nous renvoyons cela, qu'un psychotique peut se restructurer sur un autre mode, me semble-t-il. Mais c'est un moment extrêmement difficile à vivre pour un thérapeute, dans la mesure où il comprend que, s'il n'est pas psychotique, c'est parce qu'il a choisi la loi du père pour échapper à cette solitude. On en réchappe donc au prix de sa propre division de sujet.

F. D. : Je pense que vous faites allusion au « nom » et à la « loi du père », tels que Lacan en parle. Il me semble que c'est cela, en effet, mais quand on parle du père s'agit-il du géniteur et s'agit-il de l'assumer tel qu'il a été, absent ou carencé? Le psychanalyste est-il le pair d'un tel père?

Je pense que le ou la psychotique que nous percevons comme toujours fixé à la scène primitive revendique un pair à sa mère, c'est-à-dire des pulsions de désir actif accordées à des pulsions de désir passif, à l'origine de son être.

C'est cela, me semble-t-il, qui est à la source de ce que dit Lacan. Et nous revenons au ressenti dissocié précoce des pulsions actives et passives qui ont fragilisé dès l'origine un être humain porté pendant neuf mois par sa mère dans le besoin de l'avoir, besoin qui peut être également celui du père, et relègue au second plan le désir de ses géniteurs l'un pour l'autre.

A l'origine de la fragilité première de tout psychotique, n'y aurait-il pas un désir de son père ou de sa mère, pour un double ailleurs et inconnu de lui, dont l'enfant supporterait d'être le fétiche pendant sa gestation et dans les premiers mois après sa naissance.

Double chéri ou double angoissant? Très souvent les psychotiques ont été portés comme des prothèses pour des absents nécessaires au narcissisme de leur père ou de leur mère. Alors qu'en est-il à ce moment-là du « nom du père » et de la « loi du père »? D'ailleurs qu'entendez-vous exactement par ces expressions, madame? Parlez-nous d'un cas concret.

P. : Bon, je pense au cas d'Éric, un petit garçon de cinq ans, dont personne ne voulait s'occuper dans le centre où je travaille et qui avait été renvoyé au médecin parce qu'il avait une grosse tête. Pendant sa première année de traitement, je ne m'en suis pas occupée, je l'ai laissé faire ce qu'il voulait dans mon bureau, sans rien interpréter. Cela lui a permis d'acquérir une autonomie motrice, de pouvoir s'habiller, de pouvoir faire pipi tout seul, etc.

F. D. : D'accord. Mais ce qui nous intéresse, c'est de savoir quelle était votre attitude vraie. Vous ne vous en occupiez pas en apparence, mais quelle était votre attitude intérieure?

P. : Ce qui me motivait à ce moment-là, c'était de me dire qu'il avait besoin de se ressentir seul auprès d'un substitut de sa mère, parce qu'elle était très enveloppante et qu'il n'arrivait pas à être seul auprès d'elle. Voilà pourquoi j'avais décidé de ne pas m'en occuper.

F. D. : Vous voulez dire de ne pas l'épier.

P. : C'est cela.

F. D. : Oui, mais vous, comment viviez-vous tout ce qu'il faisait?

P. : A vrai dire, je ne vivais pas grand-chose. Mais quand, à la fin de l'année, l'équipe m'a dit qu'Éric avait fait des progrès, j'ai été très vexée, parce qu'il était le seul enfant dont je ne m'étais pas vraiment occupée.

F. D. : En fait, vous aviez donc une attitude de non-voir, de non-écouter, de non-regarder. Et que faisiez-vous pendant ces séances?

P. : Je lisais.

F. D. : Vous étiez occupée par les paroles d'un auteur, donc d'un autre!

P. : C'est cela, et ensuite dans un deuxième temps, il s'est mis à déranger tout le monde, en entrant dans chaque bureau avant d'arriver jusqu'au mien. Il a eu une longue période d'opposition où il vidait les armoires en jetant leur contenu par terre. J'étais de plus en plus énervée contre Éric et j'ai fini par lui dire : « Je ne peux plus te supporter, désormais ce sera un monsieur qui s'occupera de toi. » Effectivement, un homme a pris le relais de sa thérapie. Quelque temps plus tard, Éric est revenu me voir : tous ses symptômes avaient cédé et il a commencé à considérablement s'épanouir à l'école.

F. D. : C'est cela que vous appelez faire appel à la loi du père?

P. : Je veux simplement dire que j'étais incapable de tenir une certaine position avec lui, simplement parce que j'étais une femme et que j'ai préféré dire à Éric – comme Winnicott le suggère – ce que je ressentais pour lui, à savoir de la haine, et que cela semble avoir réussi.

F. D. : Je ne sais pas... Je dois dire que, personnellement, je n'ai pas l'expérience de la haine, madame. En tout cas, ce que vous dites confirme l'expérience que j'ai eue il y a quelques semaines avec Aline, une petite fille. Je lui ai dit : « Vraiment Aline, je crois qu'il faut arrêter de venir à tes séances, parce que je ne vois plus à quoi je peux te servir. Cela fait une charge terrible pour tes parents qui viennent de très loin pour t'accompagner. » Ils habitaient la province. Je ne me sentais plus le droit de continuer avec un être humain qui me semblait vouloir conserver sa psychose comme un rempart contre une souffrance pire. A ma surprise, Aline a entendu ce que je lui ai dit, et à partir de ce moment-là quelque chose de nouveau a bougé en elle. Mais je ne peux pas dire que j'en avais marre. Simplement je ne savais plus ce que je faisais, ni si j'étais en droit de continuer.

P. : Winnicott n'utilise pas exactement le mot haine, mais un terme qui signifie que le thérapeute n'en peut plus.

F. D. : Eh bien, alors c'est une allergie! La haine, l'allergie, ce sont des phénomènes d'ordre physiologique. Je crois qu'il faut dire que ce n'est plus possible quand nous ressentons cela... (Silence.) Bon, eh bien, ça n'est pas étonnant qu'on en vienne à parler de cela en ayant abordé le thème de la solitude.

> P. (une autre) : En effet, à un moment donné, on se sent seul face à quelqu'un qui ne désire rien et ne veut pas sortir de sa psychose. Ça n'est pas de la haine, c'est plutôt du désarroi.

F. D. : Oui, c'est du désarroi et c'est aussi une option éthique. De quel droit continuer avec un être humain qui visiblement veut garder son *modus vivendi?*

> P. : Je crois qu'il n'y a pas que cela. Il y a aussi le fait que, dire son propre désarroi à un enfant psychotique, c'est le mettre tout à coup devant son inutilité par rapport à nous, c'est-à-dire briser son fantasme de combler le désir de sa mère.

F. D. : L'inutilité par rapport à quelqu'un d'autre n'existe pas. Tout être humain est utile à quelqu'un d'autre, sans quoi il ne serait pas vivant. Mais le sentiment de l'inutilité existe, et se noue autour des pulsions anales. Ces pulsions sont à l'origine d'une éthique de l'utilité, d'une éthique du « à quoi ça sert? ».

En effet, pris dans le sens d'objet partiel, certains êtres humains ne servent à rien en apparence, mais, au sens symbolique, de par leur existence même, ces êtres humains sont déjà extraordinairement insérés dans la société, même à l'état de fœtus. Regardez ces femmes à la santé fragile qui deviennent rayonnantes dès qu'elles sont enceintes. Dans ces cas-là, le fœtus sert bien à quelque chose.

Un être humain inutile, cela n'existe pas : il est toujours indispensable en quelque chose, et nous ne savons pas en quoi.

Je ne me situe pas sur un plan utilitaire matériel, mais symbolique.

Pour en revenir au cas d'Éric, cet enfant vous a été indispensable pour comprendre à ce moment-là votre impuissance à le mener plus loin. Ce qui ne préjuge pas que quelqu'un d'autre ne pourra pas le faire. Dans le cas d'Aline, le fait de me sentir impuissante et de lui imposer ainsi qu'à ses parents de revenir, me faisait souffrir moi-même. Eh bien, mon attitude l'a fait démarrer. Pour combien de temps, je n'en sais rien.

Les psychotiques nous questionnent jusqu'à un point où nous n'avions pas imaginé pouvoir l'être. Ils nous posent tous des questions sur le sens de notre vie. Chaque psychotique est différent, mais c'est là, dans des régions inimaginables, qu'ils se livrent à leur transfert. Parce que, pour beaucoup d'entre eux, nous avons à assumer le transfert du cordon ombilical, du placenta, du courant sanguin, des choses qui ne sont pas des représentations humaines, mais des choses indispensables à la vie. Nous sommes pour eux un objet partiel indispensable à la vie, mais nous ne savons pas lequel. Alors nous perdons tout repère. Que faire? que dire? deviennent nos interrogations anxieuses. Je crois qu'il faut leur dire notre désarroi, le verbaliser, pour faire surgir quelque chose qui existait et dont nous ne percevions pas l'existence dans l'état démuni où ils étaient.

Si nous le mettons en mots à ce moment-là, ils peuvent démarrer, parce qu'ils nous sentent *un.* A l'inverse, quand nous ne disons pas ce que nous éprouvons, nous ne représentons pas pour eux quelqu'un qui est *un* par sa parole. Nous sommes identifiés à un objet partiel. C'est d'ailleurs parce que nous sommes identifiés à un objet partiel inconnu de nous que nous sommes dans cet état de malaise. Vous ne croyez pas?

P. (une autre) : Moi je pense que le fait de dire « Je ne sais pas si nous allons pouvoir continuer ce traitement ensemble » signifie pour celui auquel nous nous adressons que nous pouvons nous séparer et continuer de vivre chacun de notre côté. « Moi, je peux vivre sans toi, toi, tu peux vivre sans moi. Nous ne sommes pas un, nous ne sommes pas liés, comme en une seule personne. »

F. D. : Oui, sûrement.

P. : Je pense que cette décision de dire quelque chose intervient toujours autour d'une situation qui tourne en rond depuis un certain temps et pendant laquelle nous n'avons pas réussi à établir ce minimum de communication avec l'autre sans lequel il n'y a pas de processus analytique.

F. D. : Ce qui fait la puissance d'une psychose, c'est justement que le psychotique me semble être le lieu de rencontre du non-dit de plusieurs autres de sa famille, vous comprenez? Ce n'est pas lui qui parle. Dans le cas d'Éric, par exemple, il s'agit d'un opposant caractériel, et non pas d'un psychotique. A partir du moment où cet enfant dit vraiment « Je », où il risque une mise à l'épreuve, cela prouve qu'il n'est pas psychotique. Je pense par exemple à ce qui s'est passé dans un hôpital d'enfants, il y a quelques jours. En pleine nuit, un petit de dix-huit mois entré l'après-midi même se met à courir dans tout le service, à grimper sur le lit des autres et à montrer une grande instabilité. L'infirmière, à bout, appelle la surveillante, qui à son tour appelle la jeune interne de garde et lui demande de faire une piqûre calmante au petit.

Au lieu de cela, la jeune femme prend le petit dans ses bras et se met à lui parler : « Peut-être cherches-tu partout ton papa et ta maman. Moi je sais qu'en ce moment ton papa et ta maman dorment à la maison et pensent à toi. Tu vois, maintenant tout le monde dort. Mais demain les papas et les mamans vont venir voir leurs enfants. » Le petit l'écoutait de toutes ses oreilles. Puis elle l'a ramené dans son lit où il s'est aussitôt assoupi, et l'infirmière de dire en bougonnant : « Cela aurait été aussi vite avec une piqûre. » (Rires dans l'assistance.)

Cet enfant, dans un état de tension corporelle qu'il ne savait plus maîtriser, était devenu en quelques minutes un véritable téton décérébré. Il avait besoin de téter des paroles qui parlaient de maman, de papa, de demain et lui faisaient imaginer que son papa et sa maman dormaient et pensaient aussi à lui. Ce n'était évidemment pas en le grondant, ni même en le berçant et en le faisant régresser avec une personne inconnue, que la situation aurait pu s'arranger.

Devant un tel cas, il était facile de conclure que ce petit faisait de l'opposition systématique en mettant tout le monde à l'épreuve. Mais, en fait, ça n'était pas cela du tout. Il a été, lui, dans l'épreuve intolérable de ne pas pouvoir accepter dans son corps les pulsions de mort que représente le sommeil, sans doute parce qu'il pensait qu'en se laissant aller à cette absence de vigilance qu'est le sommeil, sa mère et son père ne sauraient plus où il était, étant donné qu'il se sentait lui-même perdu dans un lieu inconnu.

J'ai cité cet exemple pour montrer que ce sont bien des paroles qui peuvent aider l'enfant, alors que les adultes croient le plus souvent que les enfants les mettent à l'épreuve pour satisfaire des demandes relevant du besoin.

La véritable relation unifiante et resécurisante, c'est la relation de parole, parce qu'elle vient de l'être qui représente la sécurité pour l'enfant, ou qu'elle parle, au petit, de cet être de sécurité-là. Cette parole est irremplaçable et aucune satisfaction d'objet partiel ou de zones érogènes ne la remplacera.

P. : Quand un enfant ne parle pas, est-ce à cause du manque de parole de ses père et mère?

F. D. : Si un enfant ne parle pas, ce n'est jamais un manque de langage de sa part, puisque le langage est déjà là, dans la vie fœtale. La bonne question me semble consister à se demander : « Quel est le danger de s'exprimer pour cet enfant? » Mais nous devons toujours respecter le refus de langage d'un enfant. L'apparition du langage, chez un petit, ne doit pas être une manifestation pour nous faire plaisir, auquel cas ce sera un enfant qui déparle au lieu de parler, tout comme tant d'adultes, d'ailleurs. Ce n'est certainement pas le fait de parler qui nous fait humain, mais de devenir un être de désir, indépendant des désirs d'autrui, et encore plus de ceux de son psychanalyste.

Notre rôle n'est pas de désirer quelque chose pour quelqu'un mais d'être celui grâce auquel il peut advenir à son désir. Ça n'est pas à nous de désirer qu'un enfant parle lorsqu'il ne parle point. Nous ne savons pas ce que cela veut dire. Enfin je ne sais pas, est-ce que d'autres parmi vous réagiraient comme moi?

Chapitre 7

La dénégation du sexe féminin – Les « secrets » des enfants – Les enfants « grosses têtes » et l'intelligence digestive – Un nourrisson est un modèle qui dépromotionne l'aîné – Le jumeau est un représentant du placenta – Une psychothérapie de personne âgée.

P. : J'ai en thérapie un enfant qui me pose de drôles de questions. L'autre jour, il me disait : « Mets-toi toute nue! » Il voulait absolument voir comment j'étais faite. Je lui ai simplement répondu : « Tu peux me le dessiner, si tu veux. » C'est ce qu'il a fait, en me mettant deux seins et un sexe masculin.

F. D. : Ça, c'est la dénégation du sexe féminin. Vous pouvez toujours renarcissiser un enfant dans sa croyance au phallisme paternel, en disant : « Je crois que si tu le demandais à ton papa, il te dirait que, lorsqu'il était petit garçon aussi, il ne voulait pas croire que sa maman n'avait pas de pénis. » En lui permettant de s'identifier à son père, il peut accepter la castration primaire. Mais on ne peut pas aider un enfant comme cela avec notre savoir *ex cathedra*, sans quoi, c'est nous qui voulons le convaincre. Tandis que, s'il s'identifie à son père, il pourra accepter la castration primaire, c'est-à-dire le fait que les garçons sont porteurs de pénis, mais pas de mamelles. C'est cela la castration pour le garçon, mais aussi pour la fille lorsqu'elle est petite, puisqu'elle n'a pas plus de mamelles que le garçon.

Pour la fille, ce qui est très pénible, c'est que la mère a deux seins et le père un seul, à un autre endroit. Et qu'elle n'a rien du tout : ni les deux seins du haut, ni celui du bas.

D'ailleurs, les garçons se moquent des filles justement à cause de cela. C'est la raison pour laquelle les psychothérapeutes femmes doivent toujours parler aux enfants de leur évolution sexuelle en référence au père. Nous pouvons dire, par exemple, à un garçon opéré d'un phimosis : « Ton papa te croyait trop petit pour t'expliquer que tu avais été opéré de la petite peau qui recouvre ton gland pour avoir de belles érections quand tu seras grand. » Il ne faut pas se priver d'en faire faire une représentation en dessin ou en modelage et de préciser avec lui comment est fait cet organe et ce qu'est l'opération du phimosis.

Vous pouvez dire aussi : « Si quelqu'un avait voulu l'abîmer, ton pénis, au lieu de le rendre plus beau, eh bien, ton père, il l'aurait tué. » Alors, là, tous les petits garçons sont d'accord, car c'est justement la menace de la castration qui leur rend si précieux leurs organes sexuels.

Quelqu'un qui avait vécu longtemps dans un pays africain me racontait qu'un adulte qui ne parlerait pas à un petit garçon de son sexe en le taquinant, en lui disant qu'on allait le couper, ne serait pas considéré comme un adulte appréciant les enfants.

Cela fait partie de la valorisation du pénis, ce fantasme du « je te le coupe pour de rire ».

Ce n'est pas étonnant, puisque le garçon, à cause de ses érections à éclipses, constate toujours que l'érection revient malgré sa détumescence, c'est-à-dire malgré cet épisode apparemment castrant. Donc il est d'accord pour qu'on lui parle de ce phénomène de disparition, puis de retour encore plus glorieux de l'érection.

L'opération du phimosis, bien expliquée, est donc un signe de l'importance qu'attache un père au sexe de son fils. C'est un signe d'humanisation et de dignité de l'érection.

En revanche, les mères qui parlent à leur garçon de leur pipi et de leur robinet, chosifient le sexe en utilisant des mots fonctionnels. Le sexe est vivant et exprime des émois, des pulsions en rapport avec le désir. Un robinet n'a pas de désir, c'est une chose manipulée par quelqu'un d'autre. Ce n'est fonctionnel que pour l'écoulement de l'eau, donc pour l'urine. Mais après deux ans et demi ou trois ans, vous ne pouvez plus laisser passer cela. C'est le moment où l'enfant ne peut plus uriner en érection.

Ce sont les mots appropriés qui donnent un juste sens de son sexe à un enfant.

P. : Je vois actuellement un garçon de huit ans, Jérôme, amené par sa mère parce qu'il travaille mal en classe et qu'il est opposant à la maison. Dès le premier rendez-vous, sa mère m'a abondamment parlé de la petite enfance de Jérôme. Au second entretien, le père est venu et m'a raconté sa petite enfance à lui, chose qu'il n'avait jamais faite auparavant devant Jérôme. A la séance suivante, c'est Jérôme qui a demandé à sa mère de raconter sa petite enfance à elle. Puis il a souhaité qu'elle lui parle de son petit frère à lui, et ainsi de suite.

Je suis embarrassée, parce qu'après avoir proposé une thérapie à Jérôme, il m'a tout de suite demandé si j'allais répéter ses secrets. Alors, je ne sais pas si je dois continuer à recevoir la mère et le père et quand débuter mon traitement avec Jérôme.

F. D. : Mais Jérôme vous dit qu'il souffre de quoi, exactement? Il me semble surtout évident qu'il vient s'identifier à sa mère qui a, en fait, démarré une psychothérapie avec vous. Il vient rivaliser avec elle.

Il est comme ces enfants prêts à faire de la psychothérapie, de la musique, de la danse ou n'importe quoi, parce qu'un frère ou une sœur en font.

P. : Oui, mais ce problème de secret?

F. D. : Croyez-vous vraiment qu'une psychothérapie soit nécessaire pour dire un petit secret? Moi je lui demanderais : « Tu ne peux pas dire ce secret à ta mère? Mais peut-être peux-tu le dire à ton père? » Et si c'est un secret qui le rend malheureux, dire à Jérôme : « Pourquoi ne peux-tu pas garder tes secrets, ou les confier à un copain? Pourquoi il faut que tu me les dises à moi? Qu'est-ce qui ne va pas avec ce secret? » En réalité, ce que la plupart des personnes veulent vous faire savoir dans ce cas-là, c'est la raison pour laquelle elles ne peuvent pas garder le secret, bien plus que le secret lui-même. Nous savons bien qu'il y a une période dans l'enfance où tous les petits viennent vous souffler des secrets à l'oreille. Souvent ils ne disent rien du tout. C'est simplement un prétexte pour avoir une privauté avec vous, et confier quelque chose en excluant les autres.

Les animaux domestiques servent de dépotoirs à secret, pas les psychanalystes. Agir en thérapeute, cela consiste à travailler : pourquoi l'enfant me le raconte, et dans quel but? Peut-être Jérôme croit-il que sa mère vous dit des secrets. Voilà.

> P. : Récemment vous nous avez parlé d'enfants qui risquent de se psychoser si on les met trop jeunes en cours préparatoire, parce qu'ils se mettent à apprendre des choses comme de simples perroquets.

F. D. : J'ai simplement dit que, dans certains cas, c'est un grand danger pour un enfant de s'aliéner uniquement dans une grosse tête et d'avoir une intelligence verbale de perroquet.

Cette intelligence est simplement digestive puisqu'en classe, on ne fait appel qu'aux pulsions orales et anales. Un enfant qui entre en classe sans avoir atteint le niveau génital et œdipien est absolument habilité à rester infantile sur le plan affectif.

C'est dangereux pour certains qui peuvent devenir psychotiques. Mais s'ils réussissent bien en classe, leur psychose ne se révélera qu'à la puberté, parce qu'ils font leur puberté sur un acquis pré-œdipien alors qu'ils n'ont même pas la notion de leur sexe. A ce moment, certains entrent dans un autisme, ou dans ce qu'on appelle la démence précoce, où ils sont persécutés par une agressivité anale contre leur propre corps. Ils délirent à propos de quelqu'un qui les tracasse sans cesse, projetant leur sexualité dans un autre, puisque eux-mêmes n'ont jamais assumé d'avoir un sexe. Jusque-là, ils étaient de très bons élèves, et, tout à coup, leur scolarité chute en bloc.

Mais ils peuvent aussi continuer à être de brillants sujets, surtout des matheux, car ils ne développent qu'une intelligence logique, c'est-à-dire une intelligence anale toujours binaire. C'est vrai/pas vrai, vrai/pas vrai. Or, le génital n'est jamais vrai/pas vrai : c'est l'affectif qui prend là le dessus, et c'est toujours vrai dans un sens et pas vrai dans l'autre. Il faut que l'imagination puisse vivre et avoir des activités qui permettent aux pulsions anales et orales de se mettre au service de la culture.

C'est dans la culture que peut s'exprimer ce qui est refoulé.

Toutes les pulsions partielles du plaisir de voir, d'entendre, de toucher, de jouer et d'être adroit de son corps sont très importantes pour un enfant qui commence sa scolarité. C'est pour cela qu'il me semble essentiel de développer la musique, la danse et les arts à l'école, plutôt que le savoir mental.

De même, par exemple, que l'adresse du corps chez les jeunes, sur leurs patins à roulettes, me semble plus nécessaire que la scolarité de bien des enfants : elle les empêche de devenir uniquement des têtes sans corps.

Heureusement, il y a en ce moment une vogue de l'écologie qui leur permet de faire des promenades, de s'intéresser à la nature, au cosmos, aux végétaux, aux minéraux, aux animaux et de sublimer beaucoup de ces pulsions, pas du tout utilisées à l'école. Ce n'est plus du savoir, c'est du vivre avec. Et le savoir n'est qu'une petite part de la vie, si l'on est curieux.

L'école ne répond pas aux vraies curiosités des enfants. Heureusement, en leur apprenant à lire et à écrire, on leur permet d'avoir des réponses à leurs curiosités en dehors de l'école. A condition, bien sûr, que les parents ne soient pas trop obsessionnels et laissent du temps aux enfants dans la journée pour cela, ainsi que pendant les jours de loisir.

Cette scolarité devient aujourd'hui un souci obsessionnel des parents. Beaucoup ne s'intéressent, en fait, nullement aux disciplines abordées par leurs enfants, mais demandent simplement des résultats. Les parents ont besoin de manger des bonnes notes. Alors, dans la tête de l'enfant, on obtient cette équation : les bonnes notes, ça fait chier des sous – et les mauvaises, ça fait chier des coups!

Tout cela se déroule sur un mode purement digestif, qui est dominant aujourd'hui.

> P. : Comment faire avec un enfant jeune, tout à fait normal, mais qui commence à régresser avec la naissance d'un autre enfant?

F. D. : Justement, je vois en ce moment Paul, un petit garçon de trois ans qui vit le drame de la naissance de sa petite sœur. Cet enfant est devenu soudain agressif et intolérant. Il souffre très fort de jalousie, heureusement d'ailleurs, car il est en train de porter le fruit de cette souffrance : elle lui permet d'apprendre à maîtriser son agressivité. Il la regrette, car malgré tout il aime bien sa petite sœur. Mais il ne peut pas l'aimer vraiment, car l'aimer pour lui, c'est s'identifier à elle, c'est-à-dire à lui-même, lorsqu'il était bébé, et, en plus, à un bébé d'un autre sexe.

Cette nourrissonne représente pour lui, de façon insolite, un modèle dépromotionnant et produisant en lui un effet régressif, contrairement à toutes les personnes humaines prises pour modèles jusqu'alors. Quand un enfant aime ses parents, c'est une image de lui adulte, mais quand il aime un petit, c'est une image de lui antérieure. Donc, dans la logique des petits, cet enfant est dangereux, et il faut s'en défendre en l'agressant. Il faut le repousser, ne pas l'avaler avec les yeux ni avec les oreilles. Il faut le chier. Tout le travail du thérapeute consiste à lui dire que ce bébé n'est pas intéressant. Que son père, lorsqu'il était petit, ne trouvait pas les bébés intéressants et que d'abord, lui, il est le grand.

Cette phase peut être à l'origine de troubles graves, si l'épreuve n'est pas surmontée parce que son attitude demeure incomprise des parents. L'enfant se sent alors blâmé d'être normalement vivant.

Ainsi Paul, pendant les trois jours qui ont suivi la naissance de sa petite sœur pourtant encore à la clinique, a perdu l'usage de ses bras. Son père a dû le nourrir. Paul avait régressé à une image du corps antérieure à la sienne actuelle pour pouvoir intégrer cet être nouveau et pouvoir l'aimer.

C'est ce même mécanisme qui crée d'ailleurs tant de difficultés aux mères de psychotiques quand leur enfant guérit.

> P. : Peut-on prendre ensemble, en analyse, des jumeaux, bien qu'ayant des difficultés différentes?

F. D. : Le jumeau est un représentant du délivre, du placenta. Les jumeaux ne peuvent pas faire le deuil du placenta de la même façon que les autres enfants, leur jumeau représentant à la fois le placenta et la scène primitive des parents. Il est classique de constater que lorsque l'on soigne un jumeau qui a des problèmes scolaires à partir de la classe de septième, son frère jumeau, même bon élève jusqu'alors, commence à être perturbé dans les mois suivants. Et ceci se constate également dans les faux jumelages. C'est-à-dire ceux d'enfants qui ont été élevés ensemble avec une différence de douze à quinze mois. L'aîné marchait à peine ou était encore au biberon, quand le petit frère ou la petite sœur est né.

Disons, par exemple, que l'un des deux faux jumeaux n'est pas très évolué : si on le prend en psychothérapie, l'autre, qui se développait parfaitement jusque-là, se met à dérailler. Heureusement, c'est souvent momentané. Lorsque l'un des deux devient autonome, grâce à l'aide d'une personne extérieure, cela dérègle complètement l'équilibre de l'autre. Si c'est la même personne qui les réunit de nouveau, elle leur sert de placenta. Vous comprenez maintenant pourquoi chacun doit voir quelqu'un séparément, pour lui seul.

Au fait, vous êtes-vous demandé pourquoi les villes et les nations, dans les mythes des peuples, sont fondées par des jumeaux? En Afrique, en Europe, en Asie, partout. Nous sommes tous jumeaux au départ, des jumeaux de notre placenta.

Souvent, dans notre clinique, nous sommes en présence d'un jumeau actif et d'un jumeau passif. Cela s'explique peut-être par le fait que, dans l'économie des pulsions, l'un des deux exprime davantage les pulsions passives, et l'autre les pulsions actives. L'un fait la fille, l'autre le garçon. C'est une manière d'avoir un Moi dichotomisé, et, pour chacun, de se singulariser artificiellement vis-à-vis de leur mère, en vivant des pulsions qu'il n'assume, grâce à l'autre, que par procuration.

Avez-vous lu cette étude sur des quintuplés, jumeaux et triplés en Amérique du Sud? Leur père les a séparés dès la naissance, en confiant chacun à une nurse différente. Les enfants se retrouvaient seulement aux vacances. Au bout de quelques années, ils étaient tous différents, intellectuellement et physiquement.

Le jumelage est donc certainement une question d'éducation,

et c'est d'ailleurs pour cela que les faux jumeaux ont des troubles semblables.

P. : Peut-on prendre des personnes âgées en psychothérapie?

F. D. : En psychothérapie seulement. Pas en analyse. Il faut savoir que la cure d'une personne âgée produit des effets inattendus dans son entourage. J'ai eu cette expérience avec une femme de soixante-dix-neuf ans, qui passait son temps, depuis dix ans, à raconter aux membres de sa famille les histoires des uns aux autres, et réciproquement.

Cela provoquait des éclats à n'en plus finir entre les différentes familles, les belles-familles, etc. Cette femme était réellement torturée, parce que ses relations avec ses enfants étaient devenues irrespirables, à tel point qu'ils évitaient de la voir.

Elle est donc venue me trouver dans un état de dépression, croyant qu'elle allait être obligée d'entrer dans une maison de santé. En fait, elle n'avait rien du tout, mais simplement le besoin de parler avec quelqu'un. Elle s'est mise aussitôt à faire des rêves de transfert, très vifs, dans lesquels j'étais une jeune maman et, elle, qui est dans la réalité une vieille dame quasi impotente, était une très jeune enfant. Elle rêvait de souvenirs d'enfance et d'odeurs d'hommes et de femmes. Notamment qu'elle allait cueillir des pois de senteur – l'odeur des pieds, quoi! – et dans ce signifiant, des pieds, il y a bien sûr épier.

J'ai analysé ce « épier » avec elle, en lui expliquant que ses enfants, qui entendaient redire par leurs frères et sœurs les petites choses de leur vie qu'elle leur avait répétées, se sentaient épiés par elle.

Alors qu'en fait, pleine du souci et de l'amour des siens, elle ne voyait pas quoi dire d'autre à ses enfants, sinon ce qui l'intéressait elle, c'est-à-dire des anecdotes familières de leur vie.

Très rapidement, elle s'est remise à vivre, à profiter pleinement du printemps et de ses enfants qui sont revenus la voir. Toute la famille a bougé autour d'elle, chacun a retrouvé sa place dans un ordre familial. Voilà trois ans que cette femme fait une psychothérapie avec moi, à raison d'une séance par quinzaine, sans arriver pour autant à résoudre le transfert.

Je vais être obligée de continuer jusqu'à sa mort. J'espace les séances, mais chaque fois qu'elle me téléphone, elle me dit : « Mais vous ne pouvez pas me faire ça! » Alors, je pense que j'ai peut-être raté la fin de son traitement, mais qu'en ce qui concerne les relations entre vieilles dames, ça marche drôlement fort!

Au début de nos entretiens, je lui ai fixé le prix de 120 francs par séance. A ma surprise, elle préparait chaque fois à l'avance 1 200 francs anciens! Mais entre chaque séance, je recevais chaque fois douze très belles roses pour mon paiement, à tel point que ma femme de ménage, d'un certain âge aussi, l'appelait « la dame à la rose », ce qui faisait grand plaisir à cette dernière.

J'ai attendu plusieurs mois avant que ne vienne sur le tapis cette difficulté de comprendre les nouveaux francs. Cela entraînait des litiges et des rebuffades avec ses enfants qui l'aidaient à tenir sa comptabilité et recevaient régulièrement des chèques refusés par ses fournisseurs. Le jour où elle a abordé ce problème, j'ai pu lui dire en riant que je m'en étais aperçue moi aussi. Elle en était très confuse, mais ses roses entre les séances montraient qu'elle m'avait payé avec son cœur, lui ai-je dit, ce qui était beaucoup plus important.

Après cette séance, elle a commencé à comprendre quelque chose aux nouveaux francs, ces 120 francs, qu'elle appelait les 12 000 francs anciens. Au cours du printemps qui suivit le début de son traitement, elle me dit : « C'est extraordinaire, voilà quinze ans que je n'avais pas vu le printemps! » « Pourquoi quinze ans et pas dix-sept ou vingt ans? » me suis-je demandé?

J'ai compris par la suite que ces quinze ans correspondaient au temps écoulé depuis le départ du foyer du plus jeune de ses enfants.

Sa dépression a disparu, et pourtant elle avait un an de plus dans ses jambes et sur ses épaules.

En ce moment, elle a l'air de faire un transfert latéral sur une autre personne qui l'a emmenée à l'Opéra. Mais cela ne signifie pas la fin de son transfert sur moi. Il faut dire que c'est très dur quand on est vieux, parce que tous vos amis disparaissent. Maintenant qu'elle va bien, ses rêves sont heureux, bien qu'elle y retrouve tous ceux qui furent ses amis et qui sont déjà morts. Mais elle dit qu'elle passe ainsi des nuits très agréables, avec ses amis décédés qu'elle réactualise, comme s'ils étaient vivants et lui tenaient compagnie. Si bien que je peux dire que je représente dans son transfert toutes les personnes qu'elle a connues et que je suis également sa jeune maman.

Elle est comme les enfants qui disent que leur mère aurait cent cinquante ans.

Grâce à son traitement, elle a recouvré une santé psychique lui permettant d'avoir des échanges vivants au jour le jour avec tout le monde [1].

1. Pour ceux qui s'intéressent aux personnes âgées vivant en maison de retraite et ayant besoin de psychothérapie je conseille la lecture de : *Histoire de Louise* par Michèle Dacher et Micheline Weinstein (Éd. du Seuil, 1979) et de se renseigner auprès de l'Association internationale de gérontologie psychanalytique, Centre psycho-médical et social, 40, rue des Boulangers, Paris, 75005 (354 72 53).

Chapitre 8

L'Œdipe des enfants bilingues - Le langage est un enfant incestueux - Équivalence du vagin et de la bouche chez les petites filles.

P. : Quelle est l'importance respective, pour les enfants, de leur langue privée et de celle du langage social?

F. D. : Je vais vous raconter les difficultés d'Isabelle, une petite fille issue d'une famille de langue hébraïque et anglaise installée en France.

Les parents parlaient toujours anglais et hébreu en famille ou avec leurs amis, mais n'utilisaient jamais le français, bien que le sachant.

Isabelle parlait couramment ces trois langues, mais n'employait le français qu'avec la femme de ménage, la seule personne à qui l'on parlait français dans cette maison. Un jour, la famille était en vacances au bord de la mer avec des amis et leurs enfants, qui se trouvaient dans la même situation linguistique.

Les enfants des amis reviennent de la plage et racontent à leur mère tout ce qui s'est passé dans l'après-midi. Mais ils le font en français, dans le feu de l'excitation. Isabelle, entendant cela, demande alors à sa mère : « C'est permis de parler français à ses parents? On a le droit? Je croyais que c'était défendu et que, si on parlait français, on n'était plus de la famille. » Elle dévoilait ainsi à ses parents ahuris qu'elle imaginait être exclue de sa famille si elle ne parlait pas hébreu ou anglais avec eux.

Les enfants des amis avaient joué un rôle de « moi auxiliaire », permettant à Isabelle de s'identifier à eux puisque étant dans la même situation qu'elle.

Par ailleurs, elle faisait beaucoup de fautes d'orthographe et de calcul, ce qui la handicapait en classe. Sa mère avait beau l'aider, rien n'y faisait. J'ai donc suggéré au père de s'occuper des rédactions et des problèmes de calcul de sa fille en lui parlant français, car, lui, il rédigeait et calculait dans sa langue maternelle, l'hébreu. A partir de ce moment-là, l'orthographe d'Isabelle s'est rétablie et ses difficultés en calcul ont disparu.

En effet, pour elle, effectuer tout ce travail en français, sachant que son père le faisait de son côté mentalement en hébreu, revenait à se séparer de lui. Le tout était de le mettre dans le coup; à partir de là, elle pouvait travailler en français, tout en conservant sa féminité [1].

Cet exemple nous montre que la langue sociale, ici le français, risquait d'abord de séparer Isabelle de ses parents et ensuite de briser son Œdipe avec son père, puisqu'elle ne travaillait plus dans la même langue que lui.

Chaque fois que j'allais dans cette famille, Isabelle apportait sur mes genoux tout ce que je venais de laisser dans l'entrée : manteau, parapluie, chapeau, gants, ses jouets et tous les objets portables lui tombant sous la main. Sa mère m'a dit, étonnée, qu'elle ne faisait cela qu'avec moi. Et, à l'époque, je n'ai pas compris que cette sorte de commerce d'objets qu'elle entretenait avec moi était un langage qui appelait des mots. Elle me demandait de mettre un nom en français sur chaque objet, puisque j'étais une des seules personnes avec qui sa mère parlait français.

Si j'avais réagi dans le sens qu'elle m'indiquait, cela lui aurait probablement permis d'utiliser le français beaucoup plus tôt dans ses relations avec ses parents, tandis qu'elle l'employait seulement avec la femme de ménage, qu'elle savait au service de sa mère, payée par elle, ce qui n'était pas pareil.

Les enfants sentent très bien la différence d'identification : « Si je m'identifie à la femme de ménage, je n'aurai pas le style de relation que mes parents ont entre eux ou avec les autres grandes personnes. »

1. Ses pulsions orales et anales pouvaient alors être castrées et servir à entrer en communication avec son père, à travers des objets partiels de transfert : en l'occurrence, ses activités scolaires.

C'est, d'ailleurs, à ce moment-là, que démarre et s'enracine la prise de conscience d'un statut familial chez un enfant, c'est inéluctable et nécessaire. Si ce processus ne s'amorce pas ainsi, il se fera d'une autre manière, parce que l'ambition d'un enfant consiste à s'identifier aux personnes dont il sent qu'elles stimulent le désir de ses parents.

Quand un enfant sent ses parents engagés dans une conversation très animée, c'est ce style de langage qu'il voudrait posséder et reproduire plus tard.

Il existe un idéal phallique représenté par le langage, exprimant le désir, la joie, et l'excitation des parents. Pour preuve de ce que j'avance, si vous y faites attention, vous remarquerez en parlant avec d'autres adultes, en présence de leurs enfants, que ces derniers reproduisent souvent en silence les mimiques de leurs parents. Ils ne savent pas de quoi on parle, mais veulent se mettre à l'unisson des affects de leurs parents et non de ceux de leurs interlocuteurs.

Tout le commerce des objets partiels qu'effectue l'enfant avec les parents, toutes les paroles signifiant ces objets partiels, tous les comportements, tous les verbes, tout ce qui fait le langage, enfin toute cette relation de désir aux parents, finit par donner un fruit : la communication par le langage. Le langage est un enfant que les petits engendrent avec les parents, il ne faut quand même pas le nier. Le langage est donc un enfant incestueux, mais pas seulement, puisque avec ce même langage, on peut communiquer avec d'autres.

Ce qui revient à dire, que le langage introduit les parents à être également des « moi auxiliaires » à la même enseigne que les autres membres de la société. Mais en même temps, il faut tout de même conserver une relation de désir avec les parents. Donc, les pulsions orales sublimées doivent continuer à fournir un échange avec les parents pour porter un fruit – le langage – qui, lui, n'est pas si sublimé que cela.

Quand un enfant réclame à manger, ou autre chose, insiste sans succès et mesure jusqu'où il peut pousser avant de rencontrer un interdit, il est en plein érotisme puisque c'est pour lui qu'il le fait, et non dans un but ou un contexte de sociabilité. Nous devons donc ne jamais oublier qu'il demeure toujours une « part du feu », celle de l'inceste, dans les pulsions orales ou anales, même sublimées.

Et l'on ne comprend bien cela qu'avec des enfants plurilingues, qui mettent en évidence que la langue parlée dans l'intimité des deux parents, c'est la langue de l'Œdipe. Et que si l'enfant se socialise dans une autre langue, que le père n'utilise pas, il va se produire une castration totale de l'enfant d'avec son père.

En France, un enfant se met à écrire, à calculer, à compter pour « les messieurs qui parlent français », mais il ne compte pas pour les messieurs qui parlent dans une autre langue.

Dans le cas d'Isabelle, il fallait que le père montre sa puissance en comptant et en écrivant en français, pour qu'elle ait le droit, elle aussi, d'en faire autant.

Ce sont là des épisodes qui passent inaperçus entre parents et enfants français.

> P. : Mais pourtant beaucoup de parents français ne s'occupent jamais des résultats scolaires de leurs enfants. Comment se construisent alors ces derniers?

F. D. : Sur des options sexuelles pour leurs maîtres d'école et leurs maîtresses, mais sans Œdipe avec leurs parents. Ils se construisent donc finalement dans une relation homosexuelle. Les pulsions archaïques continuent d'être hétérosexuelles ou homosexuelles, avec le père ou la mère selon le sexe de l'enfant, mais les pulsions génitales ne se vivent qu'avec les éducateurs, puisqu'il n'y a qu'avec eux qu'il est possible d'engendrer un fruit dans une relation de culture et de savoir.

Je vais citer un cas clinique de cette nature dans lequel un enfant de onze ans m'a semblé reculer dans son développement génital pour surtout bien montrer à son père qu'il n'était ni son supérieur ni son égal. Je voyais cet enfant en 1941. Les maîtres de l'école communale l'avaient fait passer en sixième de lycée, ce qui, à l'époque, était une promotion, parce qu'ils le jugeaient trop intelligent pour rester à la communale. Cet enfant suivait des cours d'anglais et la première fois qu'il a rapporté un livre d'anglais chez lui, il a mouillé son lit la nuit même. Comme ce symptôme se répétait depuis plusieurs mois, on me l'a envoyé.

Du côté du père comme du côté de l'enfant, cette promotion sociale a été un traumatisme. En en parlant avec le père et en précisant bien ce qui s'était passé au début de l'entrée de son enfant en sixième, j'ai compris l'énervement du père voyant son fils apprendre l'anglais sans que lui, un homme intelligent, puisse lui être d'aucune utilité et d'aucun secours.

Le symptôme d'énurésie a été le moyen utilisé par cet enfant pour dire à son père : je ne suis ni ton égal ni ton supérieur, je reste ton petit garçon. La promotion dans l'enseignement secondaire était dans ce cas un langage socioculturel qui risquait de briser le lien de filiation entre le fils et le père, et vice versa, d'autant plus que la mère, elle, était fière de penser que son fils allait devenir un monsieur. Dans ce cas, le travail psychanalytique avec le père a été beaucoup plus important que celui que j'ai eu à faire avec le fils.

Heureusement, qu'il y a eu ce symptôme touchant l'urétral, car c'est grâce à cet appel au secours que le père a pu déceler, derrière sa jalousie apparente, sa déconvenue, et son sentiment d'infériorité, qu'il était très fier de son fils et que lui-même, qui avait été fort capable de faire des études, allait se réaliser à travers sa lignée. Sans qu'il ait à craindre d'être dépassé par un fils dont il ne se serait pas senti digne d'être le père.

Le fils avait réagi à cette promotion sociale comme si la société démolissait le tabou de l'inceste. Par l'étude de cette langue que son père ne possédait pas, il séduisait sa mère et castrait son géniteur comme si, dans son imaginaire, le culturel était une valeur sexuelle.

Pour en revenir au cas d'Isabelle, elle a eu une petite sœur et, quand celle-ci a été en âge de parler, Isabelle s'adressait à elle en français en présence de la femme de ménage et en anglais devant leur mère.

L'adulte présent représente donc bien un moi auxiliaire homosexuel, c'est-à-dire qu'Isabelle devenait vraiment *comme la femme qu'elle voulait être adulte.* Elle parlait donc à sa sœur cadette la langue de la femme qui se trouvait là. C'est-à-dire qu'elle désirait que sa petite sœur la considère comme la grande personne présente pour prendre la place de cette adulte et l'évincer.

Voilà un cas de rivalité homosexuelle qui est l'une des composantes normales de l'Œdipe. Maintenant que ces deux filles ont grandi, elles parlent français entre elles : je les vois bien faire entre elles, quand je vais chez elles. Quand l'une d'entre elles veut cafarder l'autre à sa mère, en ma présence, elle le fait en anglais parce qu'elle sait que je comprends mal. C'est vraiment un *a parte* entre elle et sa mère dans le style « je viens te parler de ma sœur qui m'ennuie et ça ne regarde que nous ».

C'est le même phénomène lorsque les enfants viennent raconter quelque chose à leur père ou à leur mère en pleine conversation avec des invités : ça n'est pas un langage social, c'est un langage duel que l'enfant utilise exclusivement avec chaque adulte tutélaire et variant en fonction de ce dernier. La clé d'un tel langage pourrait se traduire par : « Il ne faut pas le dire aux autres quand je te le dis à toi. »

Il me semble très important en psychanalyse de repérer les différents codes qu'un enfant utilise en fonction des personnes auxquelles il s'adresse ou qu'il ne veut pas laisser participer à un échange duel.

Pendant les séances, avez-vous remarqué que certains enfants vous appellent maman par moments et papa à d'autres plus rares? Surtout quand on est une femme. Cela se produit parce que vous êtes un objet de transfert et que c'est ainsi que vous comprenez ce qu'ils sont en train de transférer, et qui ils transfèrent.

Ils expriment les différentes facettes du moi. D'ailleurs, le sentiment de la responsabilité de son dire est très différent suivant la personne à qui l'enfant s'adresse. Il dit une chose à quelqu'un et le contraire à quelqu'un d'autre. Les adultes n'agissent-ils pas parfois de même? La communication se fait avec les différentes facettes du moi, selon les interlocuteurs, en ignorant tout des autres facettes. Il faut vraiment écouter ce que disent les enfants et ce que parler veut dire, au mot à mot. C'est ainsi que lorsqu'un enfant vous raconte des choses qui sont plutôt « pour pleurer » ou plutôt « pour rire » mais qui sont de l'imaginaire, il faut absolument les faire passer à une autre représentation, c'est-à-dire leur faire représenter, par le dessin ou le modelage, ce qu'ils viennent de dire.

Et à cette occasion, poser la question : « C'est du pour de vrai ou du pour de rire? », et là l'enfant vous répond. Il y a du « pour de vrai pour de rire », du « pour de vrai pour de vrai », du « pour de rire pour de rire », et du « pour de rire pour de vrai ». Tout en nuances. C'est comme cela qu'il faut parler avec les enfants, sans quoi vous ne saurez jamais si vous avez affaire à un fantasme ou à de la réalité, surtout quand il est question d'histoires sexuelles. C'est à des détails dans la façon de parler que vous reconnaissez si c'est vrai ou faux, et jamais autrement.

Quand l'événement s'est réellement passé, l'enfant vous en donne une sorte de description réaliste à laquelle personne n'aurait pensé, dans un style tout à fait original. Je n'ai pas vraiment présent à l'esprit un cas de scène de séduction. Par exemple « une scène pour de vrai pour de vrai » se repérera à de petites observations très réalistes que répétera l'enfant alors qu'elles n'ont aucun rapport avec l'érotisme de la situation. Je ne sais pas, par exemple, la description d'un petit événement : « Ma culotte, ça le gênait, alors il a dit : ça ne fait rien, ta culotte, on peut la déchirer. J'étais drôlement embêtée et c'est pour cela que je l'ai cachée dans le buisson pour que maman ne la voie pas. »

Pour l'enfant, c'est une histoire de « culotte à se faire gronder ». Sans rapport direct avec la scène de séduction dont elle n'a d'ailleurs pas vraiment réalisé qu'elle s'était passée.

C'est à cette sorte de petits détails qu'on peut savoir si l'événement s'est déroulé dans la réalité. Pour l'enfant, s'il y a désir, c'est vrai pour lui, alors que ça n'est pas forcément vrai pour la personne de laquelle il parle.

C'est très difficile d'établir la différence entre un enfant parlant de fantasmes en y mêlant un peu de réalité et un enfant parlant de la réalité en y ajoutant un petit fantasme typique.

> P. : Pourriez-vous développer l'équivalence du vagin et de la bouche chez la fille et ses différentes implications?

F. D. : Que le vagin soit associé à la bouche pour la fille, nous en avons la signature dans les anorexies mentales, comme dans le cas suivant par exemple : une jeune fille frigide, vaginique, d'origine canadienne et mariée à un Français qu'elle adore, ne peut plus avoir de rapports sexuels quand elle se sait en période fécondable. Elle commence une analyse avec moi pour cette raison. Elle a été élevée dans une secte chrétienne particulièrement sévère, les évangélistes, je crois, au milieu d'une maffia de femmes, grands-mères, grands-tantes, cousines, etc. Le père a été très souvent absent à cause de son métier. On n'a pas beaucoup rigolé dans sa famille et jamais on n'a badiné avec les jeûnes qui étaient assez fréquents. Bien plus, aucun des membres de la famille ne devait extérioriser le plaisir que lui procurait la moindre chose. Notamment, à table, où personne n'avait le droit de reprendre d'un plat, même si c'était un plat dit de jeûne, à base de poisson.

Ce qui a d'ailleurs toujours beaucoup frustré ma patiente, qui raffolait du poisson. Une fois, elle a eu le malheur de laisser transparaître qu'elle appréciait un plat de poisson, alors la maffia des femmes a immédiatement décidé d'imposer les jours de jeûne le seul poisson qu'elle n'aimait pas.

Mais, à aucun moment, elle n'a critiqué ces attitudes, elle m'a seulement raconté comment elle avait été éduquée. Un beau jour, à la fin d'une séance, elle me dit, confuse, qu'elle n'a pas encore pu me rapporter un rêve qui s'est déjà répété une fois. Trois séances de suite, elle a tourné autour de ce rêve qui a continué à se répéter, et soudain elle me l'a dit : elle donnait à manger des beefsteaks à son vagin, comme on en donne aux animaux sauvages.

La fois suivante, elle m'annonce qu'elle est tout à fait guérie et qu'elle a raconté son rêve à son mari qui lui a répondu avec humour : « Mais moi je suis une bien meilleure viande que celle pour les animaux sauvages, tu es ma tigresse. » Et voilà, en trois mois, elle a été guérie.

Pour elle, tout s'est joué autour d'une histoire d'interdit oral déplacé sur le vagin.

On voit là un bon exemple de bouche privée de tout plaisir, qui est obligée de s'identifier à la gueule d'un animal sauvage pour se permettre de vivre « à la sauvage », avec un époux aimé sur le plan civilisé.

Ce déplacement de l'oralité sur le vagin est vraiment tout à fait classique chez les femmes, parce que c'est une ouverture de désir, et de désir interdit, une ouverture à la promesse de plaisir et de fécondité.

Pour cette femme, l'interdit du plaisir oral avait joué sur l'interdit de la rencontre sexuelle avec son mari et sur leur promesse de fécondité.

Elle était incapable de s'identifier à ces femmes qui faisaient la fine bouche devant tout ce qui aurait pu leur procurer du plaisir. Je pense d'ailleurs que le déclic a eu lieu dans son analyse quand elle s'est demandé pour la première fois de sa vie si sa mère avait eu du plaisir dans les rapports sexuels.

Elle était une fille unique et pensait jusqu'alors avec horreur que sa mère avait dû faire cela par devoir et soumission conjugale.

Ce cas vous montre bien que ce vécu sauvage du rêve indiquait l'identification d'un vagin qui n'était pas du tout entré dans la civilisation. Il était entré dans la répression totale et il fallait d'abord qu'elle passe par cette sauvagerie qui paraissait satisfaire un besoin. C'est pour cela que, dans le rêve, elle a pris pour médiateur cette image de bête affamée de besoins. Pour pouvoir accepter ensuite la vérité : il s'agissait bien du désir.

Chapitre 9

Un exemple de rencontre mortifère - Les convulsions : une surexcitation pulsionnelle sans mots - Même dans le coma le sujet est réceptif.

P. : Une jeune mère de famille vient me consulter à propos de ses craintes que son enfant ne devienne schizophrène. Elle est seule et tout de suite se met à parler d'elle, de ses difficultés de couple. Presque rien n'est dit de l'enfant. Cette jeune femme a été infirmière et a rencontré celui qui allait être son mari à la fin de ses études. Cet homme a toujours refusé de l'appeler par son vrai prénom, Simone, pour la surnommer de force Marie-Pierre. Il l'a également obligée à abandonner son métier et lui a fait faire de la psychologie.

Après qu'elle a fait sa première année d'études, ils se sont mariés et ont eu un enfant, François, à propos duquel elle est venue me consulter.

Ce jour-là, Simone m'a seulement dit que François lui posait de multiples problèmes, qu'il était né avec un doigt en trop à une main, une anomalie des articulations de la hanche, comme son père et son grand-père maternel, et qu'il avait un nævus sur le cuir chevelu.

De plus, sa mère avait le sentiment que François était un peu débile, et elle le croyait même schizophrène.

Je lui ai demandé ce qui le lui laissait croire et elle m'a seulement répondu qu'il n'était pas bien, qu'il était encéphalopathe et qu'elle ne pouvait plus continuer à en parler.

Elle est partie très perturbée.

François avait trois mois à l'époque.

Puis, plus de nouvelles, jusqu'à ce que, trois mois plus tard, elle me téléphone en larmes et dans une angoisse folle, pour me dire qu'elle veut absolument me voir pour me parler de François.

Je lui dis de venir me voir avec l'enfant. Elle arrive en portant son fils dans un baby-relax, ce qui m'a paru surprenant étant donné que François avait alors six mois.

Je me suis directement adressée à son fils en lui disant : « Tu vois, ta mère est inquiète à cause de toi, depuis que tu es là, tu lui poses plein de problèmes, et on va en parler. »

Cet enfant ne s'intéressait absolument pas à ce que je disais.

Simone me dit : « Vous voyez, ce gosse ne vous regarde même pas, il est tout le temps comme ça, et d'ailleurs il ne m'aime pas. »

Sur quoi je lui ai répondu : « Il vaudrait mieux aujourd'hui que vous me parliez de vous », et j'ai mis l'enfant dans la salle d'attente.

Simone a commencé par parler de sa grossesse qui avait été très angoissante parce que son mari lui avait clairement dit auparavant qu'il ne voulait pas d'enfant. Elle songe à avorter, hésite et finalement décide de garder l'enfant. Surgit alors une idée fixe : son fils n'aura pas une tête normale.

Pour se rassurer elle fait faire une échographie, aux termes de laquelle le médecin lui annonce qu'en effet son fœtus a une tête anormalement petite. Simone est alors convaincue que son enfant sera débile.

L'accouchement se passe bien, mais on lui annonce que François est affecté par différentes anomalies. Le médecin omet toutefois de lui parler de la malformation des hanches.

Cherchant à se rassurer, Simone demande à l'interne : « Mais mon fils est quand même intellectuellement normal puisqu'il a dix sur dix à son APGAR [1]? »

1. Examen médical qui a lieu à la naissance de tous les enfants. Cotation de 1 à 10 de la motilité, du cri, de la coloration de la peau, des battements cardiaques, du rythme respiratoire.

L'interne lui aurait répondu : « Oh, vous savez, même avec un APGAR à dix, on peut être un grand débile. »
Simone se sent alors coupable d'avoir mis au monde cet enfant malgré le refus de son mari. Elle me dit aussi que c'était un enfant qui ne réclamait pas ses biberons et ne criait jamais, au point qu'il aurait pu se laisser mourir de faim si on ne lui avait pas donné à manger. Il était la plupart du temps si tranquille, que ses rares pleurs procuraient à sa mère une espèce de jouissance.
De plus en plus persuadée que son fils ne peut être que débile, Simone lui fait subir de nombreux examens. A la suite de l'un de ces tests, un médecin lui remet un compte rendu diagnostiquant un retard psychomoteur. Elle me dit : « Vous voyez, c'est marqué sur le papier. »
Je me suis donc dit qu'il était nécessaire d'amorcer avec Simone un travail au cours duquel elle pourrait tenter d'exprimer devant François le sentiment de rejet qu'elle éprouvait pour lui.
Quelques séances à trois ont lieu. Elle me dit qu'elle n'avait pas allaité son fils pour complaire à son mari qui craignait qu'elle s'abîme la poitrine : « Je lui devais bien ça pour le remercier d'avoir assisté à l'accouchement. » Mais François a éprouvé de graves difficultés à s'alimenter avec des tétines.
Au cours des séances, plus Simone parvient à exprimer son rejet de François devant lui, plus je suis surprise de constater que l'enfant commence à regarder d'abord sa mère puis moi avec intérêt. Au bout d'un certain temps François se met à mieux s'alimenter. Il est beaucoup plus présent.
Un jour, Simone arrive sans François. Je lui demande pourquoi, elle me répond : « Mon mari m'a dit que sa courbe de poids n'était pas bonne, alors je l'ai fait hospitaliser. On pratique en ce moment des examens de son système digestif pour savoir pourquoi il mange mal. »
Un peu plus tard, à une autre séance, Simone m'apprend qu'elle n'a pas pu aller voir François à l'hôpital trois jours de suite, parce qu'elle-même a eu la grippe. Elle me dit : « J'ai trouvé François tout à fait changé, ça n'est plus le

même enfant, on a bien ri ensemble. Vous voyez, il faut que je le quitte trois jours pour pouvoir accepter de le voir après. »
Le lendemain, Simone me téléphone affolée et me raconte que François, revenu à la maison, a été pris de convulsions le soir même de notre séance, et que, lorsqu'il mange, il recrache tout en étouffant. « C'est ma faute, dit Simone, je suis trop tendue, c'est moi qui ai induit ses convulsions. »
Le lendemain, François est à nouveau hospitalisé, on lui fait un électro-encéphalogramme qui se révèle parfaitement normal. Depuis, moi, je ne comprends plus rien à ce cas.
Simone, exprime-t-elle à travers la tête de son fils l'angoisse qui est dans son ventre? S'agit-il des effets de l'interdit du mari?

F. D. : Cette histoire me semble une très vieille histoire. Cette jeune femme accepte de perdre son identité et son métier : la rencontre avec son mari lui nuit. Il se passe quelque chose entre eux qui détruit l'un pour que l'autre survive.

P. : Et qui détruit l'enfant également!

F. D. : Mais il se détruit lui-même aussi! Il n'a survécu qu'en détruisant quelque chose. C'est une grave pathologie familiale : celle de cet homme et de Simone. Voilà un bel exemple de rencontre mortifère entre un homme et une femme.

P. : L'élément révélateur de cette pathologie, c'est quand même le gosse?

F. D. : Une fois pour toutes, je ne veux plus entendre ce terme de gosse! C'est François, un point c'est tout. Il n'y a pas de gosse, un gosse ça n'existe pas. Que Simone dise le « gosse », ça la concerne, mais vous, certainement pas. Faites très attention à ne pas vous laisser contaminer par identification à vos patients, surtout devant les enfants.

Bon, je crois qu'il était très important que Simone vienne sans

François la première fois et que vous lui parliez si justement de son droit à être mère : ce qu'elle avait du mal à assumer étant donné qu'elle s'était laissé déposséder par son mari du prénom Simone, que lui avait donné sa mère.

Quant au papier qu'on lui a donné à l'hôpital, certifiant le retard psychomoteur de François, j'aimerais qu'il en soit toujours ainsi : que les faits de la réalité soient consignés par écrit et donnés aux mères.

P. : Mais je ne suis pas sûre que François soit encéphalopathe comme il est écrit!

F.D. : Personne n'en est sûr, mais pourquoi pas, après tout? Cela ne change rien que les médecins disent quelque chose qui aille dans le sens du désir de la mère. Le travail du psychanalyste n'a pas à en tenir compte.

Bien sûr, il fallait étudier les racines de la culpabilité qui, chez Simone, lui interdisent d'être elle-même. Simone n'a pas sa tête, et du même coup François non plus.

Revoyons cette histoire de prétendu avortement. Beaucoup plus important qu'un avortement réel, c'est un avortement de désir. Tous les deux, le père et la mère étaient déjà « avortés » eux-mêmes. N'est-il pas « avorté » cet homme qui, prenant une femme ayant un prénom, l'oblige à y renoncer pour la faire naître sous un prénom de son choix à lui? C'est un petit coq qui se prend une poule et la rend anonyme!

Cette histoire est d'ailleurs exemplaire comme symptôme d'annulation de la génitude. On joue la génitude en faisant le contraire, c'est pervers d'un bout à l'autre. Il n'y a donc rien d'étonnant à ce que François incarne l'éthique perverse des conditions de sa conception.

Ce qui est frappant, c'est que le lendemain du jour où Simone a une authentique relation d'échange avec lui, le fameux jour où ils ont ri ensemble, après les trois jours d'hospitalisation où elle ne l'a pas vu, François a des convulsions. Cela ne m'étonne pas. Les convulsions viennent de ce que les enfants n'ont ni une image de ce qu'ils éprouvent, ni une image du corps en rapport avec ce que leur schéma corporel peut assumer étant donné son développement encore inachevé.

Ils n'ont donc pas non plus une cybernétique leur permettant d'écouler l'énergie libidinale, ressentie dans la communication psychique avec l'autre et aussi vers les extrémités distales pouvant servir à représenter leur état émotionnel : gestes, phonèmes ou représentations imagées.

La communication interpsychique entre ces enfants et leurs interlocuteurs se bloque et provoque un court-circuit cérébral : de nombreuses pulsions n'étant pas représentées, elles effectuent un circuit le plus court possible, d'où convulsions.

Ainsi Simone n'a jamais introduit son fils, François, à une communication médiatisée puisqu'elle n'a que des sentiments de rejet et d'angoisse vis-à-vis de lui. Elle n'a jamais dû parler à sa vraie personne, elle parle sans doute seulement « de lui », comme d'une chose.

Chaque fois que vous avez affaire à des cas de convulsions et que vous recherchez dans quelles circonstances la première convulsion a eu lieu, vous constatez que la mère ne s'est pas rendu compte qu'elle a donné une surexcitation pulsionnelle à son enfant sans lui parler de ce qu'elle lui fait. Cela arrive très fréquemment pendant que la mère donne les soins de siège. Elle ne prend pas conscience que son enfant possède déjà une fine discrimination des variations de sensation qu'il éprouve à son contact, et elle continue de donner ses soins à son sexe comme s'il s'agissait d'une chose.

Elle estime qu'elle est au service des besoins de son enfant, tandis que lui ressent une excitation de son désir qu'il peut prendre pour une demande à elle : mais elle, où? Dans sa tête? Dans son estomac? Dans sa vie imaginaire?

Son excitation, en effet, est entièrement focalisée sur cette région génitale. Comme si c'était cette région qui était en communication avec elle et non le sujet dans son entier, sujet symbolisé par le regard et la parole.

L'enfant vit alors une insécurité insolite en même temps qu'une sensation inconnue associée à celle qui devrait être de sécurité.

Cette première convulsion n'a aucune gravité, si l'on peut

rapidement arriver à retrouver comment tout a commencé en en parlant avec la mère devant l'enfant.

J'ai eu une fois un cas semblable, et j'ai vu avec étonnement l'enfant en question mûrir soudain de deux ans, regarder sa mère, puis moi, et enfin sourire. Il venait de comprendre.

C'était une petite fille que sa mère avait excitée à blanc, sans s'en rendre compte, en lui nettoyant la vulve avec une énergie intempestive comme s'il s'agissait d'une chose. Elle ne s'adressait pas à sa personne avec les mots appropriés. Nous, psychanalystes, pouvons les employer en rejouant le psychodrame de ce qui s'est passé.

Dire, par exemple : « Ta maman a nettoyé ta vulve (ou le nom que la mère donne à cette région), tu étais particulièrement sale parce que tu avais fait caca ce jour-là, elle voulait bien te nettoyer et alors tu as cru qu'elle oubliait que tu avais une tête, et elle à ce moment-là croyait que tu n'avais qu'un sexe, alors, toi, tu as voulu te fâcher contre elle, et tu ne savais pas comment lui dire qu'elle ne s'occupait pas de toi comme tu voulais. Eh bien, tu as fait une convulsion. »

Dans le cas dont je parle, une psychothérapie rapide a totalement guéri l'enfant de ses convulsions épisodiques, qui d'ailleurs coïncidaient toujours avec des états émotionnels.

Malheureusement, quand les enfants arrivent à l'hôpital pour des convulsions, on les drogue alors qu'il faudrait enquêter de cinq minutes en cinq minutes sur le déroulement de la journée de la mère avec l'enfant, pour retrouver l'élément déclencheur.

Je pense, par exemple, à un petit garçon surexcité d'avoir vu sa mère donner une fessée à son frère aîné et qui voulait se mêler à cette scène primitive totalement hystérico-jouissive. N'en ayant pas les moyens, il a fait une convulsion grâce à laquelle on s'est occupé de lui à tous points de vue. C'était une manière de rivaliser avec son frère ou d'occuper davantage la mère pour culpabiliser le grand frère et toute la famille. Tout le monde se sent coupable et se précipite à l'hôpital. En fait, neuf sur dix des crises de convulsions des bébés ne sont pas dues à la fièvre, mais surviennent à la suite d'événements émotionnels.

Quand personne ne comprend cela, on entre alors dans un cercle vicieux. Les convulsions deviennent un symptôme de jouissance à peu de frais dans l'énigme d'un émoi sans représentations. Cette sorte d'orgasme facile est par la suite très difficile à stopper, parce qu'il y a vraiment une jouissance érotique, sadique-anale et sadique-orale narcissique avec effet angoissant sur tout l'entourage, qui donne secondairement à l'enfant une valeur phallique prééminente dans la famille.

C'est aussi le moyen, pour cet enfant, d'introduire un étranger dans la famille, le docteur, qui – au nom de quoi? – va décider. Il n'y a plus d'éducation ni de situation relationnelle des parents avec leur enfant, et ce dernier, pour un oui et pour un non, va se mettre en travers du jeu des désirs d'autrui, grâce à l'angoisse qu'il provoque.

J'en reviens aux questions que vous me posez sur le début de la thérapie de Simone.

C'est tellement rare que les parents viennent sans leur enfant, la première fois, que, moi, je leur demande de revenir sans lui.

Il est tellement fréquent que les mères utilisent un trouble de leur enfant pour trouver le moyen de venir parler de leurs problèmes à un psychanalyste que, si une mère vient sans son enfant la première fois, moi je lui demande généralement de revenir sans lui. C'est la raison pour laquelle je suis étonnée que vous ayez parue fâchée que Simone vienne pour François, mais sans lui.

P. : Je n'ai pas été fâchée.

F. D. : La preuve que si, c'est que le jour où elle a amené François vous l'avez aussitôt mis dans la pièce à côté. Il y avait tellement à faire avec Simone d'abord, qu'en l'occurrence, elle a eu raison de venir vous voir sans François.

P. : Les autres fois, Simone venait avec François parce qu'elle ne pouvait pas le faire garder par quelqu'un.

F. D. : Mais c'est vous qui, la première fois, lui avez dit avant de rien savoir : « Il vaudrait mieux venir avec l'enfant. » Je crois que, dans ce cas particulier, il eût mieux valu qu'elle vienne seule, éventuellement avec son mari, et ensuite seulement lui dire : « Et si vous veniez avec François? »

Bien sûr, si une mère vient avec son enfant, ne le lui reprochez pas. Dans l'instant, parlez avec l'enfant et la mère. Et, surtout, laissez-le avec elle, quoi qu'elle dise. Il ne faut pas éloigner un enfant, même si la mère dit des vacheries et des saloperies sur lui ou sur son conjoint.

Reprenez au contraire ce que sa mère dit, mais en vous adressant à la personne de l'enfant : « Est-ce vrai tout ce que dit ta mère? » par exemple. Ou bien : « Toi, tu ne penses peut-être pas comme elle... », etc. Il faut lui mettre des mots sur ses affects intenses.

P. : Oui, mais enfin, il y a quand même une pulsion de mort...

F. D. : Mais justement, c'est pour cela qu'il faut en parler! Ça n'est pas une pulsion de mort, c'est une pulsion de meurtre, c'est tout le contraire d'une pulsion de mort. Les pulsions de meurtre, ce sont des pulsions libidinales. Les pulsions de mort, ce sont des pulsions de repos du sujet et de détente du corps dans le sommeil profond où l'absence éclipse le désirant dans un individu. Ce n'est pas du tout la même chose! Une pulsion de meurtre a un objet à détruire, et dans ce cas, comme vous le dit Simone, c'est en rapport avec son père à elle et son grand-père. C'est une très vieille histoire personnelle de cette femme, une histoire d'annulation d'elle-même en tant que sujet prénommé dans l'individu féminin que son père a fait venir au monde. La relation avec sa mère, nous ne la connaissons pas, elle ne vous en a pas parlé, mais enfin, c'est vous, une femme psychanalyste, qu'elle est venue voir.

P. : Effectivement, je me suis dit qu'il devait y avoir un autre son de cloche.

F. D. : Alors, c'est presque dommage que François ait inauguré une relation avec sa mère sans qu'elle y soit prête. Et, dans toute cette histoire, maintenant, on se trouve devant un enfant qui a trouvé- le truc : quand il est en tension de pulsion érotique suractivée, il fait sa crise et tout va bien, mais au prix de l'absence de paroles, donc de sujet.

P. : Oui, mais il n'aura plus de convulsions, maintenant, il est au Gardénal.

F. D. : Mais pourquoi? Ça se verra moins ou pas du tout, mais le problème demeure.

P. : Mais c'est la première chose qu'on fait, donner du Gardénal, quand un enfant a des convulsions.

F. D. : Eh bien, tant mieux, il faut le faire, mais ce n'est pas ça qui empêche de faire un travail avec l'inconscient. On peut faire une psychanalyse avec un enfant complètement abruti de médicaments. L'inconscient est dans le transfert, même quand l'enfant dort. Ne vous inquiétez donc pas de cela, le Gardénal n'a aucune importance. Sauf que nous, qui sommes attentifs aux réactions de cet enfant, nous sommes frustrés et ne pouvons plus voir comment il réagit. Mais à l'intérieur de lui-même, tout vit et tout réagit par l'intermédiaire de la relation interpsychique existant entre nous. Dans sa passivité, il est extrêmement réceptif, même s'il est peu expressif.

Une psychanalyse, ça n'est pas du tout une rééducation. Dans une rééducation, on ne peut rien faire quand l'autre dort. Dans une analyse, on travaille tout aussi bien.

Le silence est aussi éloquent que des propos, sauf que nous ne savons ce qui se passe qu'au travers de ce que nous décodons en nous-mêmes. Si nous sommes vraiment disponibles inconsciemment, il se passe beaucoup de choses. Il n'y a qu'à laisser aller nos propres associations libres, en nous-mêmes, en les mettant au service de celui qui est là. Et c'est l'analyse de ce que vous vivez, de votre relation inconsciente, pré-consciente et consciente avec l'enfant qui est le seul guide de la cure.

C'est cela le travail analytique.

Un jour ou l'autre, la mère oublie le Gardénal et elle constate que tout va bien. Bien sûr, le travail s'est fait sous Gardénal. D'ailleurs, c'est le médecin lui-même qui, la plupart du temps, autorise les parents à baisser les doses. Ce n'est pas notre affaire. Moins gardénalisé, le patient est un peu plus éveillé. Mais dans beaucoup de cas, jamais on n'aurait pu faire le travail analytique si l'enfant n'avait pas été sous Gardénal parce qu'il aurait fait des crises de surtension pour un oui ou pour un non. Il vaut beaucoup mieux qu'il soit sous Gardénal, avec des tensions inconscientes qu'il n'ab-réagit pas et que le travail puisse continuer dans le transfert.

Ce n'est pas avec le conscient que nous travaillons, c'est avec l'inconscient, qui est présent, même dans le sommeil profond. Je crois que c'est une notion très nouvelle pour beaucoup d'entre vous. Les études de psychologie ne préparent pas à comprendre cela, mais nous travaillons aussi bien avec quelqu'un d'endormi ou en état d'inconscience, voire comateux.

Avec un être dans le coma, la parole passe sans que nous sachions comment. Les médecins réanimateurs qui essayent de lui parler le constatent et en sont les premiers très étonnés.

Je vais vous raconter l'histoire d'un de mes anciens patients. Cet homme vient me voir d'urgence, un soir, complètement affolé et m'explique ce qui était en train de lui arriver. Quelques jours auparavant, sa femme avait accouché au milieu de la nuit d'une superbe petite fille. Tout allait bien, et le mari quitte son épouse au petit matin pour aller chercher leur fils aîné resté à la maison pour le conduire à la clinique embrasser sa mère. La mère et le bébé vont fort bien. Cet homme emmène alors son fils à l'école et revient aussitôt après. Il trouve alors sa femme dans un état convulsif et voilà qu'en dépit de tous les soins qui lui sont prodigués, elle tombe dans le coma.

Après quarante-huit heures, le réanimateur estime que même si on réussit à la tirer de là, il y aura des séquelles et qu'elle restera paralysée au moins des deux jambes.

Cet homme se sent alors envahi par un état de haine violente contre la vie, contre sa femme, contre le personnel soignant et, me connaissant, décide de venir me voir.

Il arrive chez moi dans un incroyable état d'agitation et m'annonce aussitôt que jamais il ne restera auprès d'une femme infirme, qu'il la tuera plutôt. Là-dessus, il me raconte que ses beaux-parents alertés sont arrivés, mais que sa belle-mère a refusé de voir sa fille et qu'elle est restée dans le couloir. Son beau-père, un peu gêné du refus de sa femme, a alors révélé à son gendre l'histoire de la naissance de leur fille.

Celle-ci était l'aînée de quatre enfants, deux filles et deux fils. A sa naissance, sa mère s'est mise à la détester et en a fait une véritable phobie. Il en a été de même pour le deuxième enfant, une fille aussi. Au contraire, elle avait aimé dès le premier jour, allaité et élevé ses troisième et quatrième enfants, deux garçons. Ses deux enfants aînés, les deux filles, ont dû être élevées chacune sans voir leur mère jusqu'à l'âge de la marche.

Après ce récit, j'ai d'abord conseillé à cet homme d'aller prendre un substantiel repas et de dormir, ce qu'il n'avait pas fait depuis l'accouchement.

Puis, d'aller ensuite raconter à sa femme, dans le coma, l'histoire de sa propre naissance.

Ainsi fit-il, et quelques heures après, sa jeune épouse sortait du coma sans aucune séquelle.

Les premières paroles qu'elle prononça furent : « Je veux voir ma fille. » Puis, s'adressant à son mari : « Je ne sais pas si j'ai rêvé, ou si c'est bien toi qui m'as raconté ma naissance. J'ai tout de suite compris que c'était à cause de cette histoire que j'ignorais que je n'avais pas le droit d'avoir cette petite fille. Alors, je me suis échappée du coma. » Elle s'est mise à décrire ce qui se passait pendant son état comateux. Elle se voyait dans un coin du plafond et observait son mari et le réanimateur penchés au-dessus d'une forme humaine aussi plate qu'une feuille de papier, sans savoir que c'était son corps. Au moment où son mari s'est mis à lui expliquer sa venue au monde, elle a ressenti une vive douleur en même temps qu'elle se sentait rentrer par le sommet du crâne dans cette forme raplapla, en la regonflant.

Elle est alors rentrée dans un noir très douloureux et c'est de là qu'elle est sortie en se réveillant.

L'image aplatie venait du mot perçu par elle, concernant le tracé « aplati » de l'électro-encéphalogramme dont on dit qu'il est quasiment plat chez les comateux profonds. De la place où elle assistait à la scène, cette femme jugeait absurde que ces deux hommes prennent soin de cette forme ridicule, elle, aussi raplapla.

D'autres histoires du coma démontrent clairement qu'en profondeur le sujet demeure présent. Ainsi, un grand-père est venu me raconter un jour l'incroyable aventure de son petit-fils. Patrick, âgé de huit ans, rentrait d'Italie en voiture avec son père, sa mère et sa sœur lorsqu'ils eurent un effroyable accident. Sa mère est tuée sur le coup, et son père décède après huit jours de coma. Sa petite sœur en réchappe, indemne. Patrick, lui, perd un œil, une partie de sa substance cérébrale. Il est transporté à l'hôpital dans le coma. Les autorités médicales avertissent ses grands-parents. Sa grand-mère se rend alors dans l'hôpital italien où l'enfant est en réanimation, et s'installe auprès de lui tandis que le grand-père ramène sa petite-fille en France. Trois mois se passent et Patrick sort du coma. Et voilà qu'à la stupéfaction générale, ce petit Français de huit ans se met à parler un italien parfait et ne balbutie plus que quelques mots de français, comme un enfant de neuf à huit mois, disant « pa-pa, au-to, miam-miam ».

Il ne pouvait plus se faire comprendre de sa grand-mère, en français!

Le soir même de la visite de ce grand-père, je relate cette histoire à l'un de mes amis biologistes qui me répond que la mémoire se fixe sur les protéines et que c'est donc à cause des perfusions que Patrick a fixé dans sa mémoire, comme sur une bande magnétique, tout ce qu'il entendait dire en italien autour de lui.

Mais sa réponse n'est pas satisfaisante du tout. On peut, peut-être, fixer des mots comme sur une bande magnétique, mais on ne peut certainement pas fixer toute la grammaire d'une langue étrangère.

Or, cet enfant parlait aussi bien l'italien, comme un enfant de huit ans qu'il était, que trois mois plus tôt le français. Il y a donc un très grand mystère du langage, qui nous indique combien nous devons respecter le sommeil et le coma de quiconque auprès de qui nous sommes. Tout s'enregistre et s'enregistre encore mieux quand quelqu'un est dans le coma sans défense. Le sujet dort, mais il est aussi extradé de son corps.

Nous ne savons pas ce que sont ces états de coma par rapport à la conscience de l'individu, encore moins ce qu'est un sujet, au regard de l'individu. (Le mot est d'ailleurs peu approprié puisqu'en fait le sujet est divisé.)

Qu'est-ce qu'une conscience si les comateux sortis de leur période d'inconscience portent en eux la trace enregistrée de ce qui s'est dit et passé autour d'eux?

P. : Cela semble fou que cet enfant apparemment inconscient ait eu quand même une intelligence éveillée!

F. D. : Ça n'est pas parce qu'il a l'air inconscient ou ne regarde pas les gens qu'un enfant n'entend pas! Un enfant autiste, par exemple, c'est-à-dire un enfant qui ne regarde rien, entend tout. Il a seulement l'air d'être ailleurs, et c'est cela qui est troublant et qui fait que, finalement, nous nous mettons à parler d'eux sans nous adresser à leur personne. Peut-être ne focalisent-ils pas leur personne dans leur image du corps située dans l'espace et le volume de ce corps-là. Nous ne devons jamais croire que le sujet n'est pas dans sa pleine lucidité même quand l'individu qui est là, présent paraît abruti, endormi ou même comateux.

Le sujet du désir, le sujet de son histoire, eux, sont bien présents.

Les schizophrènes, par exemple, ne localisent visiblement pas, dans leur propre corps, l'endroit où ils se trouvent. Ils sont comme des zombies, un peu éparpillés autour de ce corps dans l'espace, mais ils comprennent et entendent tout. Quand, par chance, l'un d'entre eux guérit, il vous restitue les dires qui l'ont marqué et garde en mémoire tout ce qu'il a entendu.

Alors, pour en revenir à François, il aurait été bien de lui dire, par exemple : « Quand tu étais dans le ventre de ta mère, elle a entendu dire que tu avais une tête toute petite et elle s'est beaucoup inquiétée. Et toi, tu t'es peut-être inquiété pour elle aussi. » Voilà comment nous pouvons parler à un enfant qui a été un fœtus porteur de tant d'angoisse non dite. C'est en le lui disant que nous l'aidons à retrouver une communication dans la vie symbolique, pouvant dégager la relation de corps. Sans quoi, un enfant est obligé de garder ce non-dit dans son corps tant que ça ne sera pas mis en parole.

Cela ne veut pas dire que cela marche à tous les coups, mais n'ayant pas d'autre méthode, c'est celle-là qu'il faut employer.

Si une mère a essayé d'avorter de son enfant ou de le tuer, il faut le dire à l'enfant. Il faut le lui dire de telle façon que la mère se sente complètement pardonnée, puisqu'il est vivant, qu'il a dépassé cette épreuve, qu'il était donc de taille à le faire.

C'est donc à cet être humain que nous parlons de cette épreuve, en lui donnant une valeur de relation positive à sa mère et dynamique à sa vie, si déniée ou entravée qu'elle soit ressentie par lui. C'est son histoire, elle lui appartient. Nous ne savons pas du tout ce que ça veut dire, une mère qui veut avorter de son enfant, ce peut être par narcissisme, par égoïsme, mais aussi par amour. Tout dépend de son histoire fœtale à elle, ou peut-être de celle de l'un de ses parents.

Nous avons tendance à tout voir et juger selon notre morale à nous. L'éthique inconsciente n'est pas la même du tout. C'est une dynamique qui peut être une dynamique d'amour, revêtant pourtant l'aspect d'un comportement langagier de dénégation ou d'agression.

Dans ce cas, le désir est passé à un niveau de rejet. Le rejet est une manière d'aimer, mais oui!

Dans le cas de François, ce n'est pas lui, enfant, qui est concerné directement. Le problème est bien antérieur, il concerne Simone sa mère, son narcissisme, son renoncement, à la limite pervers-masochiste, à son prénom, à son métier, pour un homme dont elle est totalement dépendante, comme un fœtus de son placenta.

C'est une femme qui a fait une régression fantastique. Pourquoi un homme épouse-t-il une femme à la condition de jouer le rôle d'un placenta enceint d'un fœtus? Je n'en sais rien. Bien sûr, vous imaginez le tableau quand ils se mettent à avoir un bébé : fœtus d'une fœtus! Cela n'est pas viable.

Mais, avec des paroles, je crois que tout cela peut se remonter, puisque François est là, et vit, et que Simone a trouvé à parler à une psychanalyste.

P. : Peut-on vraiment parler avec des mots, un langage élaboré, à un enfant de six mois?

F. D. : Sûrement. Utilisez votre langage, celui que vous utilisez pour dire au plus vrai ce que vous ressentez.

Si vous êtes Chinoise, il faut le lui dire en chinois. Il faut lui parler votre langue. Si vous êtes étrangère à la langue française, il faut lui parler comme vous le pouvez, mais faire reprendre ce que vous dites par sa mère ou son père, dans l'accent de la langue qu'ils parlent entre eux.

Des adultes en analyse rêvent dans leur langue maternelle. L'inconscient de l'enfant se met à l'écoute de l'inconscient de la personne qui lui parle, donc il faut que celle-ci parle au plus près de ce qu'elle sent ou pense, à la limite, dans sa propre langue maternelle aussi.

Si on ne parlait pas, ne serait-on pas aussi éloquent, à la condition de penser ce que l'on dirait? Je n'en sais rien. Mais les enfants sont télépathes.

Quand les parents sont présents – ce qui est la meilleure condition des psychothérapies avant deux ans et demi environ et parfois plus tard –, il est indispensable que les parents et l'enfant entendent ensemble ce que nous disons à l'enfant.

P. : Mais les psychanalystes ne parlent pas tellement?

F. D. : Mais enfin, avec des enfants il faut parler! Justement, c'est cela qui est difficile. Il faut parler, mais par projection, il faut mettre en paroles ce qui est dit par les parents, ce qui est mimé par l'enfant, il faut lui dire par exemple : « Ce que tu viens de faire, me fait penser que tu voulais me dire ceci, ou cela. » Et naturellement, on peut se tromper. Et il faut le reconnaître. Ce que nous recherchons se situe au plus près de ce que l'enfant a voulu exprimer, c'est cela l'appel à la parole d'un bébé. C'est parce que la mère l'appelle à la parole, que le petit être humain parle.

Mais si une mère n'appelle pas son enfant à la parole, il ne parlera jamais correctement, et aura un retard de parole parce que ses phonèmes ne sont pas des phonèmes courants de la langue : il a conservé la possibilité d'émettre des phonèmes archaïques dans son larynx et son palais.

Mais les mots, eux, doivent être dits en donnant à cet enfant son statut de sujet, c'est-à-dire en lui signifiant qu'il a des désirs, des émois, des opinions qui ne sont pas toujours ceux de sa mère, ni les nôtres.

Beaucoup de mères le font d'elles-mêmes, quand elles disent, par exemple : « Ah oui, je sais que tu n'aimes pas ça! Mais il faut que je le fasse quand même. » Les mères qui parlent ainsi à leur enfant, sans le savoir, lui prêtent des opinions différentes et des désirs contradictoires aux leurs.

Ce droit d'avoir des opinions différentes en parole n'empêche pas qu'elles font passer leur enfant par ce qu'elles veulent et jugent adéquat à son éducation, mais le fait qu'elles lui octroient en paroles ce droit, lui permet de se constituer sa liberté de sujet. C'est ainsi qu'il s'humanise.

Il en va d'ailleurs de même dans toute relation humaine, quels que soient l'âge et la maturité apparente de l'autre.

Chapitre 10

« Mais où j'étais, moi, avant de naître? » - Lorsqu'un enfant perd sa mère, il perd du même coup son père - Un enfant qui tombe sans cesse à la renverse - La maison et le corps sont confondus chez l'enfant.

P. : Vous avez récemment employé l'expression « scènes primitives » au pluriel. Qu'entendez-vous par là?

F. D. : Oui, en effet. A un certain moment, la fille, par exemple, désire prendre la place de sa mère dans les rapports sexuels avec son père. Ce sont ces rapports sexuels fantasmés que l'on appelle généralement, et à tort, la « scène primitive ». Mais Freud a décrit, en fait, sous le nom de « scènes primitives », deux situations différentes. L'une qui est constituée par les fantasmes de l'enfant sur les rapports sexuels des parents, et l'autre qu'il nomme d'ailleurs « la scène principielle », à l'origine de la naissance de l'enfant, et qui pose le problème de la non-existence préalable à l'existence.

Aucun enfant n'a évolué dans la vie sans demander à un moment donné directement ou indirectement : « Mais où j'étais, moi, avant de naître? » Cette question conduit à des fantasmes dans les analyses d'adultes, où le sujet se représente spermatozoïde dans les voies génitales de son père, refusant par exemple de pénétrer dans l'ovule de sa mère.

Les enfants négocient souvent cette angoisse de la non-existence avant la conception en fantasmant qu'ils ont assisté au mariage de leurs parents. Quand c'est le cas, et qu'un enfant donne son assentiment au mariage de ses parents, il est impossible de le faire démordre de l'impossibilité chronologique de cette situation. Souvent les parents veulent le remettre dans le temps, d'où une situation comique, vue de leur côté, et désespérante, vue du côté de l'enfant.

Elle est comique pour les parents, parce qu'ils élaborent une défense consciente vis-à-vis de leur désir d'avoir assisté à l'accouplement de leurs propres parents. C'est un raccourci entre leurs propres fantasmes enfantins et la réalité dans laquelle ils sont obligés de se maintenir en tant que parents conscients.

Parfois des deux côtés, cet épisode n'est pas du tout vécu de façon comique. Je me rappelle une fillette qui soutenait en public avoir assisté au mariage de ses parents, lesquels étaient très gênés devant d'autres adultes parce que ceux-ci pouvaient croire qu'ils s'étaient mariés tardivement, ayant déjà conçu l'enfant, ce qui n'était pas le cas.

Dans ces moments-là, la mère ne cessait de répéter : « Mais pour qui veut-elle nous faire prendre! » sous-entendu : pour des gens pas comme il faut.

> P. : J'aimerais vous parler du cas d'une femme qui s'est mariée à un homme veuf, père de quatre enfants. A la suite de son mariage, le nouveau couple a eu cinq autres enfants et cette femme leur a donné cinq prénoms commençant par la lettre G, l'initiale de son propre prénom, Georgette. « J'ai fait cela, m'a-t-elle dit, pour distinguer mes enfants de ceux de mon mari. » Je suis en relation avec cette femme parce que le dernier de ses fils est schizophrène. Récemment j'ai appris que son mari était mort depuis plusieurs années quand cet enfant, leur dernier fils, avait cinq ans. Elle ne me l'avait pas tout de suite dit. En fait, elle s'est mariée à dix-neuf ans avec cet homme, qui était son voisin, dont elle avait vu mourir la première femme. Elle m'a dit que c'était la pensée de ces enfants sans mère qui l'avait incitée à se marier. Elle-même n'avait pas eu de père. « Je n'ai pas été capable d'être la vraie mère de ceux qui n'étaient pas les miens », m'a-t-elle déclaré. Elle a donc parfaitement pu se séparer des enfants de son mari, tandis qu'elle n'accepte pas aujourd'hui l'autonomie des siens propres.

F. D. : Se sent-elle coupable de ne pas pouvoir laisser ses enfants se dégager d'elle?

P. : Oui, certainement, et cela d'autant plus que le dernier est schizophrène. Il faut dire que l'internement de ce fils a eu lieu au cours d'une absence de cette femme, alors qu'elle était allée enterrer sa mère. Il a fait une fugue et on l'a retrouvé dans un état délirant.

F. D. : Ce qui est particulièrement intéressant dans cette histoire, c'est que le fils de cette femme – femme qui n'a pas eu de père – ne connaisse pas non plus son père, puisqu'il l'a perdu à cinq ans et qu'il est devenu schizophrène. Je pense que c'est cela qui est déterminant, et que c'est en ce sens que nous pouvons parler de responsabilité de la mère. Ce garçon n'a pas pu se structurer par rapport à un homme, puisque sa mère, enceinte, ne contenait pas l'idée d'un père, alors que les autres enfants ont eu un père présent.

P. : C'est tout à fait comme cela que je le comprends car, lors de notre dernier entretien, elle m'a dit : « Je n'ai jamais reconnu mon mari comme père de mes enfants. »

F. D. : Bien sûr, la notion même de père est impensable pour elle. Selon elle, un père est un transfert de mère. Or, un père, c'est un donné dès la vie fœtale. Bien sûr, il y avait un géniteur, mais pas un père. Il y avait aussi tout ce qui pesait lourd dans le non-dit concernant son propre géniteur à elle. C'est sans doute en déniant cet homme comme père de ses enfants qu'elle s'est débrouillée pour faire exister malgré tout un père sur le mode de la dénégation. Quand on dit « non » à quelque chose, c'est que ce quelque chose existe pour vous. Tandis que jusqu'alors cette notion de père était complètement absente de son idéation, elle avait presque comme un sens manquant.

P. : Georgette avait trois mois quand son père est mort, mais elle n'a appris que plus tard, au moment de sa première communion, qu'il s'était suicidé. Je crois que c'est à ce moment-là qu'elle l'a vraiment perdu. Elle s'est mise à chercher la vérité sur ce suicide et a découvert que, peu de temps auparavant, ses parents s'étaient séparés. Sa mère s'était installée chez son frère à elle, et son père, ne supportant pas la séparation, s'était donné la mort. Elle dit alors avoir découvert que son père était fou. C'est sans doute à cause de cela qu'elle a une phobie de la folie, d'autant plus réactivée que son dernier fils est interné. Elle s'accuse d'avoir fabriqué à son tour un fou. Ce qui me paraît important par rapport à son père, c'est qu'elle a soudain brisé l'image qu'elle avait pu s'en construire, en découvrant, bien après sa mort, qu'il s'était suicidé.

C'est peut-être pourquoi elle a refusé de participer à la construction de l'image du père de ses enfants à elle, pour qu'il ne leur arrive pas la même chose au cours de leur vie.

Peut-on parler là de forclusion du nom du père? A l'image de ce qu'elle se représente de son propre père.

F. D. : Dans ce cas, je ne pense pas. Cette femme semble parler souvent de son père, mais pas en tant que père responsable. Je crois que c'est important dans l'histoire de quelqu'un, un père irresponsable. C'est une contradiction totale, parce que ce qui caractérise la fonction paternelle, c'est précisément la responsabilité. Georgette, au contraire, a introjecté quelque chose de cette signifiance, puisqu'elle a voulu prendre la responsabilité d'enfants qui, eux, avaient perdu leur mère.

Ce qu'il faut savoir, c'est que, lorsqu'un enfant perd sa mère, il perd du même coup son père. Ou réciproquement. Le père et la mère n'existent que relativement l'un à l'autre. L'enfant garde alors une femme auprès de lui, mais il n'a plus de mère, c'est-à-dire qu'il conserve une mère génitrice, mais pas une mère actuelle.

Un enfant n'a jamais une mère, il a « une maman-papa ». Il n'a jamais un père, il a « un papa-maman ». Et le mot de « père » vient très tard, avec l'acception que nous, adultes, lui donnons. Il ne vient qu'après l'Œdipe, avec la compréhension du rôle géniteur de chacun. Mais auparavant un papa est relatif à une maman, et une maman à un papa. Donc, en perdant son mari, la mère devient une femme qui a été sa génitrice, qui élève son enfant, mais qui a mangé le père.

L'enfant fantasme qu'elle l'a « cacaté » et jeté à la poubelle. Il interprète à sa façon la disparition d'un élément important de son entourage tutélaire. C'est un enfant élevé par une moitié d'être humain à qui il s'identifie, alors qu'en général, c'est à un couple qu'il s'identifie.

Ce qui explique d'ailleurs que l'être humain, par son identification d'enfant au couple de ses parents, soit double.

Bon. Georgette s'est identifiée sans le savoir à une mère mariée avec son oncle maternel, puisqu'il semble bien que, dans ses fantasmes, l'homme qui faisait couple avec sa mère, c'était l'oncle maternel. Elle était donc dans la même position qu'un enfant s'identifiant – en tant que « Moi Idéal » du même sexe – à quelqu'un n'ayant pas de vie génitale avec la personne qui est sa génitrice.

Si c'est une fille, elle s'identifie à une sœur aînée qu'elle s'imagine faire couple avec le père, et si c'est un garçon, à un frère aîné faisant couple avec la mère.

Dans ces cas-là, l'Œdipe ne peut pas se dérouler en développant un Surmoi de type génital. On ne peut pas, en effet, castrer quelqu'un de mutilé. Il ne peut y avoir castration que s'il y a eu identification à quelqu'un qui a des relations sexuelles avec la génitrice ou le géniteur, et qui vous est interdit.

> P. : Un autre paramètre me semble important dans l'histoire de Georgette. Lorsqu'elle-même était enfant, habitant chez son oncle avec les enfants de celui-ci, sa mère à elle lui disait toujours : « Tiens-toi bien, tu n'es pas chez toi, on n'est pas chez nous. » Or, c'est une femme qui ne supporte pas d'avoir un « chez elle ». Quand elle s'est mariée avec cet homme veuf, elle a pris un appartement qui n'était pas un « chez eux ». Elle est venue, en effet, s'installer dans l'appartement que cet homme occupait avec sa première femme. C'est au moment où elle commençait à se sentir chez elle qu'ils ont déménagé et ont eu ce dernier enfant, qui est schizophrène. En fait, c'était la première fois qu'elle

avait vraiment désiré un enfant, parce qu'elle s'était enfin créé un lieu bien à elle. Les quatre autres enfants précédents, elle dit les avoir faits pour compenser les quatre premiers enfants de son mari.
Depuis la mort de ce dernier, elle a accepté comme une fatalité de ne plus avoir de « chez elle », et s'est retirée dans un monastère, non pas comme religieuse, mais comme...

F. D. : Servante, naturellement!

P. : Euh, oui, servante!

F. D. : C'est très intéressant pour les psychanalystes d'avoir une histoire comme celle-là. *(S'adressant à la participante)*, vous avez certainement raison, madame, c'est dans l'Œdipe impossible de Georgette que s'enracine toute cette histoire et sans doute le fait d'avoir donné à tous ses enfants un prénom commençant par la lettre G. Mais voulez-vous que nous en profitions pour parler de la question des noms et des prénoms?
Avez-vous remarqué que les noms de famille difficiles à porter ne l'étaient pour certains qu'à cause d'une mauvaise relation avec leur père?

P. : Est-ce tout aussi valable pour les filles?

F. D. : Bien sûr, mais les filles investissent plus la relation qu'elles ont avec leur père que son nom. Cela n'empêche que le nom a une grande importance, puisqu'en se mariant elles en changent, et que ce nouveau nom est le signe de leur renoncement à leur père. Les choses se compliquent lorsque les filles épousent un homme qui porte un nom très voisin de celui de leur père. Cela peut engendrer la culpabilité sous-jacente d'avoir triché avec l'interdit de l'inceste et contourné la loi.

P. : Je connais un enfant dont la mère m'a raconté la généalogie. Il portait le prénom d'un frère aîné mort à l'âge de six mois. Sa mère n'a jamais voulu répondre à ses questions concernant son frère aîné mort. Son symptôme actuel consiste à tomber à la renverse. Il s'installe sur sa chaise et tombe à la renverse. En classe, cela lui crée évidemment quelques problèmes.

F. D. : Là aussi, je pense que ce sont les effets du non-dit. Sa mère n'a pas pu lui parler de cet enfant mort, qui l'a précédé. Retomber en arrière, c'est perdre son tonus vertical et revenir à l'époque bébé de son histoire.

Pour un enfant, ce qui est tu, c'est de la pudeur. Or, la pudeur c'est une façon de dire la relation sexuelle. Si bien que cet enfant a développé un Œdipe gauchi sur ce bébé mort.

Son attitude rejoint probablement une vérité profonde de la mère, pour laquelle le petit enfant mort a dû représenter un mort valeureux, son père, ou un frère décédé il y a longtemps.

C'est sans doute à cause de cela que cet enfant souffre de ne pas pouvoir se situer dans le temps. On peut également penser que, porteur du même prénom que son frère mort à six mois, il pose une série de questions par ses chutes à la renverse. Si Moi, six mois, qui suis-je? Ton fils? Le fils de ton père? Celui de ton frère? C'est-à-dire pas moi. Par exemple.

Il comprend intuitivement qu'il représente pour sa mère ce mort valeureux d'il y a longtemps, dont elle n'a pas encore fait le deuil. Deuil, que la mère de sa mère, sa grand-mère, n'avait pas fait non plus.

Si cette femme a donné le prénom de son frère mort à son fils aîné – mort lui aussi –, était-ce pour consoler sa mère, et, ce faisant, feinter son propre mari? Généralement un prénom est choisi par le père et la mère, et non pour consoler une grand-mère. C'est un de ces cas de psychothérapie d'enfant où le symptôme du petit est une tentative pour faire effectuer le travail de deuil à sa mère et acquérir le droit d'exister comme un garçon vivant, fils d'un père vivant.

Or, tel n'était pas le cas puisque sa mère ne lui avait jamais parlé du bébé mort ni montré des photos, ou n'avait jamais pleuré sur lui. Je crois qu'une pudeur, qui crée le silence, rejoint l'indicible d'une honte : l'enfant ressent cela comme quelque chose de l'ordre de l'inceste. Dans ce cas, tomber au lieu de conserver une sthénie musculaire, soustrait aux exigences du consensus : « Je ne suis pas celui que vous croyez, un bébé mort peut-être? »

P. (homme) : J'aimerais vous exposer le cas d'une petite fille de cinq ans et demi, Caroline, qui refuse de parler en classe, alors qu'à la maison elle s'exprime normalement. Comme Caroline n'a pas dit un mot au cours de notre premier entretien, je lui ai demandé de me dessiner ce qui lui passait par la tête. Elle l'a fait, mais à toutes mes questions portant sur ses dessins, elle a simplement répondu par oui ou non de la tête. A la fin de la séance, j'ai demandé à Caroline, si elle voulait venir me voir régulièrement : elle a acquiescé de la tête. Je la vois donc depuis six séances, au cours desquelles elle fait toujours le même dessin : une maison avec deux portes, l'une conduisant à un chemin se terminant par un arbre, et l'autre donnant sur un minuscule chemin, mince comme un fil.

Petit à petit, les dessins se sont mis à évoluer au grand étonnement des parents, mais toujours sans un mot de la part de Caroline. Alors, que faire?

F. D. : Continuez, bien sûr, à voir Caroline, puisqu'elle veut venir, mais au lieu de la prendre aussi rapidement en thérapie, j'aurais étudié préalablement la question avec ses parents.

Vous ne savez même pas quel style de langage elle utilise chez elle, à la maison, ni ce qui la motive à parler, de même que vous ignorez si elle joue avec des animaux en peluche ou avec des poupées. En fait, elle vient parce qu'elle est gratifiée d'avoir une relation avec vous, mais combien de temps cela va-t-il durer?

Au fait, qui l'accompagne à ses séances?

P. (homme) : La première fois le père est venu avec la mère. Et, depuis, c'est la mère. Dès la seconde séance, elle m'a dit devant Caroline qu'elle-même n'allait pas bien, qu'elle était déprimée, que l'accouchement de Caroline s'était très mal passé, à cause d'une rétention placentaire.

F. D. : Donc, c'est sa mère qui voulait parler! On peut d'ailleurs se demander si elle ne retient pas la parole de Caroline, comme le placenta lors de son accouchement.

P. (homme) : Elle est suivie par un psychiatre, mais elle est très ambivalente vis-à-vis de la psychothérapie.

F. D. : La mère cherche à avoir une relation thérapeutique avec vous, au travers de Caroline. Tout au moins en ce qui concerne l'archaïque en elle. C'est sa relation avec ses propres père et mère qui est perturbée, pour des raisons que nous ignorons.

Au fond, le seul point ennuyeux de votre histoire, monsieur, c'est que vous ne savez pas si Caroline souffrait de ne pas communiquer. Elle aurait pu pourtant vous le dire, au départ, puisqu'elle dit oui et non de la tête. Vraisemblablement elle a été séduite de parvenir à faire des dessins, à voir un monsieur. Surtout si elle sait déjà que sa mère va voir un autre monsieur, le psychiatre. En fait, il semble qu'il y ait un grave problème concernant la mère et relatif à la maternité d'une fille.

Cela ne peut pas faire de mal à Caroline de venir dessiner chez vous, mais je crois qu'il vaut mieux que vous vous taisiez : elle demande à venir vous voir, mais pas à parler. Il serait bon que vous lui demandiez un prix symbolique à chaque fois et que ce soit la seule chose que vous lui disiez. En fait, c'est à la maison qu'elle s'exprime. A l'extérieur, elle se tait. La mère a sûrement dû raconter des histoires terribles sur son accouchement, que l'enfant n'a pas comprises. Cette petite fille paraît arrêtée par la question de la sexualité, sur laquelle la mère bute aussi. Au fond, que peut signifier, pour Caroline, le fait de se risquer dans une communication verbale, c'est-à-dire orale?

Cela peut se situer au niveau d'une peur de la castration, dans le sens où l'on dit : on lui a coupé la langue. C'est peut-être une petite fille qui a perdu son pénis, pour dessiner ce chemin qui s'en va de cette façon buter sur un arbre. C'est peut-être à partir de ce moment-là qu'elle n'a pas pu parler. Je ne sais pas très bien ce que cela veut dire... Ou alors, est-ce par peur de risquer sa langue dans le monde extérieur? Ou pour cacher ce qu'elle pourrait dire? Ou ne pas devenir une fille et ne pas prendre une place de citoyenne dans le monde extérieur? Sa mère semble, en effet, être déprimée et donc ne plus avoir une place de femme à cent pour cent dans la société. En fait, je ne saisis pas très bien.

Quoi qu'il en soit, je crois qu'il vaut mieux que vous ne mouftiez pas. Caroline a cinq ans et demi, donc elle sait peut-être déjà un peu lire? Si vous voulez être efficace avec elle, cela consisterait surtout, me semble-t-il, à mettre des mots par écrit sur ce qu'elle dessine. A écrire « maison » sur le dessin d'une maison, « fenêtre », « chemin », « porte », « arbre », etc.

Mais, j'insiste : que cela se passe dans le mutisme absolu entre vous, car je me demande si ce n'est pas dangereux pour elle de vous parler, avant que sa mère ne vous parle.

Or, en ce moment, vous voyez bien que sa mère ne demande qu'à vous parler. Peut-être pourriez-vous l'inviter à faire une psychothérapie en ville. C'est ce qu'elle avait cherché, non?

> P. (homme) : Elle me dit des choses du style : « Vous savez, on m'a parlé de psychothérapie, de psychanalyse, je voudrais bien, mais j'ai peur. »

F. D. : C'est cela. Parler, ne pas parler, parler, ne pas parler. Caroline et sa mère viennent-elles à des heures où le père pourrait venir?

> P. (homme) : Oui, c'est le matin, tôt. Le père est venu une ou deux fois.

F. D. : Dans ce cas-là vous pourriez recevoir les deux parents en même temps.

> P. (homme) : Je me rappelle un épisode de la première séance, à laquelle assistait le père. Caroline est venue avec un pistolet qu'elle s'est mis à la place du sexe. A un moment, elle l'a tendu à son père, puis l'a repris ensuite. Elle a renouvelé son manège une seconde fois.

F. D. : A-t-elle mis le pistolet comme un pénis ou comme un pistolet dans la vie réelle?

P. (homme) : Comme un garçon.

F. D. : C'est donc autour de la différence sexuelle qu'il y a un non-dit. Caroline a voulu dire : « Tu vois, mon sexe, il est pour mon papa. » Elle a voulu poser une question muette sur le pistolet qu'elle a ou pas. Seulement que voulez-vous faire, étant donné que sa mère continue à s'imaginer avoir été étripée et mutilée par la naissance de sa fille! C'est un problème de gestation féminine. Sa mère refuse de mettre complètement au monde une fille qui parlerait comme toutes les filles. Elle a psychosomatisé ce problème à un niveau végétatif, puisqu'elle a retenu le placenta sans pouvoir en faire le deuil.

Nous sommes en présence d'une névrose hystérique, probablement, mais cela n'avance personne de poser un tel diagnostic. Et, en l'état des informations, je ne peux rien dire de plus.

P. : Un petit garçon fait sans cesse des associations autour de son nez. A votre avis, que peut bien cacher ce nez? *(Rires dans l'assistance.)*

F. D. : Le nez respiratoire ainsi que les fenêtres sont toujours associés au thème de la naissance. La naissance est une libération : on naît à la liberté.

AUTRE P. : Et alors, en cas de fenêtre à guillotine?

F. D. : Les enfants, quand ils abordent le thème de leur naissance, représentent toujours une fenêtre à croisée. Une fenêtre dont les deux moitiés s'ouvrent sur les côtés. Même quand ils ont chez eux des fenêtres à guillotine.

AUTRE P. : Les publicitaires l'ont bien compris. Il y a une publicité à Créteil qui vante « les vraies fenêtres d'un ensemble d'immeubles neufs », et ce sont bien sûr des fenêtres à croisée.

F. D. : Même les petits enfants africains vivant dans des cases ou des paillotes, représentent les maisons comme celles de chez nous, c'est-à-dire des rectangles coiffés d'un triangle.

(*a*)

C'est certainement un schéma géométrique de représentation de l'image du corps qui disparaît très vite à l'âge du réalisme, vers sept ans, parce que l'enfant a des perceptions croisées de ce qu'il ressent et de ce qu'il voit.

AUTRE P. : C'est aussi vrai pour les Bédouins qui vivent sous la tente.

F. D. : Je ne sais pas pour les Bédouins, mais j'ai eu la même expérience, avec une nuance supplémentaire, dans le Sud marocain. J'avais déjà vu plusieurs dessins d'enfants marocains représentant des maisons assez semblables à celles dessinées par des enfants français, mais chaque trait était double. Les murs étaient représentés par un double trait, le toit aussi, etc. J'ai été d'autant plus intriguée par cette singularité qu'une petite fille s'est mise à dessiner devant moi le schéma d'un personnage humain, lui aussi entouré d'un double trait. Elle m'a expliqué que c'était le caïd dans sa maison. Ces doubles traits représentaient, en fait, la petite rigole d'eau qui courait tout autour de la demeure du caïd. C'était une maison de riche, construite en dur et entourée par une rigole d'eau, contrairement aux tentes des Bédouins.

Par extension enfantine, la silhouette du caïd lui-même était représentée avec des traits doubles. Il était dans l'esprit de cette fillette un : « Monsieur-maison-riche ». Il n'était pas du tout représenté avec son turban, son costume, mais au contraire par une image du corps tout à fait schématique. Vous le savez, la maison et le corps sont voisins pour l'enfant. C'est d'ailleurs pour cela que l'espace est si important pour un tout-petit. Sa maison et son corps sont très confondus.

C'est pourquoi un déménagement peut provoquer un traumatisme chez un enfant à qui personne n'explique ce qui se passe. Il faut absolument aider l'enfant à comprendre ce bouleversement de l'espace qui lui était familier, en lui disant par exemple : « Tu vois, c'est différent dans cette autre maison. L'objet qui était là, on le met là maintenant », etc.

Et surtout dire aux parents de bien mettre tout cela en paroles, de façon qu'ils apparaissent comme responsables du changement. Comme l'enfant s'identifie à eux, il peut donc s'identifier au changement et, tout en changeant avec ses parents qui changent, rester lui-même.

Ce qui est essentiel en lui, c'est-à-dire le sujet de ses actes et de ses désirs, est bien resté le même puisque, comme ses parents, il participe à la modification de l'espace environnant. Bien sûr, il y a eu une modification de ce qui est accessoire, contingent, mais il y a une pérennité de ce qui est essentiel, à savoir un sujet animé de désirs agis conformément à des dires.

Très souvent, les enfants suivent le mouvement avec une petite régression qui consiste par exemple à ne plus aller aux cabinets, ou à retourner dans l'état dans lequel ils étaient sept ou huit mois avant le déménagement. Et puis, grâce à quelques rêves d'angoisse, la situation se rétablit naturellement.

AUTRE P. : J'ai vu des enfants perdre brutalement leurs deux parents et en même temps la parole.

F. D. : Bien sûr, une régression globale peut tout à fait se produire. C'est ce que nous voyons chez certains enfants de l'Assistance publique, qui deviennent soi-disant de grands arriérés ou de graves autistes, tout au moins en apparence : ils paraissent perdus et regardent en l'air.

Et pourtant, avec des mots seulement, en leur parlant de leur père et de leur mère, de leur filiation, de leur nom, nous pouvons les aider à se retrouver. C'est formidable de voir un être humain puiser la force qui filtre à travers des mots porteurs de sens.

Si nous disons ce que nous avons à dire en étant vrais, l'enfant se repique sur son propre désir. Par exemple, dans le cas d'un enfant de l'Assistance publique, si nous lui disons qu'il représente, par sa seule présence, son père et sa mère qui se sont aimés, que c'est lui qui a choisi de naître un jour, qu'il pesait tant de kilos à la naissance, qu'il était beau, etc., il se réapproprie sa subjectivité par le transfert qui se constitue entre lui et la personne lui rendant en paroles son désir d'être là. Bien sûr, on ne peut pas faire cela avec un enfant qui a encore ses deux parents. Il faut les lui laisser et le laisser dans la contamination des interprojections parentales dont il fait l'objet. C'est d'ailleurs pour cela qu'il est beaucoup plus facile de soigner un enfant psychotique orphelin qu'un enfant psychotique dont les parents sont vivants.

Chapitre 11

La couveuse, un autisme expérimental - Que lui veut-elle, cette femme porteuse de mort? se dit le bébé - En direct sur France-Inter : la guérison d'enfants autistes - La trace du cordon ombilical dans la paume - Le cœur, premier signifiant rythmé.

P. : Je voudrais exposer le cas de Sybille, une petite fille de cinq ans, venue me voir avec ses parents à Trousseau. Elle ne parle pas. Elle a été une prématurée d'un mois. Elle a tout un système de communication par le sourire avec son père. Dans ses dessins, elle ne fait que des trous.

F. D. : Des trous dans le papier?

P. : Non, dans les dessins. Le nez était un trou, la bouche aussi. Comme elle ne faisait que des trous, au cours d'une séance, je lui ai dit : « Regarde, j'ai un nez. » Et à partir de ce moment, elle a pu dessiner des formes phalliques et, peu après, elle a commencé à parler. C'est cela que je suis en train de travailler. La représentation phallique qui n'est ni une représentation de choses, ni une représentation de mots.

F. D. : Mais je crois qu'elle représentait des formes phalliques, avec ces ronds.

P. : Ah bon!

F. D. : Mais oui. Il y a deux formes phalliques. Le sein et le pénis. Eh bien, avec ses trous, elle veut représenter des seins. A quoi vous rétorquez, « j'ai un nez ». Alors, qu'a-t-elle entendu? que vous disiez : « Moi, je suis un bonhomme. » *(Rires.)*

P. : Mais non, j'étais seulement étonnée qu'il n'y ait que des trous pour Sybille. Sachant qu'elle avait été prématurée, je ressentais que quelque chose avait été coupé très tôt en elle. C'est pourquoi je lui ai dit cela.

F. D. : Elle a été en couveuse?

P. : Non. Elle était toute petite, toute maigre, mais elle n'a pas été en couveuse.

F. D. : Donc elle est restée avec sa mère?

P. : Oui, mais très peu.

F. D. : Le grand danger pour les prématurés vient de l'état de déprivation sensorielle – le silence et la solitude – dans lequel les plonge la couveuse. Pas d'odeur de la mère, pas la vue, pas le toucher, pas les caresses qui délimitent le corps. Cette vie en couveuse me paraît créer un véritable autisme expérimental. Elle est à peu près analogue à ces expériences scientifiques de déprivation des relations sensorielles faites aux États-Unis. On plonge les volontaires dans de l'eau à la température du corps, en enveloppant toutes les extrémités sensibles pour empêcher les nuances sensorielles. En cinq minutes, certains sont devenus totalement psychotiques. Pour d'autres, il a quand même fallu vingt minutes. L'absence totale de références sensorielles fait disparaître les perceptions du schéma corporel, puis l'image du corps. C'est bien mettre en évidence que nous ne conservons notre notion d'exister que grâce à des quantités de variations sensorielles imperceptibles : auditives, visuelles, olfactives, cutanées et baresthésiques.

Un nourrisson qui sort de l'utérus et commence à respirer se trouve dans un espace inconnu mais déjà jalonné par quantité de références qui sont une sorte d'unité sensorielle malgré l'éparpillement des zones érogènes. Son corps est limité par des vêtements, par un berceau, par les bras qui le portent et lui assurent une certaine stabilité. Puis il y a la voix de sa mère qui lui permet de se reconnaître, lui-même – sa mère, chaque fois qu'elle s'occupe de lui.

Tandis qu'en couveuse les nourrissons sont coupés de toute relation avec le monde extérieur, et ils ne peuvent pas ressentir les limites de leur corps, puisqu'ils sont nus. Finalement, leur monde intérieur lui-même est rempli et vidé, sans aucune référence affective avec quelqu'un. Ces nourrissons ne comprennent pas qu'ils existent entourés par un monde extérieur presque invariable et identique dans le temps, et un monde intérieur qui se remplit et se vide. Les prématurés mis en couveuse portent en eux une sorte de potentialité psychotique qui peut brutalement se réveiller avec une histoire de séparation prolongée.

Outre les raisons que j'ai exposées, la potentialité psychotique d'un prématuré vient aussi de ce qu'il est privé après sa naissance de l'audition qu'il avait *in utero*, des conversations entre ses deux parents. Des deux voix qu'il entendait à travers la paroi abdominale de sa mère.

Dans les IMP [1], les enfants psychotiques ont presque tous une histoire de couveuse ou une histoire de séparation. Soit par exemple, ils ont été emmenés en catastrophe dans un lieu inconnu, ou chez une grand-mère qu'ils n'ont jamais vue. Ou encore leurs mères se sont absentées huit jours, sans prévenir. Et lorsqu'elles reviennent, les jours d'absence manquent dans la vie de leur enfant.

Dans ce dernier cas, après l'âge de sept mois, un enfant peut encore surmonter cette épreuve et avec beaucoup de bonne volonté se greffer sur une nouvelle mère. Mais s'il est plus petit, c'est la catastrophe. Il y a peu de chances pour que l'enfant retrouve sa mère de huit jours avant.

Il y a un hiatus entre « sa mère-lui » de huit jours avant et ce qu'il est devenu « lui-une-autre-personne » pendant ces huit jours écoulés.

Le bébé s'est, en effet, perdu en tant qu'enfant référencé à la mère d'il y a huit jours. A partir de ce deuil il a regreffé son

1. Instituts médico-pédagogiques.

image sensorielle sur le visage de la nouvelle personne tutélaire, et pris du poids : l'image du corps d'un nourrisson se concentre et se reflète, en effet, dans le visage de sa mère.

Pour le bébé, au retour de sa mère, son visage, le son de sa voix et son odeur sont comme des fantômes partiels, olfactifs, auditifs et visuels d'un être mort en lui. Pour lui en effet, la séparation d'avec sa mère est vécue comme une mort partielle, c'est-à-dire la mort de ses sens à l'existence de lui-même et à la communication. Sa mère est pour lui l'être-chair de communication élective, aussi bien par les mots que par l'émotion. Elle est aussi sa langue, puisque c'est elle qui parle et qui le parle.

Cette inclusion de mort que la mère impose à son petit le fait souffrir, mais s'il est âgé de moins de sept mois, il réagira seulement par de l'indifférence. C'est très grave parce que cet enfant peut devenir autiste en quelques jours, sans qu'on s'en aperçoive.

Tandis qu'après l'âge de sept mois environ, il manifeste son désagrément, fuit sa mère du regard, détourne sa tête ou même pousse des hurlements devant ce visage qui incarne pour lui la mort.

De son côté, sa mère s'angoisse et se sent coupable, croyant qu'il lui en veut et ne l'aime plus. C'est faux, le bébé a mal à ses viscères d'aujourd'hui, accrochés à une nouvelle nourrice, devant ce qu'il ressent comme une tentative de rapt de son acquis vital pendant les jours d'absence de sa mère.

Que lui veut-elle, cette femme porteuse de mort? se demande-t-il.

Si, dans les jours qui suivent son retour, la mère parle de son absence à son enfant, sans chercher à l'embrasser ou à toucher son corps, les choses peuvent s'arranger avec de la patience. Il faut, en effet, parler à son cœur et non à son corps, par des intonations subtiles de la voix. En fait, c'est la reconnaissance par la mère, que son bébé est un être de désir, qui rend à ce dernier l'unité de son histoire avant le choc de la séparation. Réunifié comme sujet de paroles, il peut alors intégrer l'épreuve sensorielle ressentie dans son corps et sa sensibilité.

Mais si la mère ne comprend pas ce qui se passe, l'enfant bascule dans l'autisme.

Il ne regarde plus autrui, son expression mimique se fige dans la détresse ou dans l'indifférence à tout ce qui lui arrive. Il n'a plus aucune relation avec les êtres humains.

Parfois, heureusement, il garde un intérêt électif pour un animal domestique ou pour un objet, une collection d'objets semblables. Des petites cuillères, par exemple. Dans ce dernier cas, la perte d'une seule d'entre elles le plonge dans une intense panique. Cet enfant fait une régression et s'accroche à une seule perception, associée à la fois, pour lui, au souvenir d'un plaisir partiel de son corps et à quelque chose représentant pour lui de façon fétichiste, sa relation avec sa mère.

Il répète toujours un même geste, une compulsion, totalement dépourvue de sens apparent. Bien souvent, on le croit devenu arriéré mental et même sourd. Il n'en est rien. Il se ferme, progressivement et en apparence, à toute relation humaine, à cause de l'insupportable souffrance de ne pas se retrouver face à autrui, dans l'intégrité de lui-même.

Certains enfants gardent une recherche du contact, mais c'est, par exemple, en calant leur dos contre le corps d'une personne, ou en établissant un contact avec l'envers de leurs bras, le dos de leur main ou avec une région partielle de leur corps, avec laquelle d'ordinaire en n'entre pas en contact.

Ils donnent le sentiment d'être complètement étrangers à notre planète. Un fait est très spectaculaire : ces enfants ne se laissent jamais mourir de faim, mais avalent n'importe quoi, comme s'ils ne possédaient aucune discrimination gustative. Rien ne semble plus leur procurer de plaisir ou de déplaisir. En revanche, ils ont une adresse extraordinaire dans l'espace et ne se prennent jamais les pieds dans les obstacles, alors qu'ils ne semblent pas les avoir vus.

Je vais vous raconter comment certaines mères ont pu sortir, elles-mêmes, sur mes conseils, leur bébé de ce type d'autisme. J'en ai eu la preuve quand j'ai fait des émissions de radio à France-Inter. Bien que précocement averties, par leur vigilance, de l'anomalie du comportement de leur enfant, les mères ne trouvent que rarement de la compréhension chez les médecins généralistes. « Vous vous occupez beaucoup trop de votre enfant, cela s'arrangera tout seul », se font-elles dire. Et le fossé se creuse. L'angoisse apparaît chez l'enfant, avec les troubles du sommeil qu'il essaye de maîtriser par la répétition compulsive d'un geste absurde dans lequel il épuise son énergie.

Les fugues précoces sont également un symptôme. Je veux dire les petits de dix-huit mois à deux ans qui fuient de chez eux dès que la porte est ouverte. Ils vont en fait à la recherche de l'être qu'ils ont perdu à l'âge de quelques mois, lors d'une séparation choc.

A la dizaine de mères d'enfants autistes qui m'ont écrit à France-Inter à ce propos, j'ai répondu de rechercher dans leurs souvenirs et dans les photos jusqu'à quel âge environ leur enfant communiquait avec elles, par le regard, le sourire, les pleurs, montrant selon les moments son plaisir et son déplaisir de vivre.

Puis, quand elles avaient trouvé avec précision l'époque à laquelle la communication s'était rompue, je les incitais à rechercher ce qui s'était passé à ce moment-là. Il y avait toujours eu un événement : la mort de quelqu'un, un déménagement, la perte pendant plusieurs jours de la présence de la mère, un deuil pour le père ou pour la mère, le départ non annoncé d'un animal domestique, l'entrée d'un frère ou d'une sœur à l'école maternelle, une modification brusque dans l'entourage, un séjour même court à l'hôpital sans y être préparé, ou même une épreuve affective difficile pour la mère.

Cet événement une fois retrouvé, je demandais à la mère de raconter et d'expliquer à son enfant, au moment de l'endormissement de préférence, et sans le cajoler physiquement, ce qui s'était passé sans qu'elle s'en rende compte. Je l'encourageais à se rappeler les vêtements que portait son enfant à cette époque, la nourriture qu'elle lui donnait et les berceuses de cet âge-là.

Je l'incitais à essayer de retrouver les moyens de réactualiser les perceptions partielles de l'époque où l'enfant avait perdu pied avec la réalité. Je lui disais de s'excuser auprès de lui de n'avoir pas compris sa souffrance et de lui expliquer la sienne en même temps que l'obligation dans laquelle elle avait été de se séparer de lui, sans comprendre qu'il avait besoin d'explications, parce qu'elle ne le croyait pas encore capable de comprendre des choses si difficiles à dire.

J'avertissais les mères de ne pas s'étonner qu'à la première tentative l'enfant fasse mine de ne rien écouter, bien qu'il écoute certainement. Après deux ou trois tentatives, toutes ces mères ont eu la joie de voir leur enfant les regarder dans les yeux et sourire à nouveau pour la première fois depuis des mois. Dans ces conditions, l'enfant peut retrouver, avec sa mère actuelle, l'image régressive de son corps d'antan, à l'époque où il était encore sain et en communication avec la même mère qu'auparavant.

Dans les cas que j'ai ainsi permis de récupérer, la guérison de l'enfant a été totale en quelques jours. L'avantage d'un tel travail, effectué sans thérapeute, a été une importante économie d'énergie psychique pour l'enfant.

Malheureusement cela n'est possible que si l'enfant n'a pas dépassé l'âge de trois ans, à partir duquel il paraît très difficile qu'une mère seule, sans le secours d'un thérapeute, puisse le récupérer. Sans doute à cause de la fonction symbolique toujours en activité chez l'être humain. En effet, tout est langage chez l'enfant, et à défaut de communication avec sa mère, son père, ses frères, ses sœurs, son entourage, il se construit toute une relation avec les objets de l'espace qui l'entourent et se crée un langage intérieur de style hallucinatoire qui ne lui rend pas audibles ni intéressants les mots et les dires des personnes vivantes.

Les autistes ont une communication extraordinairement riche et pleine de sens avec ce que nous ne remarquons pas. Ils s'enfoncent toujours plus loin dans un monde abstrait, incompréhensible.

Ils sont comme des musiciens sans oreilles et des peintres sans yeux. Leur esprit créatif est continuellement en action, mais ne passe jamais au stade de la réalisation créatrice pour un autre. Ce sont des visionnaires, des peintres, des poètes, sans moyens de communiquer ce monde de sensations et de sentiments, qui les étreint de jouissance ou de douleur.

L'autre leur fera toujours défaut.

De même, les enfants de familles aisées qui changent sans arrêt de nurses sont dans une situation proche de l'autisme et de la psychose. Cela les vide de leur potentialité de s'enraciner fermement dans une relation avec quelqu'un. C'est cette potentialité psychotique qui pousse un sujet, fragilisé de la sorte et tombé amoureux pour la première fois, à se suicider, s'il se fait plaquer.

Bien qu'il vive cette expérience sur le plan génital, il y a quelque chose d'insupportable, car cette rupture réveille la détresse de la séparation d'avec la personne grâce à laquelle il existait quand il était enfant. Beaucoup de suicides de cette sorte auraient pu être évités si leurs auteurs avaient fait une psychanalyse rapide. En effet, ce problème ne demande pas une très longue cure. Certaines personnes que j'ai eues en traitement, et tombées amoureuses pour la première fois, ont revécu une première relation avec une nurse qui, en partant, les avaient laissées complètement vides.

C'est quelque chose de revivre du passé, et c'est grâce à cela, d'ailleurs, que certains en sortent définitivement. Ils font une répétition pour s'en sortir. Le mode opératoire de l'analyse consiste à répéter dans le transfert pour se libérer.

Bon, mais pour revenir au cas précis de Sybille, quand vous lui avez dit : « Regarde, j'ai un nez! » vous lui avez dit aussi : « J'ai à la figure ce que ton père a ailleurs. » Et cela a marché!

P. : Oui, mais comment, par un simple signifiant, peut-on réussir à faire apparaître des formes phalliques?

F. D. : Justement, en lui montrant votre nez, n'était-ce pas une façon de lui dire : « Tu es née? » Ce que personne ne lui avait sans doute jamais dit. Vous avez dû lui révéler dans votre transfert sur elle qu'elle était votre nouveau-née qui avait autant le droit d'être active que passive.

Cela dit, vous savez bien que la forme phallique n'est pas seulement le pénis! La forme phallique protrusive, allongée, est aussi la forme du cordon ombilical.

P. : Mais qui n'a jamais été vu!

F.D. : Quoi? Le cordon ombilical! Mais il a été palpé, il a été touché par le fœtus *in utero!* Et une représentation dessinée, c'est une sorte de représentation agie du toucher. C'est comme si on avait touché l'objet dans l'espace. Il y a des dessins de formes et il y a des dessins énergétiques. Le tourbillon n'est pas un dessin de formes, pourtant, nous avons eu cette position repliée sur nous-mêmes *in utero*.

Le tourbillon est la représentation d'une dynamique en expansion, symbole des pulsions de vie même. Regardez les enfants tourner sur eux-mêmes en jouant. Nous avons d'ailleurs tous tourné sur nous-mêmes pour naître : c'est le « rooting [1] », c'est-à-dire cette façon de tourner sur soi-même qu'a le bébé au moment de l'accouchement, qui lui permet de sortir des limbes de la vie fœtale pour arriver à la lumière.

Nous sommes sortis en tournant sur nous-mêmes dans les voies génitales de notre mère, à l'exception des enfants nés par césarienne, qui n'ont pas eu ce « rooting » du corps tout entier.

Bon, mais en psychothérapie, quand des enfants jusqu'à cinq, six ans dessinent le tourbillon qui est la forme basale de la vie démarrant, c'est signe qu'eux aussi redémarrent.

Les enfants de huit, neuf ans, eux, traduisent cela par la voiture de déménagement. Le tourbillon, c'est le départ, depuis le centre jusqu'à l'extérieur. Notre vie entière se déroule comme cela. C'est ce que j'appelle l'image dynamique. Vous voyez ces schizophrènes qui ne font que tourner sur eux-mêmes en montant et en descendant, comme ces racines pivotantes qui s'enfoncent dans la terre. Avec leur corps tout entier, ils dessinent dans l'espace la dynamique de la naissance, mais sans jamais en sortir.

Revenons au cordon ombilical. Tout fœtus a serré le cordon dans ses mains, c'est-à-dire qu'il a une représentation imaginaire du cordon dans la paume. Il s'agit d'un signifiant « charnalisé ». Donc, tout enfant peut arriver au bout d'un certain temps de sa vie à mettre sur le papier ce qu'il a ressenti tactilement. C'est déjà une métaphore tactile que de dessiner, c'est une transposition métaphorique d'un vécu. C'est déjà du langage, mais du langage tactile. C'est le langage de la main. L'œil, lui, donne après coup un sens à ce qui a été dessiné. Chez les enfants, c'est très clair.

1. « Rooting » nom donné par le psychanalyste Spitz au fouissement, tête à droite, à gauche, de la bouche à la recherche du sein dès la naissance.

Ils dessinent n'importe quoi et ce sont leurs yeux qui donnent sens à leurs dessins, par association avec ce qu'ils voient.

P. : Ne croyez-vous pas que, dès qu'il y a graphisme, nous sommes dans l'ordre phallique, c'est-à-dire qu'il y a délimitation du Moi et du non-Moi?

F. D. : Dans ce cas-là, ce qui est phallique, c'est le rythme. Parce que le graphisme peut être une simple représentation de rythmes.

P. : Tout à l'heure vous parliez des oppositions sensorielles. Le fait qu'il y ait opposition au niveau des phonèmes, par exemple, va donner un sens à une phrase. Le rythme a donc un effet de signifiant?

F. D. : Oui, bien sûr.

P. : Donc, vous mettez des signifiants sur toutes les perceptions de rythmes?

F. D. : Il y a des signifiants, oui.

P. : Alors, en somme, c'est un autre type de signifiants que ceux qu'on a l'habitude de considérer comme des phonèmes, enfin, des images acoustiques.

F. D. : Oui, ce ne sont pas des images, ce sont des perceptions de signifiants du père et de la mère, par leurs voix.

Bon, mais enfin, si je vous parle de tout cela, c'est parce que je voudrais changer le système actuel des couveuses pour que l'on y crée, au moins, un monde auditif.

Quelqu'un de retour des États-Unis m'a décrit une installation de couveuses équipées du bruit du cœur maternel. Naturellement c'est un cœur immuable, sans émotion, qui ne battra jamais la chamade, mais ça n'est déjà pas si mal, puisque le pronostic vital de ces enfants s'est considérablement amélioré : ils acquièrent très vite leur poids de naissance normal.

Curieusement, ce sont les infirmières qui ont failli devenir dingues, parce qu'elles perdaient toute notion du temps. Il a fallu qu'on leur indique par des sonneries les heures des biberons.

Elles ont été très longues à retrouver le sens du temps qui passe, que nous avons pourtant tous. Elles étaient comme déréalisées, plongées dans l'audition d'un signifiant fœtal.

P. : Le bruit du cœur, c'est un signifiant de base?

F. D. : C'est un signifiant de base pré-temporo-spatial, donc fœtal.

P. : C'est un signifiant comparable à celui de l'écoute d'une musique rythmée?

F. D. : Oui, absolument. On est déréalisé par rapport au temps qui passe. Mais l'espace du corps devient très investi de façon répétitive. Quand on entend les musiques africaines et que l'on voit les gens danser, on se demande où ils trouvent l'énergie musculaire de s'agiter ainsi pendant des heures et des heures sur un même rythme. C'est certainement parce qu'ils sont déréalisés. Ils jouissent du seul vivre. Mais on ne pense pas à ce que l'enfant entend, *in utero,* de son cœur et de celui de sa mère. Leurs battements se recouvrent, se rencontrent, se désunissent, et produisent un vrai tam-tam. Essayons une minute. Moi, je fais le tam-tam pendulaire du cœur du fœtus, et vous, le bruit du cœur de la mère : un fort et un faible, plus lent.

Supposons que l'enfant soit né : il entend maintenant le cœur de l'autre, et non plus le sien. Il s'est mis à la place du cœur de sa mère et il n'entend plus le sien. Il est en deuil de la sonorité de son cœur fœtal et peut-être le ressent-il comme le deuil du placenta, représentant l'autre au cœur pendulaire.

Il me semble que cela doit être éprouvé comme la perte d'une sécurité à la fois aquatique et enveloppante, c'est-à-dire d'une mère archaïque, préolfactive et prérespiratoire; ou peut-être, comme la perte d'un être de sécurité qui a disparu de l'intérieur de lui et qu'il ne peut pas symboliser.

Est-ce que ça n'est pas cette intuition qui fait que les nourrices bercent la couche des bébés avec un rythme rapide, ce qui les rassure dans leur détresse et calme leurs cris? De même lorsqu'ils sont dans les bras et qu'on ne peut les consoler faute de savoir de quoi ils souffrent, il vient spontanément aux adultes le geste de bercer les enfants, avec un rythme pendulaire. Tout se passe comme si quelque chose de la vie archaïque placentaire était, d'une certaine manière, symbolisé, pour l'enfant, par ce comportement tellement généralisé qu'il doit bien avoir un sens.

Les rythmes sont extrêmement importants dans la constitution du sentiment de sécurité, du narcissisme basal de chacun de nous, totalement inconscient et déjà d'ordre libidinal de l'autre, présent de façon fusionnelle. Si nous reprenons le sens de cette première perte de l'objet qui n'en était pas encore un et que l'on pourrait appeler un cosujet, on peut penser que le balancement de certains enfants autistes, ou même de tout bébé s'ennuyant, est un langage essayant de retrouver ce rythme perdu, dans le but de retrouver une sécurité qui manque dans l'actuel. Tous les mouvements, imprimés au fœtus par la déambulation de la mère, se surajoutent certainement, comme des rythmes imposés à la masse du corps du fœtus, aux rythmes pulsatifs et auditifs du cœur de la mère et du sien. C'est peut-être ce que recherchent les créateurs de rythmes et de percussions dans toutes les musiques non mélodiques. La part mélodique de la musique est une symbolisation des échanges signifiés par le langage verbal que ce dernier est incapable d'exprimer dans leur intégralité affective. La mélodie y supplée.

Les percussions modernes, les recherches savantes de rythmes coarctés, syncopés, et l'art des différents bruits sourds et clairs, ne sont-ils pas une tentative de symboliser les impressions fœtales, lorsque le cœur de la mère s'activait sous le coup d'efforts physiques, d'émotions, et lorsque le fœtus entendait, de façon plus ou moins claire ou sourde selon la pression du liquide amniotique, ses positions dans l'utérus, et la pression que ses mains pouvaient exercer sur son cordon ombilical, ses pieds foulant le placenta, faisant varier l'apport sanguin cérébral?

Est-ce que ce ne sont pas toutes ces variations concomitantes de leur vie que certains humains cherchent à actualiser dans de savantes musiques à percussions?

En Occident, ce genre de musique est nouveau. Consciemment, on le dit venu de l'influence des Noirs, mais il est bien difficile d'affirmer que ce ne soit qu'un phénomène de contamination culturelle. Je crois plutôt que c'est le mode d'éducation des nourrissons depuis 1920 qui a entraîné ce style de musique. Depuis cette époque les bébés sont beaucoup moins portés et n'ont plus les berceaux à nacelle d'autrefois. Par ailleurs, les bruits de la vie urbaine, moteurs, sirènes de police, ambulances, trains, avions, freins, viennent mêler leurs sonorités métalliques insolites à celles des paroles des adultes.

Cette ambiance sonore est tout à fait différente des cloches des églises d'autrefois. Le ding ding dong de Frère Jacques correspondait vraiment aux enfants de l'époque allant jusqu'à 1900. Aujourd'hui, il est totalement dépassé.

On sait que les enfants, quelle que soit l'aisance de leurs parents dans leurs corps, bougent en rythme leurs hanches et leur bassin dès qu'ils entendent de la musique à la radio. D'où vient donc cette intuition d'un plaisir, visible sur leur visage?

Nous le savons bien, tout plaisir connu nous réfère à nos images archaïques.

Chapitre 12

La société imaginaire des autistes - Un exemple de compulsion déchiffrée - Le guet des sensations viscérales.

P. : Quelle est l'importance des rythmes pour les enfants psychotiques et autistes?

F. D. : Ils sont très importants, parce que le langage intérieur de ces enfants se construit avec des éléments langagiers de cet ordre. Un enfant autiste est un enfant possédant une société imaginaire grâce à ses variations viscérales, qui prennent sens à cause de certaines perceptions du monde extérieur.

Pour un sujet, la fonction symbolique consiste à donner sens à la rencontre, dans le même temps et dans le même lieu, de certaines de ses perceptions sensorielles partielles du monde extérieur, liées à une sensation corporelle, agréable ou désagréable.

Ainsi, l'enfant dans ses pulsions orales, aux aguets du retour de sa mère, représentante de son être « lui-elle », peut, s'il souffre de ne pas la voir, chercher de façon hallucinatoire à trouver le leurre de la présence de celle-ci dans des perceptions qui le surprennent.

Par exemple, l'enfant ressent dans son corps une sensation de faim, en même temps qu'il voit le rideau de sa chambre agité par le vent et qu'il entend dehors une sirène.

La rencontre dans le même temps de ces perceptions scopiques et auditives, avec la sensation viscérale de faim, va lui servir de leurre maternel et créer l'illusion de l'approche de sa mère.

Ainsi, il oublie un temps son besoin physiologique de soins maternels et son désir psychique d'une rencontre avec la personne totale de sa mère.

Cet enfant cherchera à reproduire le vent dans le rideau et le son de la sirène pour retrouver à nouveau cette sensation viscérale de faim, qui est désormais pour lui le leurre de l'imminence de la présence maternelle, et donc une source de sécurité.

En fait, il est leurré, comme le poisson carnassier par la cuillère brillante du pêcheur.

Le bébé solitaire peut être ainsi piégé et peut laisser se construire en lui une sémiotique aberrante quant au code du langage.

Beaucoup de gestes compulsifs d'autistes signifient que ces gestes ont sens pour eux de présence maternelle et de rencontre avec des êtres invisibles, substituts d'un être charnel qui a trop manqué pour construire leur psychisme dans le code mimique, sonore et visuel humain.

Si l'on peut décoder ces gestes stéréotypés pulsionnels, en donnant, par la parole, aux enfants autistes le sens de ce qui les avait leurrés, alors nous, psychanalystes, devenons le substitut maternel qui peut les réintroduire au langage interhumain.

J'ai le souvenir d'un cas étonnant que j'ai pris en traitement, alors qu'il traînait depuis deux ans déjà, en psychothérapie. Gérard était un petit enfant unique, élevé par sa mère seulement. Celle-ci, mère célibataire et couturière en chambre, fabriquait à la machine à coudre des gilets en série, dans leur étroit logement. Jusqu'à ce que Gérard entre à l'école, elle ne s'était pas aperçue qu'il était en retard. Il paraissait tout à fait normal, effectuant sans problèmes les petites tâches utilitaires quotidiennes et demeurant silencieux sans jouer, le reste du temps, à regarder travailler sa mère. Elle lui parlait aux repas seulement, n'ayant pas le temps à d'autres moments. Mais lui, ne répondait jamais.

Arrivé à l'école, Gérard devint instable, apeuré devant les autres, et en quelques mois fut rejeté comme inadaptable. Un geste jamais fait à la maison devint compulsif à l'école. Son avant-bras tournait autour de son coude et sa main gauche faisait sans cesse des aller et retour horizontaux, droit devant lui. Parfois aussi, son bras gauche pouvait serrer un objet contre lui et faire un geste de haut en bas.

L'anamnèse de leur façon de vivre m'a fait penser que la détresse éprouvée par l'enfant à l'école, dans un milieu inconnu de lui, l'avait incité à symboliser par ses gestes compulsifs, apparemment étranges, la présence de sa mère à la machine à coudre.

La fréquentation de l'école ne lui amenant aucune expérience langagière agréable qui eût été un substitut de la relation avec sa mère, j'ai pensé que Gérard à l'âge œdipien s'était identifié à l'objet qui prenait et possédait sa mère.

Comment s'identifier à la machine à coudre pour être le mari de maman? Comment s'identifier à l'objet partiel – pied de la mère – peut-être son sexe à lui – sur la pédale, et comment, comme elle, être procréatif de gilets qui se déroulent de la machine vers la terre, représentant la promesse de pouvoir : sa mère était en effet payée en présence de son enfant pour sa production hebdomadaire.

Ce qui se nommait, en diagnostic psychiatrique, des compulsions d'enfant autiste, était en fait un langage. Une symbolisation du langage parlé par sa mère à la machine, en même temps qu'une identification à l'autre de sa mère, la machine, productrice par son mouvement du déroulement des gilets grâce auxquels, une fois la tâche de sa mère terminée, il finissait par avoir celle-ci, pour lui. Dans son autisme par lequel il se défendait de la vie sociale, qui n'avait pas de sens pour lui, faute d'avoir été médiatisée par sa mère en l'absence d'autres adultes, Gérard vivait un Œdipe aberrant, en jouant au maître de sa mère. Il « faisait manière » de père en « faisant manière » de machine.

Pendant les quelques séances de sa thérapie, Gérard est totalement sorti de son autisme en présence de sa mère grâce aux mots que j'ai mis sur ses gestes compulsifs et qui lui traduisaient l'intelligence de son désir.

Ce cas particulier m'a fait penser que toutes les compulsions de bébés, tels que l'innocent suçage de pouce ou les compulsions compliquées des autistes, sont des expressions symboliques de leur désir humain privé du code habituel.

P. : Je pense toujours aux rythmes et notamment à la poésie. L'énoncé est composé de mots, mais, juxtaposée, il y a une musique qui est aussi un signifiant complet.

F. D. : Enfin, il y a surtout la voix. L'imaginaire d'une voix qui lit ces mots, qui les déchiffre. Dans la poésie, c'est surtout une affaire de musique de voix. Je crois que la poésie possède intrinsèquement un signifiant de plus. C'est, en effet, la voix humaine qui l'énonce, même si nous la lisons tout bas. Le corps est en jeu, et pas seulement avec les yeux. J'ai vu un film radiographique du gosier de quelqu'un qui lit seulement avec les yeux sans remuer les lèvres. Eh bien, le gosier présente toutes les manifestations des mots dits.

Plus encore, un médecin ORL a étudié les autochtones de l'île de Gomera, aux Canaries, qui sifflent pour se parler. C'est très curieux parce que, dans un café, ils se sifflent d'une table à l'autre au lieu de se parler, et tout le monde se comprend.

Or, cet oto-rhino a radiographié le gosier des siffleurs, et les images montrent que, malgré le fait qu'ils sifflent, leur gosier prononce les mots qu'ils sont censés se dire. Il y a à la fois le rythme du sifflement, qui est un signe de mot, mais aussi les mots qu'ils prononcent avec leur gorge pendant qu'ils sifflent. Cela, personne ne s'y attendait.

Ces mots sont transposés sous forme de sifflet audible, mais ils sont bel et bien prononcés, autant que par un lecteur qui lit avec ses yeux. Ce sont finalement les mots prononcés derrière les scansions des sifflements qui sont entendus par les autochtones. Ce n'est donc pas un code, mais une authentique langue, dans laquelle le corps est très fortement en jeu.

Dans la lecture de la poésie, le larynx est en jeu, c'est un lieu de désir de communication interpsychique, contrairement au pharynx qui le jouxte. La pharynx est un lieu répétitif d'absorption substantielle d'objets partiels pour le besoin ou pour le désir, puisque la mère satisfait souvent des besoins pour son désir à elle, en croyant que l'enfant demande à manger, alors qu'il demande des paroles. C'est dans le pharynx que se coincent d'ailleurs des tas de trucs pour ceux qui ont des difficultés de parole, puisque c'est un carrefour.

L'absorption d'objets dans le sens centripète est un moyen de satisfaction des besoins, tandis que le désir est un échange de communication qui s'exprime dans le sens centrifuge, par émission d'air, de cris et de paroles, scandés par les muscles de l'appareil buccal, venant du corps du sujet vers l'objet avec qui il désire communiquer. Mais aussi, par la réception dans ses oreilles, de façon centripète, des sonorités émises par l'objet, se comportant alors comme un sujet à l'endroit de l'interlocuteur. C'est tout à fait différent de ce qui se passe dans l'œsophage. Je trouve que ce serait très intéressant d'étudier ce carrefour laryngo-pharyngé, comme premier lieu d'équivoque entre la demande de l'enfant et la réponse de la mère, en ce sens que celle-ci répond très souvent aux cris d'appel de son bébé par un gavage de nourriture et non par des paroles, alors qu'en fait c'est un appel de communication, une demande de désir et non de besoin chez l'enfant.

Une mère discrimine pourtant très vite la différence entre les cris exprimant le besoin – la soif, la faim, etc. – et ceux exprimant les désirs – une demande de présence ou de parole. Si vous observez un bébé autour de vous, vous constaterez qu'un petit qui crie parce qu'il a faim ou soif, arrête son bruitement dès qu'il voit apparaître sa mère : il est tout entier en attente d'absorber, il n'émet plus de bruits. La colonne d'air n'émet plus de sons, le larynx ne marche plus, c'est le pharynx qui est en guet d'avaler quelque chose.

Tandis que l'enfant désirant la présence de la mère continue à gazouiller, à raconter des tas de choses, à s'exprimer quand elle est là. Si, à ce moment-là, elle lui donne un biberon, alors c'est le désespoir.

> P. : Le pire ce doit être de lui donner une tétine, parce que cela lui procure le leurre d'un biberon dans la bouche, mais l'empêche de s'exprimer par des cris ou des sons.

F. D. : Oh, mais avec une tétine les bébés font encore des tas de bruits de plaisir, mais surtout ils entendent parler leur mère. La tétine, c'est comme la cigarette pour nous. Cela ne nous empêche ni d'écouter ni de parler, tout en continuant à être dans une situation de plaisir. Bien sûr, si la mère colle la tétine dans la bouche de son nourrisson pour le faire taire, c'est catastrophique; tout dépend de l'attitude de la mère. De même que, du côté de l'enfant, le pouce tété par faim n'est pas la même chose que le pouce tété par plaisir, pour tromper sa solitude et halluciner une maman imaginairement présente. Le pouce est un petit objet partiel prélevé par l'enfant sur son corps et lui procurant le leurre de la présence maternelle.

Bien sûr, ce sont de menues observations, mais j'y insiste, car je crois que le pire des comportements pour une mère c'est de confondre une demande de présence pour la communication interpsychique, avec une demande de besoin. C'est cela qui fausse chez l'enfant la discrimination entre son désir et son besoin.

Nous en revenons à la solitude de tout à l'heure. Quand un bébé manifeste un désir de communication interpsychique, c'est que justement les restes mémorisés de la présence de sa mère ne suffisent plus. Il devient nécessaire de renouveler sa présence dans la réalité pour réactiver sa présence imaginaire. L'enfant reconnaît sa mère et se reconnaît avec elle. Elle lui apporte des sensations nouvelles dans leur joie d'être ensemble.

L'enfant, ayant alors rechargé sa capacité à réimaginer sa mère, pourra ainsi tranquillement supporter son absence jusqu'à ce qu'elle revienne. A chaque nouvelle rencontre avec sa mère, de nouvelles sensations auditives, visuelles, tactiles lui permettent d'affiner la connaissance qu'il a d'elle, et qui lui reste en mémoire après leur dernière séparation.

Pourquoi donc l'adulte ne comprend-il pas cela? Sans doute parce qu'il ne peut pas être vraiment disponible avec cet enfant, quelles qu'en soient les raisons. Peut-être aussi parce que la demande de l'enfant s'exprime par des cris qu'on n'a jamais appris à comprendre, dans sa propre enfance, comme preuves de l'intelligence d'un bébé. Alors, elle s'angoisse, et constatant que la tétine le fait taire, elle pense que c'était cela qu'il voulait. Le tour est joué, elle est tranquille, bébé est calmé, mais à l'insu de tous et de lui-même, l'enfant a subi une initiative pédagogique pervertissante. Son désir, angoissant pour sa mère, est devenu angoissant pour lui-même. Il se rabat alors sur le besoin. Prenons une image caractérisant ce qui arrive au bébé : ce serait comme une tête de lecture qu'un mélomane forcerait à rester sur un même sillon de disque pendant des journées entières, parce qu'il n'est pas disponible pour écouter la suite.

Au contraire, si l'enfant appelle sa mère par des cris alors qu'elle est matériellement indisponible mais qu'il reçoit d'elle des paroles démontrant qu'elle est moralement disponible pour lui, il se sait entendu, compris, et peut alors éprouver sans risque une certaine déconvenue.

Cette dernière, parlée et seulement parlée, est pour lui une expérience interpsychique de langage. Son désir non satisfait dans un plaisir total est cependant valorisé en tant qu'expression de ce même désir.

Un être humain ne peut pas supporter la solitude : en fait, il lui substitue un délire, comme nous venons de le dire. L'apprentissage de la solitude est une longue ascèse. En tout cas, au début de sa vie et tant que le langage[1] n'est pas constitué, l'enfant ne peut pas supporter la solitude. Elle est pour lui pathogène. Elle aliène le sujet à son corps et à l'espace immédiat, fixe, qui l'entoure. Le danger – et c'est ce qui se produit chez les enfants autistes –, c'est que le guet qui n'amène rien finit alors par se retourner en un guet des sensations viscérales. Elles prennent alors la place de l'objet qui ne revient jamais.

C'est pour cela que je ne voudrais pas que ce que vous disiez la dernière fois, madame, à propos de votre attitude occupée à autre chose pendant le temps de la séance d'Éric, soit tenu pour un procédé à utiliser souvent[2].

P. : D'ailleurs, j'étais occupée, mais de temps en temps, je m'occupais de lui... Je veux dire que je n'étais pas retranchée dans mon coin.

F. D. : Je crois qu'Éric sentait très bien que vous jouiez un peu un rôle? Chacun jouait à faire semblant que l'autre n'était

1. J'utilise *langage* au sens large du terme : un échange manuel, ludique, industrieux, corporel, avec l'espace et les objets qui le peuplent et que l'enfant a appris à connaître avec sa mère.

2. Voir p. 78 *sq.*

pas là. C'est justement ce qui prouvait qu'il était là, n'est-ce pas? A la vérité, je crois que vous étiez très préoccupée par cet enfant.

P. : Mais non, nous en avons plus parlé ici que je ne l'ai jamais fait.

F. D. : Justement, je pense que vous avez pris cette attitude pour le taquiner et que c'était une relation très positive d'agir ainsi; votre attitude lui signifiait : « tu fais comme si je n'étais pas là? Eh bien moi je vais en faire autant... », accompagnée d'une sorte de clin d'œil.

P. : Oui, bien entendu.

F. D. : C'était une complicité et surtout une idée pour lui permettre de retrouver son désir. Votre présence, dans cette absence feinte, le lui permettait. Vous étiez un témoin permissif, et non pas quelqu'un gagnant sa vie à lire le journal pendant que l'autre fait ce qu'il veut.

Autrement, vous n'auriez fait que prolonger une absence de communication.

Je dis cela pour qu'aucun d'entre vous ne puisse prendre cette attitude pour un procédé à suivre. Encore une fois, c'est une stratégie pour un cas précis, c'est tout. Il faut savoir ce que nous faisons quand nous jouons à nier la présence d'un de nos petits patients. Nous jouons à la nier, ce qui prouve qu'il est bien là. Ce n'est donc pas une véritable négation. La véritable négation de la présence d'un enfant, c'est ce qui le fait basculer dans l'autisme. Sa mère est là, mais justement elle pense à je ne sais pas quoi, peut-être à son compte en banque, à la lessive Gamma ou à Machin Truc, mais son enfant n'est pas pour elle un interlocuteur valable. C'est seulement un tube digestif qui se trouve là et qu'il va falloir remplir et vider. Ce n'est pas un homme ou une femme en devenir.

Dans ces conditions, il peut entrer dans l'autisme, bien que sa mère soit physiquement présente, parce que rien de ce qui est vécu par elle ne lui est signifié. Elle n'a ni d'intentionnalité, ni de sensibilité à sa présence. Cette mère est un vrai meuble. En ce sens, l'enfant peut toujours la chercher, il ne la trouvera jamais. Elle n'est pas là à ses côtés. Son corps volumétrique, mammifère, respirant, bougeant, est là mais pas elle et surtout pas elle pour lui.

Chapitre 13

Prendre son pied à longueur de journée n'est pas le principe du plaisir - Le désir nous épuise, mais nous récupérons grâce aux pulsions de mort - Le pseudo-masochisme féminin - Les bouderies - Le nouveau-né en situation d'inceste libidinal - L'insomnie ou la lutte entre le narcissisme primaire et les pulsions de mort.

P. : Comment définissez-vous ce fameux principe du plaisir que l'on utilise à tout bout de champ?

F. D. : Aujourd'hui, on fait généralement un contresens total sur la signification du principe de plaisir dont parle Freud, et selon lequel toutes les pulsions devraient aboutir à faire prendre son pied. D'où toute une technique d'éducation totalement permissive, qui veut permettre à chacun de prendre son pied tout le temps.

Eh bien! moi, je vois beaucoup de personnes prendre leur pied, réussir leur vie sexuelle, et continuer à être dingues jusqu'au trognon. Et donc provoquer des réactions pathologiques en chaîne dans leurs familles. Le contresens vient de ce que tout le monde s'imagine que Freud parlait du principe de plaisir à un niveau conscient alors qu'il visait un niveau inconscient. Il parlait d'une détente de tensions, c'est-à-dire que toute tension de désir dans l'économie de l'être humain vise à sa chute dans l'a-privatif de tensions. Et quoi que nous fassions, notre économie libidinale se débrouille pour y arriver.

La catatonie est, je pense, un bon exemple d'équilibre entre des pulsions contradictoires où le plaisir réside dans la contention, qu'elle soit obsessionnelle ou hystérique. La catatonie est l'ascèse spontanée d'un individu pour empêcher toute variation qui pourrait le faire tomber dans une attitude sexuée.

Que ce soit une attitude sexuée réceptive, manquant d'objets à recevoir, ou une attitude sexuée émissive, manquant d'objets sur lesquels décharger son agression. L'attitude catatonique est une lutte entre des pulsions actives et des pulsions passives qui s'arrêtent les unes les autres jusqu'à zéro. Y a-t-il de l'angoisse, ou pas? S'il n'y a pas d'angoisse, c'est que le principe de plaisir est là, en action. S'il y a de l'angoisse, c'est que le principe de plaisir est en défaut.

Il est certain qu'un catatonique n'a pas du tout l'air heureux, au sens où nous l'entendons d'habitude. Et cependant, le fait qu'il vive en état d'équilibre, dans un corps pétrifié, signifie que le principe du plaisir fonctionne. La preuve en est son état de jeunesse physiologique tout à fait surprenant pour son âge comme s'il était exempt de toutes les épreuves marquant la vie des êtres humains. De plus, je me demande si les catatoniques sont aussi immobiles qu'ils en ont l'air. Ils le sont en surface, mais je pense qu'ils ressentent des quantités de variations somatiques viscérales, qui leur servent, à eux aussi, de langage et que nous ne percevons pas. C'est après un certain temps d'inhibition progressive du système végétatif qu'ils finissent par délirer, c'est-à-dire à sortir de leur économie libidinale en se projetant ailleurs que dans ce corps pétrifié. Mais pour quelles raisons en arrivent-ils là? Quel est le fantasme sous-jacent? Ne pas être sexué? Ne pas être ému par l'autre? Ne pas jouer le jeu de celui qui vous a, à tous les coups, par transfert, ou qui vous a eu à un certain moment?

Je crois que c'est dans *le Principe du plaisir* que Freud parle des pulsions de mort. Alors pourquoi sont-elles mentionnées là puisqu'il parle du principe du plaisir? Je crois me souvenir que Freud est ambigu concernant les pulsions de mort. Il en parle autant comme des pulsions d'agression visant à donner la mort et qui se retournent contre le sujet, que comme des pulsions de désir de n'être plus sujet. La mort n'atteint jamais le sujet. Elle atteint le moi, fait disparaître ce spécimen de l'espèce, qui est un corps humain, mais le sujet du désir préexiste à la conception et rien ne nous dit qu'il disparaît avec la mort.

C'est notre castration de ne rien savoir de ce qui advient du sujet, et pourtant de savoir que c'est lui qui, en nous, assume le désir, autorise ses avatars et les mémorise. On ne peut pas, en psychanalyse, confondre l'individu avec le sujet et le moi.

P. : Qu'est-ce que vous entendez par sujet?

F. D. : Pour parler en psychanalyste, je n'en sais rien. Il est pour quelque chose dans celui qui dit « je ». Mais le « je » de la grammaire n'est pas celui de l'inconscient. On peut tout au plus dire qu'il est dynamique, aspatial et atemporel. Sans lui, il n'y aurait pas de langage. Il est dans les scansions entre les mots, il est silence organisateur et ordonnateur. Qui rêve? Est-ce moi, est-ce je? Nous avons affaire avec cet inconnu qui reste inconnu. Le sujet s'incarne dans les premières cellules qui vont constituer un fœtus, il se libère par la destruction du corps.

P. : Mais alors, pour vous, ce serait l'âme?

F. D. : Je ne sais pas plus que vous ce qu'est l'âme. Mais savoir qu'on a une âme, ce n'est pas être sujet, puisque c'est être conscient. Or, le sujet du désir, dont nous parlons en psychanalyse, est et reste toujours inconscient. Autour de ce concept de sujet, s'organise notre désir non encore médiatisé, c'est-à-dire non perceptible. Le « je », c'est la part de réel qu'en nous-mêmes, nous ignorons.

Je pense que la mort réelle, ce n'est pas du tout les pulsions de mort, c'est même tout le contraire. Les pulsions de mort sont un aspect du désir – lequel s'exprime par pulsions de mort et pulsions libidinales, passives et actives –, un désir qu'il n'y ait plus de sujet de son désir sexuel.

C'est-à-dire que nous sommes tous soumis aux pulsions de mort autant qu'aux pulsions de vie. Les pulsions de vie prévalent pendant tout le temps de notre veille, et les pulsions de mort affleurent dans le sommeil profond. Elles affleurent également dans l'orgasme, à l'acmé du plaisir, là où le sujet s'abandonne et ne sait plus qu'il est sujet.

C'est donc au maximum des pulsions de désir, à la rencontre du désir de l'autre, que, dans l'orgasme, les pulsions de mort surgissent et provoquent une sorte d'absence du sujet dans le temps et dans l'espace où il n'est plus témoin de lui-même. Demeure alors le mammifère humain, qui n'est plus témoin de son histoire. Il est acte pur. Voilà, selon moi, l'effet des pulsions de mort.

Heureusement qu'elles existent, sans quoi nous nous épuiserions. Le désir nous épuise, mais nous récupérons grâce aux pulsions de mort. Le sujet du désir épuiserait l'être humain, si ce dernier ne se reposait pas sur son image de base, sur son narcissisme fondamental, en abandonnant la notion de son existence, et en tombant dans le sommeil profond qui limite sa participation à l'être, sans notion d'avoir, ni de pouvoir, à conquérir ou à défendre.

Vraiment, la mort est l'envers de notre économie faite de pulsions de mort et de pulsions de vie. Freud a écrit cela à certains moments, mais à d'autres, il écrit que les pulsions de mort, ce sont des pulsions qui veulent donner la mort.

Donner la mort au corps de l'autre ou anéantir l'autre parce qu'il est un sujet et qu'on veut le considérer seulement comme un objet auquel on dénie le droit à l'existence. Cette dernière attitude caractérise beaucoup de mères de psychotiques.

Ces mères-là veulent un enfant. Qu'il soit de leur Jules, détail. Elles veulent vêler un enfant, le pondre et le soigner. J'ai bien l'impression qu'on le leur changerait au bout de trois ou huit jours, elles ne s'en apercevraient même pas, car les mères des psychotiques aiment leur enfant à condition qu'il demeure dans les pulsions de mort.

C'est pour cela que ces enfants s'identifient beaucoup plus facilement à un animal qu'au fils ou à la fille de leur père ou de leur mère. Ils sont aimés en tant que spécimen humain sorti du corps de leur mère, mais pas marqué par la lignée du père. L'enfant doit donc sans cesse dénier cette surabondance de pulsions de mort pour s'affirmer sujet de son désir, d'où l'importance pratique, pour nous, thérapeutes, de toujours appeler les enfants par leur prénom et leur nom de famille, mais de ne jamais les désigner comme « le gosse », « le mouflet » ou « le gamin », c'est-à-dire comme un spécimen de l'espèce à l'état d'enfance et anonyme. Si nous l'appelons de cette façon, c'est comme si nous le considérions comme sujet absent de son histoire, c'est-à-dire pris dans les pulsions de mort. Nous parlons à cette présence, mais à qui parlons-nous? Tandis que, si nous l'appelons par ses nom et prénom, il saura que nous nous adressons à lui en tant que sujet de son histoire, originé comme un être humain unique et sexué dans le désir de cet homme et de cette femme, socialement irremplaçable et non interchangeable.

Je crois qu'il faut bien distinguer les pulsions de mort, des comportements agressifs envers un autre dans le but de lui donner la mort. Et même des comportements passifs vis-à-vis d'un autre, qui vous donne la mort.

Dans le premier cas, le comportement est sous-tendu par les plus intenses tensions libidinales, agressives, phalliques, orales et même urétrales, sinon tout à fait génitales, centrifuges ou centripètes, puisque les pulsions génitales existent, par définition, pour porter un fruit qui sera une créature vivante et sexuée, et non pas un corps fonctionnant.

De toute façon, ce sont des pulsions au moins urétrales, c'est-à-dire de pénétration, d'immixtion dans l'autre, de percussion. Enfoncer c'est urétral. Chez la fille, c'est le désir de se faire enfoncer et chez le garçon celui de pénétrer dans le lieu génital.

Chez la fille, c'est ce qu'on peut appeler des pulsions vaginales, prégénitales, sans rapport avec le fruit porté. C'est vraiment la détente de la pulsion, le désir de viol. La fille désire être violée en son lieu génital, et le garçon désire violer, percuter, rentrer dedans.

Tout cela est urétral et sert à la détente de la tension dans ce lieu. Chez la fille, cela peut être mêlé d'oral, tandis que chez le garçon, d'anal.

L'urétral et l'anal sont très proches chez le garçon. Nous le constations chez les petits garçons de vingt-deux, vingt-trois mois qui ne discriminent pas dans leurs sensations périnéales l'envie d'uriner et l'envie de déféquer, ce qui, dans la manipulation des culottes par les mères, provoque des scènes assez cocasses. Nombreuses sont ces innocentes qui, ne le sachant pas, vilipendent leurs garçons et les traitent d'idiots par rapport à leurs filles, si elles en ont eu.

Ces dernières ont en effet très tôt la discrimination entre une miction et une défécation imminentes. D'où plus tard, une confusion possible entre l'anal actif et l'urétral actif si les parents ne donnent pas les mots justes sur les fonctionnements du corps permettant au garçon de discriminer les sensations viscérales mictionnelles et défécatoires qui peuvent provoquer des érections purement physiologiques, d'avec les sensations érectiles qui sont des sensations de fierté et de désir.

Pour une fille, c'est un désir d'être pénétrée et de devenir un objet pour l'autre. Ce désir peut amener une femme fortement excitée à demander à celui avec qui elle fait l'amour de lui faire mal. Ce que les hommes qualifient un peu vite de masochisme féminin. En effet, si une femme se sent bien dans son corps maîtrisé et pénétré, la détente et l'orgasme lui sont d'autant plus agréables qu'elle n'est plus responsable de son désir.

Nous savons que la culpabilité de l'être humain vient du sentiment qu'il a d'être responsable de son désir, puisqu'il ne sait pas de quoi il est responsable. Il ne sait pas quand cela commence, et il ne sait pas jusqu'où cela va. Alors, quand c'est l'autre qui en prend la charge, tant mieux, c'est toujours cela de pris sur la culpabilité d'un désir que l'autre assume pour vous.

Voilà ce que les hommes appellent le masochisme. En fait, c'est plutôt un stratagème pour rechercher le plaisir sans se sentir responsable de sa propre agressivité. Ce n'est absolument pas une recherche de la souffrance comme plaisir masochiste. Ce sont des pulsions de plaisir oral qu'une femme éprouve dans ses voies génitales et qu'elle veut être justifiée d'éprouver. Si l'autre ne l'écrabouille pas dans son propre corps, comment se sentira-t-elle en retour le droit de l'écrabouiller quand il l'aura pénétrée?

Tout cela, l'écrabouillage, je le dis à dessein de cette façon-là, ce sont des pulsions orales agressives. Battre, ce sont des pulsions anales.

P. : Des pulsions anales? Pourquoi?

F. D. : Parce que, chez les enfants, c'est l'époque de la musculation striée des membres squelettiques qui se développe en même temps que la possibilité de la maîtrise des sphincters également composés de muscles striés. Les sphincters sont à la fois contrôlés par le cerveau archaïque qui détermine nos automatismes végétatifs inconscients et par le cortex, siège de la volonté consciente. Ils dépendent donc d'une double instance de contrôle, comme le cœur.

Le cœur est un muscle strié qui n'obéit pas à la volonté consciente, mais qui peut cependant finir par s'y plier, à force de multiples médiations imaginaires. Certains yogis en sont la preuve. Ils arrivent à ralentir le muscle cardiaque et à le faire marcher à trente pulsations par minute, au lieu des soixante-dix normales. Y arriver demande un travail imaginaire considérable qui ne peut s'effectuer sans un transfert sur un gourou, lequel possède la maîtrise de ses muscles viscéraux.

C'est en s'identifiant à lui, maître de ses muscles viscéraux, que l'on devient un élève ou un apprenti, exactement comme un enfant se met à obéir volontairement à ses parents, devenant ainsi leur objet partiel pour se laisser guider par eux, qui possèdent la maîtrise qu'il veut acquérir.

Ce sera seulement après le dégagement de ce transfert sur le gourou ou les parents, que l'individu, aïnsi formé, aura acquis sa propre maîtrise. Cela prouve que certains êtres humains peuvent faire en sorte que leurs muscles striés – végétatifs ou viscéraux – deviennent aussi les lieux du sujet du désir : par tout ce travail inconscient de maîtrise, au moyen d'un transfert et d'opérations de médiation imaginaires. Tandis qu'habituellement, chez la plupart d'entre nous, ces différents muscles sont des lieux de pulsions de mort, c'est-à-dire d'absence de participation du sujet du désir. Les muscles viscéraux et leur fonctionnement font donc partie, pour la plupart d'entre nous, des pulsions de mort. C'est d'ailleurs quand le sujet est endormi que sa tension est au meilleur de ses possibilités physiologiques, que son cœur bat au rythme optimum et que sa respiration est la plus profonde. Le mammifère humain qui n'a pas d'émotions vit très bien. D'ailleurs nous voyons que les enfants autistes chez qui le sujet est absent – nous ne savons pas où il est, il est dans tous les azimuts, mais où? personne n'en sait rien – ont un corps qui va très bien et n'est jamais malade, parce qu'il est presque entièrement dans les pulsions de mort [1]. Dès qu'un autiste va mieux, il attrape rhume sur rhume, otite sur otite et toutes les maladies enfantines classiques. Donc les pulsions de mort parfois actives, parfois passives, mais toujours réflexes, sont bien privatives du sujet. Enfin, je dirais plutôt, au lieu de réflexes, non modifiables par les intentions du sujet.

A partir de sept ans, l'inhibition hystérique ne joue que sur la carapace squeletto-musculaire striée, mais plus du tout sur ces muscles viscéraux.

Chez les petits, au contraire, l'hystérie peut jouer sur le tube digestif et sur le respiratoire, mais à partir du moment où il y a investissement du corps moteur, de la marche, de la déambulation, de la course, les muscles viscéraux ne sont plus soumis à la volonté ni au contrôle. Ils entreront en jeu dans des émotions inconscientes, mais pas dans des émotions préconscientes. Ce n'est pas assez étudié par les psychanalystes. Ce serait aux médecins psychanalystes et aux pédiatres d'étudier des manifestations comme les diarrhées, les vomissements, le péristaltisme suractivé, inversé, le blocage et les spasmes, les invaginations intestinales, et de les décoder comme un langage.

Pour en revenir aux pulsions de mort, beaucoup les confondent avec les pulsions passives. C'est une belle erreur, me semble-t-il, due à ce que l'individu qui est passif paraît totalement flagada. Mais que ressent-il, lui? Il est peut-être en train de se ficher de vous, de vous piéger, donc d'être très actif au point de vue libidinal. Le comportement observable par autrui ne permet jamais de présumer des pulsions en jeu sous ce comportement.

En tout cas, ça n'est jamais d'après le comportement apparent que vous pouvez déterminer que les pulsions sont en jeu dans une cure.

En ce qui me concerne, il y a quelque chose que je n'ai pas résolu et qui me semble très compliqué à propos des pulsions agressives à expression passive et des pulsions de mort. J'ai beaucoup de peine à bien les discriminer. En gros, ces pulsions, nous les connaissons sous la forme des bouderies. Les bouderies,

1. Peut-être s'agit-il de celles qui jouxtent l'immédiateté de la jouissance d'être, éprouvée lors de la scène primitive conceptionnelle, « sujet-non sujet » hésitant entre prendre chair ou non, sexe masculin ou féminin, être pour qui?

pour ne parler que de quelque chose de bien banal, ce sont des pulsions agressives à expression passive.

Ces pulsions agressives visent l'autre, mais, à force d'être passives dans leur expression, l'autre en miroir, par le jeu de l'identification, renvoie au sujet, de façon passive, son agressivité passive. Le sujet lui-même devient alors le témoin passif de son agressivité passive. C'est-à-dire qu'il se piège lui-même, si l'autre est indifférent. Peut-être d'ailleurs tout autant que si l'autre se sent agressé.

Quelque chose se passe là qui est un point de non-retour dans l'expression libidinale et peut déboucher sur les pulsions de mort. Je pense que cette attitude est centrée autour de l'inhibition et qu'elle est de l'ordre de l'hystérie, mais que le fait d'être pour soi-même son seul compagnon élu et son unique interlocuteur, puisqu'il n'y a plus personne avec qui parler quand on boude, fonctionne comme un véritable piège, induisant une régression massive. Cette dernière peut conduire à une telle dénarcissisation que le boudeur peut renoncer à être sujet et tomber dans les pulsions de mort.

Provoquant l'agressivité par son attitude, on pourrait dire que le boudeur y trouve une satisfaction. Mais ne pouvant, d'une part, exprimer cette satisfaction, enlisé qu'il est dans sa bouderie, et d'autre part, renoncer à son comportement puisqu'il en tire une satisfaction, l'interaction de ces attitudes finit par produire une sorte de mini-catatonie émotionnelle. Il est curieux que, dans l'éducation, on blâme les enfants boudeurs, alors que ce sont des êtres d'une sensibilité exquise, jamais assez sûrs de leur valeur pour autrui. Ils ont un comportement qui paraît narcissique, alors qu'en fait ils ont un narcissisme primaire mal assuré. Les boudeurs sont des tracassables qui essaient de jouer les impavides avec eux-mêmes. Par leur bouderie ils tentent de résoudre au mieux les problèmes que leur pose leur extrême sensibilité, différente de celle des membres de leur entourage. Devant une bouderie, cette réaction hystérique passive, l'attitude humanisée doit être faite de compassion pour une souffrance que l'on ne comprend pas, mais surtout une compassion non exprimée directement.

C'est au sujet qui vit sous cette bouderie que notre compassion s'adresse, non au moi qui traduit la bouderie, ce moi déguisé en chose. Et puis, surtout, il est important que la vie continue normalement autour de lui. Qu'il ne se sente pas exclu d'une ambiance mobile et vivante, mais respecté dans sa liberté de paraître s'y dérober.

Je pense que les dépressions mélancoliques tournent autour de cela. Au début les pulsions agressives ne trouvent pas d'objet. Certains traumatismes physiologiques peuvent également provoquer la dépression. Par exemple l'hémorragie d'une femme lors d'un accouchement. C'est déjà un peu louche puisque cette hémorragie est en relation avec un être qui vient de la délaisser. Une vie associée pendant neuf mois à la sienne l'a désertée. Du coup non seulement elle s'est vidée du bébé avec l'eau du bain, c'est-à-dire le liquide amniotique, mais aussi avec son sang.

A la suite de cela, elle devient agressive contre les médecins, son époux, la vie, et la dépression commence. Pour le nouveau-né, la dépression de sa mère est un fantastique appel qui le provoque à lui redonner sa propre vie pour se sentir plus tard le droit de la lâcher et de s'en aller. Beaucoup de psychoses d'enfant ont commencé de cette façon. La psychose, c'est cela. Ces nourrissons ont senti que leurs mères leur reprochaient de leur avoir donné la vie : ils se sont donc sentis coupables d'avoir pris la vie de leurs mères. C'est un cercle vicieux dont ne peuvent plus sortir les psychotiques, parce que, pour y échapper, il leur faut d'abord regonfler leur mère. Une fois que c'est fait, ils lui sont fusionnellement accrochés sans plus pouvoir s'en séparer. C'est pour cela que l'on peut constater qu'un grand nombre d'enfants psychotiques ont des mères qui ont eu une hémorragie à l'accouchement [1].

Je pense que si on pouvait expliquer aux nouveau-nés ce qui s'est passé, pour eux, pour leurs géniteurs, ils ne feraient pas de dépression.

Bon, ce que je veux dire, c'est que, dans la dépression, les pulsions de mort peuvent se confondre avec des pulsions agressives à expression libidinale passive.

1. Sinon de sang, du moins toujours d'énergie. Pour leur père aussi, on apprend que leur conception, ou leur naissance l'a abattu, déprimé, angoissé, ou a modifié son tonus génital. Tout cela non dit, honteux.

Ces pulsions sont perçues par le nouveau-né au guet olfactif, auditif et tactile de sa mère. Celle-ci, vidée de son enfant et de son sang, aspire à ce que quelqu'un la remplisse à nouveau et lui redonne vie. Naturellement c'est son petit, le plus réceptif de tous les êtres humains de son entourage, qui va se consacrer à cette tâche en faisant tout pour retourner en elle.

Bien sûr, le pauvre enfant est apparemment bien tranquille dans son berceau à côté d'elle, mais personne ne voit que toute sa libido de sujet démarrant dans l'existence vise à le transformer en médecin et en psychothérapeute de sa mère. Et en essayant de remplir cette tâche, il s'épuise à rendre à sa mère ce que soi-disant il lui a pris, c'est-à-dire lui-même, sa vie.

Dans un tel cas, les pulsions agressives à expression libidinale passive, c'est-à-dire l'attente de la mère d'être regonflée, dévitalisent libidinalement et parfois physiologiquement l'enfant, que l'accoucheur peut néanmoins trouver superbe. Ces pulsions ont une force considérable, beaucoup plus chargées d'agressivité que les pulsions actives, car le désir de la mère n'est pas reconnu et médiatisé par des paroles.

Le nouveau-né sans ces paroles est comme en situation d'inceste libidinal.

La même situation se produit également avec les nouveau-nés condamnés à la naissance par les médecins, que leur mère décide de sortir d'affaire en se révoltant contre la fatalité du diagnostic, et qui y réussit.

Par la suite, ces nourrissons sont totalement possédés par leur mère et présentent de graves troubles du caractère. La psychanalyse de ces enfants permet de comprendre qu'ils ont été violés par leurs mères, comme s'il s'agissait d'un véritable inceste, pour les obliger à vivre en transgressant la loi de la société, représentée en l'occurrence par le diagnostic des médecins. C'est trop lourd pour ces enfants de se sentir autant redevables envers leurs mères, redevables d'avoir reçu deux fois la vie d'elles.

Toutes l'agressivité de ces enfants consiste à repousser leur mère qui s'est interposée entre eux et la société, au lieu d'accepter cette loi. C'est à nous de bien faire comprendre cela à nos petits patients pendant leur traitement.

En revanche, les enfants dont le père aussi s'est révolté contre le diagnostic de mort des médecins, ne présentent pas de troubles du caractère. Dans ces cas-là, en effet, l'enfant a reçu la vie une seconde fois, mais de son père et de sa mère ensemble, donc sans inceste.

Voilà quelques-unes des entrées possibles dans la psychose.

Je crois, pour résumer, que l'on se trouve toujours en présence d'un sujet qui a brutalement perdu ses repères par rapport à ses valeurs essentielles, ainsi que la possibilité de pouvoir se reconnaître le même. Après tout ce que je viens de vous dire, je conçois très bien qu'il vous soit difficile d'admettre que les pulsions de mort n'ont pas de rapport avec la disparition de la vitalité chez l'autre.

Théoriquement, non. Mais secondairement, oui. A cause de cette confusion avec les pulsions agressives passives.

Ainsi, par exemple, des parents se sentent coupables d'avoir dit à leur enfant qu'ils souhaitaient sa mort, qu'ils n'auraient jamais dû le mettre au monde, parce que ce dernier ne leur a pas procuré le plaisir qu'ils attendaient de lui. Dans ce cas, nous ne sommes pas en présence de pulsions de mort, bien qu'un vœu de mort ait été expressément formulé, mais en présence de pulsions libidinales agressives. C'est une histoire d'amour déçu, de narcissisme blessé, de relation libidinale incestueuse, mais certainement pas de pulsions de mort. Bien au contraire, ces parents sont de vrais parents, qui n'inhibent pas leur libido agressive à l'égard de leur enfant.

P. : Mais quand une mère met son agressivité en actes, en cognant par exemple la tête de son fils contre un mur, il y a quand même une certaine pulsion de mort, non?

F. D. : Mais non, madame, pas du tout! C'est une pulsion libidinale agressive qui se joue sur un objet de transfert. Quelle est la fille qui n'a pas fait ça avec sa poupée? Là, c'est une femme qui prend son fils pour un fétiche. Il y a bien des pulsions de mort, en ce sens qu'elle ne voit pas son enfant comme sujet, mais comme une chose, un objet partiel à détruire [1].

1. Il la déçoit. Il la gêne, peut-être l'aime-t-elle comme « sa crotte ». Il s'agit de pulsions libidinales et non de pulsions de mort prévalente.

P. : En clinique psychanalytique, comment situeriez-vous l'insomnie?

F. D. : C'est un état dans lequel le narcissisme primaire est en lutte avec les pulsions de mort. Le sujet ne peut pas retourner à l'oubli de lui-même que représente le sommeil, précisément à cause de soucis narcissiques.

Cela me fait penser à la façon dont est mort l'un de mes amis psychanalystes, qui nous avait demandé depuis plusieurs jours, à nous, son entourage, de le réveiller si nous le voyions s'endormir. « Je sais que si je m'endors, je mourrai », disait-il. Et c'était vrai dans ce cas. Il avait une histoire au poumon qui l'empêchait de respirer, il est d'ailleurs mort quasiment asphyxié. C'était très important pour lui de respirer le plus petitement possible pour ne pas s'épuiser, et il savait que s'il s'endormait il n'aurait pas le courage d'effectuer dans son sommeil le travail de respiration qui lui permettait de continuer à vivre.

Mais dans les insomnies, il me semble que c'est souvent parce que les individus ont des journées vides d'échanges et de communication, ou bien que la journée écoulée les a remplis de sentiments de culpabilité. Dans ce dernier cas, ils ne peuvent que ressasser les pensées de ce qu'ils auraient dû faire.

Ou alors, ils ne peuvent pas dormir parce qu'ils sont dans une sorte de trop-plein de désirs qui n'ont pas réussi à se communiquer à un autre.

Chapitre 14

L'énurésie : un symptôme concernant le style de libido - Les enfants insupportables servent d'électrochocs - Répercussions de l'Œdipe gauchi des parents sur leurs enfants.

P. : Est-ce que pisser au lit chez un enfant, à l'âge de six, sept ans, a une signification particulière?

F. D. : Tous les enfants qui pissent au lit finissent par s'arrêter après un ou deux rêves d'incendie.

Généralement ils se réveillent désolés d'avoir mouillé leur lit alors qu'ils viennent de rêver qu'ils étaient en train d'éteindre un feu. Soyez donc généreux : vous rêvez que vous éteignez valeureusement le feu, et au lieu de cela vous mouillez votre lit. Et vous vous faites engueuler!

C'est une image urétrale utilitaire et valeureuse. L'enfant rêve qu'il est le sauveteur, au lieu de quoi il se noie.

Il s'agit, en fait, de l'extinction du feu du désir qui visait la maison, c'est-à-dire le corps de la mère et du père. Ces rêves se font toujours chez l'enfant au cours de l'interdit de l'inceste, qui se vit de façon tout à fait inconsciente. Il faut absolument éteindre le feu du désir incestueux, au lieu qui, globalement chez la fille, et précisément chez le garçon, est associé à la reproduction, c'est-à-dire le lieu génital.

L'énurésie tourne toujours autour de la non-valorisation de la sexuation et concerne le style de libido, selon que le sujet est un garçon ou une fille. C'est-à-dire, concerne soit un désir centrifuge du garçon dans son pénis, soit un désir centripète de la fille dans la vulve : le désir de pénétration du pénis.

Le style de la libido, centrifuge ou centripète, est très dialectisé. Ainsi, par exemple, quand une mère culpabilise sans cesse sa fille de faire la charmante pour attirer l'attention des garçons, elle culpabilise en même temps, et sans le savoir, le désir du pénis centripète chez sa fille. De là à ce que cette fille se dise : « si j'avais un pénis centrifuge, je pourrais conquérir des garçons », il n'y a qu'un pas qui peut lui faire préférer la peau d'un garçon à la sienne. En s'imaginant garçon, elle se transforme en effet en sujet agissant.

Dans la série animale, nous savons bien que les génisses qui n'ont jamais été au taureau, finissent par faire la taure, c'est-à-dire jouer elles-mêmes au taureau et monter sur une autre génisse, indiquant de cette manière qu'elles veulent être montées, et qu'elles sont prêtes pour la saillie. Vous voyez, c'est très intéressant cette façon de mimer l'autre dont le corps fantasme le besoin.

Pour revenir à l'énurésie, c'est une terrible frustration pour le petit garçon que de ne plus pouvoir uriner en érection, du jour au lendemain, vers vingt-huit ou trente mois. Le génie masculin demande, en effet, qu'une érection soit accompagnée d'un jet. Or jusqu'à cet âge-là, un nourrisson mâle urine en érection et, soudain, il ne peut plus, à cause de la terminaison du veru montanum, l'organe physiologique empêchant la miction en érection.

Lui qui vivait jusqu'alors dans une sorte de compréhension du monde où tout prenait un sens par rapport au fameux « à quoi ça sert? » enfantin, se demande, à partir de ce jour, à quoi sert donc que le zizi soit raide comme un bout de bois sans qu'on ne puisse plus rien en faire? Surtout si la pauvre maman, qui n'y connaît rien, interdit au petit garçon d'y toucher, ou au contraire, l'encourage à faire pipi en érection.

Injustement, lui, il est là, avec son érection à la verticale sans pouvoir faire pipi, et ayant un mal fou.

Plus il veut, moins il peut. C'est une étape que les pédiatres devraient connaître pour pouvoir expliquer au petit garçon ce qui se passe. Et le rassurer, en lui disant que, lorsqu'il sera grand, il pourra de nouveau lancer un jet en érection, mais d'une autre nature.

C'est important de dire à un garçon qu'il n'est pas le seul dans son cas, que son père a été comme lui et que tous les hommes ont été comme cela.

J'ai eu en consultation, à Trousseau, un enfant qui vivait dans un village aux environs de Paris avec sa grand-mère. Cette dernière l'avait tellement enquiquiné et frustré avec son zizi qu'il avait réussi à en faire une affaire publique. Constatant chaque jour que la tapisserie à la tête de son lit était mouillée par de l'urine, la grand-mère avait fait appel aux gendarmes du village. Ceux-ci, après enquête, avaient conclu que c'était l'œuvre « d'esprits mouilleurs ». Toutefois, par un curieux hasard, ces esprits ne frappaient jamais les week-ends pendant lesquels cet enfant retournait chez ses parents.

Le garçon m'a été amené à Trousseau, parce qu'il commençait, lui aussi, à redouter ces esprits, les adultes s'étant laissé prendre à son jeu tout en fantasmant de la sorcellerie.

Au début des séances, il niait absolument y être pour quelque chose, mais faisait d'incroyables dessins phalliques, jutant de partout. Puis il a fini par me dire qu'en fait, c'était sa grand-mère qu'il visait avec ses jets d'urine, mais qu'il n'avait jamais réussi à l'atteindre.

Il voulait lui faire une niche surtout parce qu'elle était très fâchée qu'il ait un zizi. Elle le taquinait depuis qu'il était enfant sur « sa petite rondelle de saucisson ». Eh bien, il avait décidé de s'en servir, de sa rondelle, et de prendre sa revanche. Mais en même temps, il ne faisait plus rien à l'école et ne discutait avec ses petits camarades que de cette tapisserie qui se mouillait mystérieusement.

Je me suis servi du signifiant tapisserie pour débuter notre première séance. Je lui ai dit : « Alors, c'est sa pisserie à elle? C'est la pisserie des esprits? Ou c'est ta pisserie à toi qui va sur la tapisserie de ta grand-mère? »

A ce jeu qui est vraiment un jeu de fierté virile, c'est très important qu'un pédiatre soutienne l'enfant en érection, sinon il se passe ce qui arrive dans l'énurésie nocturne. C'est-à-dire que dans la journée, l'enfant, sous le coup d'interdits surmoïques, s'empêche de se toucher la verge. Mais, la nuit, cette érection qui a été barrée toute la journée reprend toute son importance et l'enfant pisse au lit.

C'est exactement comme les personnes affamées pendant la guerre, qui rêvaient toute la nuit de bons repas. C'est le rêve consolateur type, dont Freud parlait quand Anna rêvait des cerises qu'on l'avait empêchée de manger dans la journée.

Certains garçons se forcent à uriner en érection par détresse de ne plus être capables de viser loin avec ce sexe qui n'en est pas encore un, qui est encore un objet partiel articulé à la fierté de la mère. C'est un objet partiel qu'il est d'autant plus important de revendiquer à cette époque pour un petit garçon, qu'il se demande si on ne l'a pas coupé aux filles.

P. : L'attitude d'un petit garçon face à ce problème n'est-elle pas déterminée par sa famille?

F. D. : En fait, tout dépend si la personne qui éduque l'enfant pour ses besoins, respecte ses désirs. Laisse-t-elle suffisamment d'autonomie à l'enfant dans toutes les activités concernant ses besoins et ses désirs? Que fait-il seul? S'habille-t-il? Se coiffe-t-il? Se sert-il à table? A-t-il le droit de rester à la maison s'il ne veut pas accompagner sa mère faire les courses? A-t-il un coin personnel pour ses vêtements, ses jouets? A-t-il le libre choix entre plusieurs vêtements, au risque éventuel de prendre froid? Ce sont toutes les activités de la vie de cet enfant qu'il nous faut étudier avec la mère, pour savoir ce qu'il en est de son autonomie et du libre jeu de ses désirs, quand ils n'entravent pas directement la liberté d'action d'autrui.

Il est également très important de comprendre où en est l'enfant par rapport à sa qualité de garçon ou de fille.

C'est justement en examinant tout cela que nous décelons si cet enfant veut rester un objet partiel de sa mère ou s'il veut s'autonomiser et finir par lui dire, à propos de n'importe quelle activité : « Non, ne m'aide pas, je veux le faire moi tout seul! » Ce qui est sain. C'est d'ailleurs la pente naturelle de tous les enfants, sauf de ceux qui ont eu une mère dépressive. Les enfants insupportables et opposants aident une mère dépressive à ne pas s'écrouler. Si vous commencez à soigner un enfant insupportable, vous pouvez être sûr que sa mère risque un suicide dépressif.

Un enfant insupportable, c'est vraiment, de façon chronique, l'électrochoc du pauvre. Il empêche à longueur de journée sa mère de tomber dans ses fantasmes dépressifs. En étant agressif, il lui donne l'occasion d'être agressive, en retour, et lui permet de se tenir à la surface.

C'est naturellement la mère qui a besoin d'une psychanalyse. On peut aider l'enfant par d'autres moyens. Par exemple, l'envoyer à l'école si elle ne l'y envoyait pas encore.

Un enfant dont la mère est dépressive à la naissance, ou dont la mère a fait une hémorragie lors de l'accouchement, est très souvent un enfant qui devra être davantage passif que les autres, et donc, fera pipi au lit. Non pas par non-investissement sexuel, mais plutôt par passivité devant son développement puisque ce dernier et sa naissance sont les événements qui ont provoqué la catastrophe chez sa mère (ou chez son père).

Nous savons que le nourrisson est le premier psychothérapeute de la mère.

P. : Pour en revenir à ce que vous disiez sur l'autonomie d'un enfant dans ses activités quotidiennes, je me souviens de vous avoir entendu raconter un cas. Vous aviez interdit à la mère de torcher son enfant. Alors qu'en dites-vous?

F. D. : Mais il était grand et il avait déjà manifestement dépassé l'époque d'avoir besoin de l'aide de sa mère pour les soins du corps. Un enfant peut être propre et se laver, pas vraiment dans les détails, sans l'intervention de sa mère, à partir de trois ans. Mais il a besoin d'être aidé par la parole et l'attention de sa mère. C'est cela que les mères ne font généralement pas, soit qu'elles y mettent la main, soit qu'elles déclarent péremptoirement : « Fais-le tout seul! » Alors que l'enfant a besoin d'une médiation par la parole. Quand un enfant de plus de six ans ne se lave et ne s'habille pas encore seul, je m'adresse à lui en m'étonnant : « Est-ce que tu crois vraiment qu'à l'école tes camarades ne savent pas se laver? » Ou si cet enfant a un petit camarade du même âge, je continue, de cette façon, par exemple : « Tu crois que ton petit camarade aussi est lavé, habillé et chaussé par sa mère? Ça m'étonnerait. Puisqu'il est ton ami, je crois qu'il est un garçon débrouillard. » Et c'est sans doute vrai, car les garçons passifs choisissent très fréquemment pour amis des garçons actifs, qui sont pour eux des modèles.

En fait, les mères des enfants peu débrouillards se rassasient physiquement de leur enfant en le pelotant et en le maternant. Elles feraient mieux de s'occuper de leur Jules, mais cela, curieusement, elles n'y pensent pas. A partir du moment où elles ont un enfant entre les pattes, elles oublient tous les soins qu'elles prodiguaient auparavant à leur fiancé.

Notre action la plus efficace consiste à rappeler à la femme la façon dont elle vivait avec son homme avant d'avoir des enfants. Beaucoup d'entre elles ne sont pas pour autant négatives avec leur homme. Elles ont simplement perdu l'habitude d'avoir des attentions pour lui. Alors il fuit au café d'en face, en attendant qu'elle ait fini la cuisine, la vaisselle, les rites du coucher des enfants, les couches, les histoires à raconter, les berceuses. Il en a marre.

La meilleure façon d'aider tout le monde, c'est d'aider le couple à se retrouver pour que l'Œdipe redevienne possible et que la maman soit prise par le papa. Des choses aussi simples que celles-là sont très efficaces, mais à condition de le dire.

De même, lorsqu'un père est obligé de s'absenter du foyer, pourquoi son enfant vient-il coucher dans le lit conjugal avec sa mère? Dans des cas comme celui-là, il est très important de voir le père et de lui faire reprendre sa place de séparateur entre la mère et l'enfant.

> P. : Comment faire, quand le père est parti depuis longtemps vivre avec une autre femme en laissant à son fils sa place libre auprès de sa femme seule?

F. D. : C'est très difficile surtout si le psychothérapeute est une femme, puisque cet enfant n'a pas d'image de son père. Toutefois, si nous arrivons à savoir, par la femme, quelle a été l'histoire du père, nous pouvons alors rendre à l'enfant une image paternelle saine, par des mots. « Si ton père n'a pas su être un papa, c'est parce que lui-même n'a pas eu, quand il était petit, un père qui lui a enseigné comment être papa à son tour. L'important est de rendre à l'enfant un géniteur intègre, lui-même fils d'un géniteur intègre. C'est-à-dire une lignée masculine marquée de pouvoir fécondateur sain, mais une lignée demeurée inexprimée jusque-là, dans la relation tutélaire de père à fils. « Si ton père était là, comment voudrais-tu qu'il se comporte avec toi? » Voilà ce qu'il faut lui demander. C'est ce travail fantasmatique qui rend à l'enfant le pouvoir de sa maîtrise de lui-même, ce que j'appelle son auto-paternance. Et, en même temps, la fierté de son sexe promis lui aussi à la paternité, avec une autre femme que sa mère, laquelle dans ses paroles déniait, jusqu'à sa rencontre avec la psychothérapeute, qu'elle identifiait son garçon à l'homme qui l'avait déçue.

Alors, le cas dont vous parlez est difficile, parce que la mère est déjà sous la coupe de son enfant. D'autant plus que c'est un garçon et qu'elle est en manque d'homme, en même temps qu'en manque de compagnie.

> P. : Je pense à un père qui s'en est allé, simplement, parce qu'il a vu son foyer s'écrouler dès que sa femme a été mère. Elle n'était plus la même femme que celle qu'il avait épousée.

F. D. : Il est très possible que cet homme vous dise qu'une fois sa femme devenue mère, la vie sexuelle a cessé de l'intéresser, ce qui est très souvent le cas. D'un côté cet homme a été gratifié d'avoir un enfant, mais de l'autre, il est devenu l'intrus inutile à son épouse et sans intérêt pour elle. C'est très difficile un premier enfant de chaque sexe, pour un jeune couple. Par exemple, s'il y a déjà trois enfants du même sexe et que le quatrième est de l'autre sexe, les problèmes peuvent commencer, car c'est la jalousie œdipienne qui se reporte sur le premier enfant de chaque sexe. C'est généralement le cas, mais il y a les singularités de la vie de chacun. Par exemple, qu'une mère fixée à son père le perde au moment de la naissance de son énième enfant, ce dernier va être tout à fait œdipien pour elle, car jusqu'alors elle ignorait qu'elle faisait tous ses enfants pour son père. Soudain, elle le découvre, ça ne l'intéresse plus du tout d'être mère, maintenant qu'elle sait que son père ne verra pas ses enfants. Ces enfants-là sont marqués du sceau particulier de l'Œdipe de leur mère ou de leur père.

Je me souviens d'un homme qui me disait : « Mon père et moi, nous vivions en symbiose. » Puis, son père meurt. Alors, privé du lien symbiotique qu'il avait avec lui, cet homme le reporte sur son fils qui se met à dérailler.

Le fils sert, en effet, de fétiche à son père dont le propre père n'a jamais été un autre véritable.

Du temps de la vie du grand-père, l'enfant avait une relation triangulaire lui-son père-sa mère. Maintenant que son grand-père est mort, il a une relation lui-son père-la mort. La mère et la mort sont confondues, car le père prend son fils comme objet privilégié, et, ce faisant, il évince sa femme de cette relation. Il remplace sa relation avec elle par la relation qu'il avait avec son propre père, dans la situation triangulaire de l'enfant. Le père devient le représentant de la mort qu'il dénie. Il prive le fils de son identité. Ni le père ni le fils ne peuvent donc faire le deuil du grand-père.

Le père avait d'ailleurs caché à son fils la mort de son grand-père. Voilà un bon exemple d'enfant qui prend, sans le savoir, aussi bien la place du père, de la mère, de la sœur, du frère mort..., de l'un de ses parents, permettant à ses parents de jouer leur jalousie et leur dépendance érotique homosexuelle ou hétérosexuelle sur lui. Cela tout à fait inconsciemment.

Les « gouineries » de mère à fille en sont un exemple typique. Ces complicités femelles où le père est complètement évincé sont de l'ordre de ce que la mère avait vécu avec sa propre mère et qu'elle vit avec sa fille, dès que sa mère a disparu. Cette femme n'a jamais été castrée d'une homosexualité avec sa mère, qui elle-même ne l'avait pas été avec sa propre mère.

> P. : Les parents doivent-ils faire part de leurs épreuves à leurs enfants?

F. D. : Je crois que ce qui est le plus nocif, de la part des parents, c'est de berner les enfants sur la réalité des épreuves qu'ils vivent. Que ce soit des épreuves vis-à-vis de leurs propres parents, ou des épreuves quotidiennes. Beaucoup d'enfants se sentent rejetés parce que leurs parents ne leur disent pas, par exemple, leurs soucis d'argent avec des chiffres tout simplement. Au lieu de se justifier n'importe comment.

Un enfant très jeune pourrait comprendre ce qu'est un budget familial si ses parents lui expliquaient la valeur de l'argent et des objets. Il y aurait beaucoup moins d'enfants voleurs et d'enfants rapteurs. L'acceptation de la castration par les parents facilite la tâche de leurs enfants. Les parents, me semble-t-il, ont peur de descendre de leur piédestal. Ils redoutent que leurs enfants comprennent, par exemple, qu'ils sont limités financièrement. Or, les enfants le savent de toute façon. C'est ainsi que le fait de ne pas pouvoir acheter une voiture de telle ou telle marque, représente pour certains pères la hantise d'être dévalorisés aux yeux de leurs fils. Alors qu'il n'en est rien. Il suffirait au père d'expliquer à son garçon que ce qu'il gagne par mois n'est pas suffisant pour cet achat, au lieu de lui dire que ces automobiles-là sont moches et qu'il n'y a que des cons pour acheter des voitures pareilles.

L'enfant sait bien que ça n'est pas vrai, d'où une mésestime réciproque et un défaut de Moi Idéal (le père, pour l'enfant), car ce père nie son impuissance, dans la réalité, à réaliser ses désirs.

Si celui-ci disait : « Ça, c'est une voiture formidable, j'aimerais bien me l'acheter si j'avais de l'argent! » il rendrait un grand service à son fils. Un enfant trouve toujours que ses parents sont des gens formidables s'ils assument leurs faiblesses et leurs manques, face à leur désir justifié quoique non accessible.

P. (homme) : J'aimerais vous parler du cas d'un enfant dont la psychothérapie coince depuis quelques séances. Dès la première consultation de l'enfant, la mère a démarré une psychanalyse de son côté. Le père, présent aussi, formulait une demande assez nette d'analyse pour lui-même, mais ne voulait surtout pas de réponse à sa question. L'enfant, de son côté, désirait vraiment faire un traitement pour lui-même. Depuis, j'ai donc reçu cet enfant tout seul, pour lui. Le père est revenu deux fois, sur sa propre initiative. La dernière fois il m'a expliqué qu'il se payait une analyse par

procuration de son fils. Il était content, parce qu'à la maison, la parole commençait à circuler entre eux trois. Le lendemain, exactement, je revois l'enfant, qui me raconte un rêve dans lequel il est l'analyste de sa famille. A partir de ce moment-là, il ne pourra pratiquement plus rien me dire. Je l'ai revu deux ou trois fois, mais il est totalement bloqué. C'est très difficile de rectifier cette situation où l'enfant est une sorte d'enjeu pervers de la part du père. Le problème me semble être là : le père me demande à moi une analyse, sans la désirer vraiment, mais en tout cas se la paye par procuration de son enfant.
Dans ces conditions, je me suis gardé de lui indiquer un psychanalyste. Que puis-je faire pour débloquer cet enfant?

F. D. : Vous pouviez tout de même faire quelque chose. C'était conscient chez le père que son attitude était perverse et qu'elle avait créé un effet inhibiteur sur le développement de son enfant. Or, ce n'est pas ce que désire cet homme, qui souhaite consciemment que son enfant se développe. Si vous lui expliquiez cela et la raison pour laquelle vous ne lui indiquez aucun thérapeute, peut-être finirait-il par démarrer une analyse.

P. (homme) : Mais c'est ce dont nous avons parlé ensemble la dernière fois.

F. D. : D'accord, mais lui qui veut soi-disant être le père, joue au fils en réalité. L'enfant devient l'adulte et le père se trouve à la remorque du fils. Peut-être pourriez-vous l'éclairer en cherchant avec lui s'il n'y a pas eu un problème analogue dans sa propre famille.

P. (homme) : Mais, là, il refuse d'en parler. C'est toute la difficulté.

F. D. : En fait, ce père a besoin d'une relation homosexuelle avec vous. Elle passe par les paroles que vous lui adressez et qui lui donnent tout de même un début de castration symbolisable, par la suite, en faisant une analyse. C'est un père qui a certainement manqué d'un père, et de moi auxiliaire, dans sa jeunesse.

P. (homme) : Il m'a dit qu'il avait perdu son père à l'âge de trois ou quatre ans.

F. D. : C'est très souvent comme cela. Le traitement débute par un enfant, parce que les parents souffrent de se voir comme ils sont dans le miroir de leur enfant. A partir du moment où le père sera en analyse, le fils n'aura plus besoin de la sienne.

D'ailleurs, souvent quand des parents amènent leur enfant à la consultation, ce dernier se débrouille pour les mettre dans la salle de consultation et se débiner. Il sait bien que ce sont ses parents, et pas lui, qui ont besoin de parler! L'enfant qui a besoin d'une thérapie s'en rend compte, parce qu'il ne peut pas assumer ses pulsions et les transformer en commerce harmonieux avec autrui. Cet enfant-là, très souvent, laisse ses parents parler pendant plusieurs séances, et quand il en ressent le besoin, il entre et leur demande simplement de s'en aller.

Ce jour-là, c'est la castration pour les parents.

L'absence de castration, venue du père, actuellement fort à la mode depuis les docteurs Spock [1] et autres, amène pas mal d'enfants en analyse au moment de la crise œdipienne. Si vous avez pu apprécier que l'enfant a fait une bonne sublimation, c'est-à-dire qu'il n'a pas de troubles de la parole, de la continence, de sa première socialisation, vous pouvez être sûr que les difficultés de l'enfant proviennent de ce que ses parents évitent de lui donner la castration œdipienne. « Faut pas les traumatiser, bien sûr, ces pauvres petits... » Or, c'est un moment très difficile pour les familles, si le psychanalyste entre dans une psychothérapie à long terme avec l'enfant. Au contraire, s'il le voit très peu et rétablit rapidement une situation triangulaire normale en recevant les parents et en les aidant à assumer leur vie génitale, le traitement ira très vite. Éventuellement, il faut parfois éloigner l'enfant en lui disant pour-

1. Le docteur Spock, médecin américain et auteur d'un best-seller, paru aux États-Unis dans les années 1950, qui vantait les bienfaits d'une éducation totalement permissive.

quoi. Par exemple, s'il s'agit d'un garçon, le père peut lui dire : « J'apprends que tu embêtes ta mère quand je suis absent? Eh bien, sache que je ne laisserai personne embêter ma femme quand je ne suis pas là. Et quand je suis là, tu fais toute une comédie pour aller au lit, pour manger à table? Tu seras bien plus tranquille en pension. Nous n'en mourrons pas, et toi non plus. Tu te feras beaucoup de copains. Ça m'ennuie parce que ça coûte cher mais nous nous débrouillerons, on t'enverra des petits gâteaux toutes les semaines, je te consolerai, mais il faut que ça cesse. » Quelquefois, le dire suffit et trois semaines après tout est rentré dans l'ordre.

Mais, quelquefois, ça ne suffit pas, parce que la mère est chèvre-chou. Elle cafarde pour que son mari donne des raclées, mais, en même temps, elle est très contente d'être masochisée par son fils ou sa fille quand il n'est pas là. Il faut étudier finement la situation de dépendance que cette femme peut répéter du temps de son enfance. Avec ses jeunes frères, par exemple.

Je crois que les psychothérapeutes ne sont pas assez au courant de la crise œdipienne pour suffisamment soutenir le castrateur et l'identification de la fille à d'autres femmes, et celle du garçon à d'autres hommes.

C'est, en effet, une période où l'enfant pense qu'il doit donner des supposés plaisirs à ses parents, faute de quoi, il s'imagine leur faire de la peine. L'éducation au nom du faire-plaisir au père ou à la mère est pervertissante, après quatre ans au plus tard. Le père et la mère, ce doit être clair, attendent le plaisir de leur conjoint, et pas de leurs enfants.

En se choisissant des moi-auxiliaires extra-familiaux, soit des parents plus éloignés, soit des collatéraux, soit des camarades, les enfants à l'âge de l'Œdipe essaient de se sortir de l'impasse familiale.

Sinon le même disque continue et l'enfant traîne. Au lieu d'entrer en phase de latence, il traîne dans un Œdipe qui, par chance, va souvent se somatiser. Une petite fille aura une crise d'appendicite, par exemple. Le chirurgien va lui retirer le petit bébé magique de ses pulsions anales avec maman. Ou alors, un petit garçon va porter des lunettes parce qu'il devient tout à coup myope : il ne veut pas voir plus loin que le bout de son nez, parce qu'il voit trop les nichons de maman, quand elle le laisse entrer dans le cabinet de toilette.

Ou bien des tics des yeux pour voir/ne pas voir, ce modèle abhorré, inimitable dans ses rapports avec la mère, qu'est le père pour lui.

C'est le trouble fonctionnel ou la somatisation fréquente qui finissent toujours par arriver à la phase de latence, quand la castration n'a pas été donnée. Mais cela, c'est la crise œdipienne chez des enfants qui ont bien dépassé l'oral et l'anal. Elle surgit, par exemple, lorsqu'au moment de la génitalité du fils, le père fait une période militaire et que le fils retourne dans le lit de la mère. Ou bien, lorsque le père est allé faire un voyage et que l'enfant a embrayé dans des pulsions régressives au lieu d'accepter l'Œdipe. Il a cru que c'était arrivé, qu'il pouvait remplacer le père. Et la mère, mi-figue, mi-raisin, l'a laissé plus ou moins faire, comme si son mari absent physiquement n'était pas présent, moralement.

> P. (homme) : Que pensez-vous du rêve où cet enfant, dont je viens de vous parler, se voit en analyste de sa famille?

F. D. : Un rêve pareil indique que cet enfant s'identifie à l'analyste. Or, c'est à son père, dans l'Œdipe, qu'il doit s'identifier, c'est-à-dire à la relation de son père avec son propre père dans l'Œdipe. Mais comme son père a perdu son propre père très jeune, il s'identifierait à un mort. C'est pourquoi il s'identifie à l'analyste, mais aussi au grand-père mort qui arrête l'évolution de ses pulsions.

Vous voyez, l'enfant œdipien doit s'identifier au père. S'identifier à l'analyste, c'est latéral, c'est de la séduction homosexuelle. Je pense qu'un enfant, avant l'Œdipe, fait autant de rêves le concernant, dans ses pulsions, que de rêves concernant le parent qui n'a pas pu faire son Œdipe. Ces rêves appartiennent donc aux parents.

D'ailleurs, souvent, il les leur raconte. Mais comprenons bien, un enfant s'identifie à un adulte du même sexe, parce que c'est le représentant de son Moi Idéal, de son moi d'enfant allant-devenant adulte. N'importe quel compagnon masculin de la mère serait ce Moi Idéal, et n'importe quel adulte peut l'être ponctuellement. Mais dans le cas où cet adulte n'est pas le compagnon génital de la mère, cette identification n'est pas totalement œdipienne. Elle ne correspond qu'à une des composantes de l'Œdipe qui satisfait les pulsions homosexuelles, c'est-à-dire celles de l'enfant amoureux de lui-même dans cet adulte.

Cette identification est autant narcissique qu'homosexuelle.

Alors, votre interprétation d'analyste à propos du rêve de cet enfant pourrait consister à bien signifier à l'enfant qu'il ne peut pas être ce monsieur qui a travaillé pour écouter et comprendre les autres et qui n'est ni son géniteur, ni le compagnon de sa mère. Ce serait pour lui s'aliéner dans un rôle et l'empêcher de grandir en devenant lui-même. Pour ce faire, il va lui falloir renoncer à son mode de vie infantile pour advenir à des échanges vivants de citoyen de son âge, et se comporter à la maison comme il voudrait se comporter, si son père l'y aidait.

Ce que ce dernier ne peut faire de par son histoire même.

Cet enfant possède en lui une image à développer, sans imiter personne, qui le conduira à découvrir le mode de comportement lui permettant de devenir adulte. C'est-à-dire ne faire plaisir à personne, pas plus à son psychanalyste en voulant l'imiter, qu'à toute autre personne, qui ne peut pas être lui.

Ce que je dis là n'infirme pas le fait que la mutation de l'inconscient de l'enfant, soutenu par son transfert sur vous, va permettre à son père de repartir dans la vie en remaniant son homosexualité blessée, vis-à-vis de son propre père absent.

Nous percevons typiquement, là, la difficulté particulière du traitement psychothérapique des enfants amenés par leurs parents, et qui payent pour cela.

Je crois que le paiement symbolique, exigé de l'enfant, permet de séparer le désir du père à travers son enfant, de celui de l'enfant, pour lui-même. Il permet d'analyser avec l'enfant ce que je vous ai dit tout à l'heure.

P. (homme) : Vous venez de dire qu'un enfant avant l'Œdipe fait beaucoup de rêves concernant le parent qui n'a pas pu faire son Œdipe. Et d'ailleurs, qu'il les lui raconte. Mais dans le cas de cet enfant qui rêve qu'il est l'analyste de sa famille, c'est le contraire, car c'est sa mère qui se met à lui raconter ses rêves.

F. D. : C'est vraiment une situation perverse, avec cet enfant identifié à vous. Vous servez de grand-père paternel, et, peut-être même, de grand-mère maternelle. On ne sait plus rien. Il est possible également que la mère raconte ses rêves à son enfant pour qu'il vous les raconte. Elle aussi, à travers son enfant, essaie, autant que son époux, de prendre sa place chez vous. C'est tout à fait pervers. Dans ce cas, c'est à vous de dire à l'enfant : « Si ta mère te raconte à nouveau un rêve, c'est à son analyste qu'elle doit le raconter et pas à toi. »

Chapitre 15

Difficultés spécifiques des thérapies avant l'Œdipe - Le travail de sublimation de la castration œdipienne - Ahmed auquel son corps servait de mère.

P. : Je pense à un travail que j'ai fait avec une petite fille de sept ans amenée par sa mère. A la maternelle, tout est bien allé, mais à l'école primaire, elle s'est mise à sérieusement cafouiller. J'ai reçu plusieurs fois la mère, pour elle-même, et j'ai reçu la fillette en tant que médecin, comme s'il s'agissait d'entretiens préliminaires. La petite demandait quand même quelque chose. Elle était contente de venir et de parler. Ceci se passait pendant les grandes vacances. A la rentrée, la mère me dit dès sa seconde séance qu'elle a pris une grande décision et qu'elle va retrouver du travail.

Cette femme avait lâché son travail pour s'occuper de son enfant et se trouvait, depuis, dans une position très infantile par rapport à son mari, qui avait d'ailleurs l'âge de son père. A la séance suivante, devant sa fille, la mère me dit : « Vous savez ce que ma fille m'a dit, après la dernière séance : " Maman, j'ai pris aujourd'hui une grande décision, j'arrête mon analyse. " C'est certainement lié au fait que je lui ai dit que j'allais reprendre du travail. »

J'en ai alors parlé avec sa fille, qui m'a simplement dit : « Maintenant, je sais que si je veux, je peux travailler à l'école. » Mais, justement, « si je veux je peux » avait été le discours de la mère m'annonçant qu'elle allait se remettre au travail.

Le traitement de l'enfant s'est arrêté peu après, sans que j'essaye d'intervenir. Ai-je bien fait?

F. D. : Pourquoi pas? Si l'enfant pouvait s'identifier à une mère redémarrant dans la vie, à son niveau?

P. : Oui, mais ce qui m'a inquiété, c'est qu'ayant représenté pour la mère le lieu où parler, j'avais le sentiment d'avoir empêché sa fille de trouver son propre lieu de parole à elle. Et que c'était cela la raison pour laquelle elle était partie.

F. D. : Mais non! C'est une enfant qui ne pouvait pas être œdipienne parce que la mère était fantasmatiquement la fille de son mari. En se remettant au travail, elle a montré qu'elle devenait une citoyenne comme les autres, et qu'elle n'était plus suspendue à sa relation infantile avec sa fille. Du coup, cette dernière veut redémarrer aussi, au milieu des citoyennes de son âge propre. C'est tout. Elle est dans un Œdipe en identification à sa mère. Les séances ont débuté par le truchement de l'enfant, mais c'est la mère qui avait besoin de vous parler pour sortir de sa dépendance avec ce monsieur-objet-partiel qui était, en fait, son mari-maman.

Je crois qu'il fallait arrêter à ce moment-là. Cette petite fille n'avait pas encore résolu son Œdipe, et continuer aurait pu devenir de la séduction, au lieu d'une relation de transfert. La psychothérapie avant l'Œdipe est quelque chose de délicat. J'insiste beaucoup à ce propos. Nous devons arrêter la cure de façon que l'enfant reprenne son identification, la fille à la mère et le fils au père, et que nous ne prenions pas, nous, la place de l'un ou l'autre parent. Surtout dans une relation duelle, alors que nous n'avons pas de rival à lui offrir, si ce n'est le patient qui vient après.

Et ce n'est pas cette sorte de rival qui va aider à castrer les pulsions génitales!

P. : Le jour où cette petite fille m'a dit qu'elle allait arrêter, elle s'est mise à me dessiner une dame avec un chapeau, une tête, un gros ventre et pas de pieds. Cela m'a angoissée.

A la séance suivante, sa mère m'a raconté que son enfant avait eu, aussitôt après, une crise dans le métro, se disant paralysée. Sa mère avait dû la soutenir fermement pour la ramener chez eux.

J'en ai donc reparlé la fois suivante avec la fillette, qui m'a simplement dit : « Je vais vous refaire une autre dame aujourd'hui. » Que signifie tout cela?

F. D. : Eh bien, moi, cela ne m'étonnerait pas que d'ici deux ou trois mois vous appreniez que la mère est enceinte d'un deuxième enfant. En ce moment, c'est sa fille qui, dans son Œdipe, voudrait porter un bébé pour que sa mère reste à la maison, comme quand elle la portait. Sa fille fait son Œdipe avec l'envie d'un enfant. C'est cela le gros ventre. L'histoire de l'absence des pieds me semble surdéterminée. Cette petite fille joue à être portée, joue à la femme avec un gros ventre. Elle se fait prendre dans les bras de maman, comme par un amant.

En fait, elle a besoin que sa mère lui parle de sexualité. Sa mère est soi-disant en train de rayer sa génitalité parce qu'elle va se remettre à travailler. Elle fait un investissement anal. Je crois que tout s'arrangera si vous revoyez le trio et que vous leur faites dire comment ils envisagent la suite. Vous pouvez demander au père, par exemple : « Votre fille vous dit-elle parfois si elle veut un petit frère ou une petite sœur? Si c'est le cas, surtout ne l'ayez pas pour elle, parce que c'est l'âge où les enfants demandent à avoir un petit frère ou une petite sœur. »

En ce moment, la mère a tellement peur d'aller travailler et redoute tant la mutation, que cela implique qu'elle désire secrètement être enceinte. Mais c'est la fille qui vit son désir. La mère a peur des rencontres, d'une vie génitale qu'elle n'a jamais vécue. Le cas se joue autour de cela. Vous les reverrez peut-être, mais, avant, l'enfant doit bien poser son Œdipe. C'est-à-dire savoir qu'elle n'aura pas d'enfant ni de papa, ni de maman.

En ce qui concerne l'arrêt de ce traitement, je crois qu'il y a un danger à le stopper sur la seule demande de l'enfant, sans en parler avec les parents. D'accord, elle veut arrêter, mais que ce soit d'accord avec le père ou la mère, et que vous sachiez pourquoi. N'oubliez pas que l'enfant est dans la tutelle de ses parents et a besoin d'entrer dans l'Œdipe. Il faut donc que l'enfant sache bien que vous êtes d'accord pour arrêter, parce que ses deux parents le sont. Et qu'elle ne s'imagine pas que c'est seulement parce qu'elle a édicté sa volonté.

P. : Oui, mais la petite m'avait dit que son père était d'accord.

F. D. : Elle vous dit n'importe quoi! Il faut entendre le père vous le dire lui-même. Elle veut s'identifier à ce qu'elle vous imagine être. Voyant sa mère tellement changée, elle croit que c'est vous son père. Elle s'est aussi identifiée à vous pour que vous lui redonniez sa place de fille de son père et de sa mère. C'est bien le genre d'enfant qui pourrait faire une histoire d'appendicite avec un Œdipe non-dit. A partir de cinq, sept ans, chez une fille, la frustration de ne pas avoir un bébé dans son ventre se transforme en mal au ventre pour prouver qu'on en a un. C'est le péristaltisme investi de façon génitale, l'image du corps anal investie de façon génitale ou urétrale, d'où les cystites des petites filles : « La preuve que j'ai un sexe, c'est que mon pipi me fait mal. » Tout le monde sait que le pipi, pour les enfants, c'est le sexe.

La pathologie psychologique de la crise œdipienne, ça, c'est vraiment de la bonne névrose d'enfant. La névrose de l'adulte est finalement une pathologie prolongée de la culpabilité pubertaire, l'angoisse de la castration réveillée de l'Œdipe.

Chez un enfant, en revanche, cela réveille des vécus archaïques anaux et urétraux, qui se situent dans la crise œdipienne, et dont le père et la mère n'ont pas assumé le dire à l'enfant. Ils n'ont pas exprimé que c'était eux, les grands, qui vivaient une vie génitale et que leur enfant la vivra plus tard.

Tous les copains, les copines, sont permis en amour électif, mais pas les personnes de la famille.

Combien souvent les petits frères et les petites sœurs, faits à la soi-disant demande de l'enfant aimé, servent à celui-ci de substitut imaginaire d'un enfant incestueux! De même, les fausses autonomies. Quand, par exemple, des parents obéissent au désir imposé par leur enfant, en autorisant tout ce qu'il demande.

Ces comportements parentaux évitent à l'enfant d'assumer un désir à négocier avec le désir des adultes responsables.

C'est le laisser échapper au travail de la sublimation de la castration œdipienne qui consiste à se prendre en charge soi-même, dans la loi de la soumission à la tutelle des adultes chargés de son éducation. La sublimation est d'ordre culturel et non d'ordre comportemental, moteur en société.

Nous voyons, en ce moment, de plus en plus d'enfants qui, sans acquérir aucun moyen d'échange avec la société leur permettant plus tard de gagner leur vie, vivent dès l'âge de huit à neuf ans comme à l'hôtel chez leurs parents. Sans exigence d'aucune sorte en retour, quant à leur promotion sociale et culturelle.

A quatorze, quinze ans ce sont des paumés, de petits pervers, qui selon les occasions deviennent les parasites d'une personne de leur sexe ou de l'autre, par impuissance sociale, ou bien des délinquants passifs ou actifs, selon les rencontres, dans des bandes de leur âge.

P. : Qu'est-ce que vous appelez délinquants passifs?

F. D. : Se faire entretenir, se prostituer clandestinement, être un pique-assiette, pratiquer le vol domestique, faire le guet dans un mauvais coup, vivre d'expédients, hors-la-loi dans une société à laquelle on n'est pas intégré par impuissance réelle, faute de la connaissance des technologies du travail.

Ces cas sont de plus en plus fréquents, car notre société ne donne pas aux enfants de cet âge-là les moyens de travailler. Autrefois, un enfant, en rébellion contre les règles de vie familiale, pouvait réellement s'assumer à condition de travailler chez les autres. Il n'était pas hors-la-loi, en travaillant s'il le désirait.

On a modifié ces lois qui suscitaient l'exploitation perverse des enfants par les patrons et les adultes. Mais les parents n'ont pas compris que certains de leurs enfants, bien qu'avides d'autonomie, étaient obligés de rester sous leur responsabilité et devaient alors travailler à se promotionner de façon culturelle, au milieu de leurs camarades. Et non pas se laisser entretenir passivement par des papas-mamans séduits, irresponsables et infantilisants.

P. : Je vais vous parler du cas d'Ahmed, un petit Algérien psychotique de huit ans et demi. Il est depuis cinq ans dans un IMP et fait une psychothérapie. Il est violent, bagarreur et manifeste des difficultés à s'intégrer dans le groupe des autres enfants qui le supportent mal. C'est le septième enfant d'une fratrie où il y a quatre filles et trois garçons. Sa mère est concierge et ne s'est pas occupée de lui pendant les deux premières années de sa vie. Elle le laissait dans une pièce seul, sans s'occuper de lui, à longueur de journée, sauf pour les repas, qu'elle venait lui donner. Il est très intelligent mais ne parle pas. Il ne prononce que les voyelles mais se montre très attiré par l'écriture, par la magie de l'écriture. Quand on écrit son nom sur son dessin, il le déchire et le met dans sa bouche, dans son nez et dans ses oreilles. Il passe énormément de temps aux cabinets et se met le doigt dans l'anus. Dans la rue, lorsqu'il entend du bruit, il se bouche les oreilles. Il a deux maisons, la maison familiale et la maison de placement nourricier.

C'est un enfant qui aime se faire dénommer le corps : le nez, la bouche, les yeux, etc. Il est très attiré par les catalogues, comme celui de La Redoute, et il découpe minutieusement ce qui l'intéresse. Il est très observateur. Comment aborder ce cas?

F. D. : Nous ne pouvons pas aller très loin à travers ce que vous nous racontez, mais seulement analyser comment ce symptôme est une façon de se rassurer contre son angoisse, et avoir une identité de sujet nommé ainsi qu'un nom que l'on peut écrire et qui laisse une trace, preuve d'humanité. Quand il met du papier avec son nom dans sa bouche, vous pourriez lui dire, par exemple, « c'est pour apprendre ton nom », puisqu'il sait que vous savez son histoire.

Quand il était petit, sa mère n'ayant pas le temps de lui parler, les paroles ne sont pas venues en même temps que la nourriture. Il n'a ni entendu son nom, ni la voix de sa mère, mêlés à la nourriture, et je pense que c'est ce qui fait qu'il veut avaler son nom, pour l'inscrire en lui.

P. : Mais il ne l'avale jamais!

F. D. : Je ne dis pas avaler au sens littéral, bien sûr... Mais on avale les paroles, rien qu'en écrivant, on avale les paroles avec les oreilles, le comportement langagier de la mère, avec les yeux, son odeur, mêlée à celle des aliments et à celle des excréments! Ce dont je parle, ce sont des paroles que l'on reçoit, qui vous donnent le vivre en même temps qu'on reçoit la nourriture. Elles sont toujours mêlées à l'odeur de la mère, à sa voix et à sa vue.

De même, en ce qui concerne le faire, c'est du même ordre. La mère d'Ahmed prenait ses excréments, lorsqu'il était dans ses couches, mais elle n'était pas présente quand il faisait caca. Si bien que, pour lui, mettre son doigt dans l'anus, c'est aller rechercher la maman du dedans et aller remettre à sa maman interne tout ce qui se passe à l'extérieur.

En général, moins une personne extérieure représente sa mère pour l'enfant, plus son corps propre lui sert à la présentifier.

Le concept de mère, ce n'est ni Juliette, ni Annette, ni une telle qui s'occupe de l'enfant. La mère, en psychanalyse, c'est la relation continue avec la personne tutélaire qui crée chez l'enfant la mémoire de lui-même-l'autre.

C'est lui-même-l'autre qui est sa première sécurité narcissique, absolument tissée comme la trame et la chaîne à la physiologie de son développement, à ses muqueuses, à l'intérieur de son corps. Ahmed, comme tout enfant, est doté d'une fonction symbolique, mais sa mère lui ayant fait défaut, il a manqué des éléments nécessaires pour exprimer et mémoriser cette fonction.

Il a donc fait du symbolique avec tout ce qui était disponible, sauf avec la voix, la parole et les consonnes de sa mère.

Il a peur de tout, parce que tout ce qui peut venir peut lui rappeler le temps de ses couches, ou lui laisser croire qu'il va être gavé de n'importe quoi. C'est donc un danger pour ses ouvertures que de les remplir ou de les vider. Je crois que c'est pour cela qu'il les obture.

Il met dans sa bouche, pour faire sien, mais il obture également les trous par lesquels vient la vie, notamment la vie respiratoire. Parce que lorsque l'odeur s'en va, il voudrait la garder comme une trace d'humanité.

D'ailleurs, cet enfant doit être très porté sur les odeurs. Quand c'est aussi archaïque, vous avez évidemment intérêt à bien lui faire discriminer les odeurs.

P. : Notamment les odeurs de caca.

F. D. : Bien sûr, puisque les odeurs de caca c'est le « faire », grâce auquel il fait revenir sa maman et qui lui permet de constater qu'il est phallique, c'est-à-dire agissant. Tandis que lorsqu'il est vide, il est seulement un trou de faim. L'enfant qui a l'estomac vide est aux aguets, il ne peut même pas faire quelque chose. Alors, le seul langage dont a disposé Ahmed c'était peut-être de faire de la mauvaise odeur pour obtenir la venue de sa mère.

Supposons qu'Ahmed ait faim et que sa mère ne vienne pas. Il est dans un état de pulsions passives, au guet de sa venue. Comment alors manifester sa faim? S'il la manifeste de façon active, émissive, c'est-à-dire par des cris, sa mère vient fâchée. S'il excrémente et obtient sa venue, son désir pour sa mère en fait une maman-caca. Mais quelle angoisse d'être obligé de se vider pour avoir le bonheur de retrouver son objet de désir, d'où, je crois, l'obturation de ses trous, qui traduit à la fois son envie et son angoisse de le satisfaire.

En plus, un enfant se dit que sa mère est très friande d'emporter du caca, car il ne peut comprendre que l'éthique qui est la sienne. Si maman vient lui prendre ce qu'il fait en bas, et qu'elle l'emporte, c'est qu'elle en mange en cachette. Une des raisons pour lesquelles il pense que la mère mange ses excréments à lui, c'est qu'elle ne lui montre pas ce qu'elle en fait. Si elle le lui montre, il comprend qu'il est dans le même interdit qu'elle. Sans quoi, la voyant manipuler ses excréments, il ne peut pas comprendre que ce n'est ni un plaisir, ni une manière de mère, que de jouer avec et de les manger.

La mère pressée qui change un enfant sans rien lui dire, ne le reconnaît pas dans son « faire ». Au contraire, si elle lui parle avec une voix modulée, le discours peut continuer sur le caca ou autre chose, même quand le caca n'est plus là. Tout ce qui est mis en langage, à propos de ce que fait l'enfant musculairement – et qui ne consiste pas seulement à expulser de l'intérieur vers l'extérieur –, de ce qu'il voit, de ce qu'il pense, de ce qu'il jette, tire, déchire, et qui modifie son environnement, etc., sont des mots de bonification de l'espace qui est le sien. Sa mère, complice de ce qu'elle a observé, doit lui donner les mots qui font qu'il s'en souviendra : cela devient intéressant, puisque maman s'y intéresse.

C'est ainsi que l'enfant assimile peu à peu des éléments langagiers moteurs, des éléments langagiers vocaux, des éléments langagiers optiques, d'observations, de sourires, de petites mines qui font rire sa maman. « Oh! le coquin, regardez-moi ça, quel sourire séducteur! » dit sa mère à ce moment-là.

La sensorialité de l'enfant est à l'affût des modifications vocales, gestuelles de sa mère, qui donnent un sens langagier et mémorisable à tout ce qu'il ressent et perçoit.

Sans cette complicité avec l'autre connu, tout ce que l'enfant perçoit n'a aucun sens humain, puisque l'humain ne naît que de relations avec un autre, jamais le même dans ses expressions. Comme la fonction symbolique est continue pendant la veille de l'enfant, si sa mère ne lui parle pas, toutes ses perceptions du monde extérieur ne sont croisées qu'à son propre corps, corps-chose, sans visage. Et comme cette chose est répétitivement en besoin de manger, en place de visage il a une gueule dévorante.

C'est le loup dont parlent les enfants, mâchoire de fonctionnement cannibale alimentaire, mais pas bouche pour parler.

Revenons à Ahmed. Quelle est la raison pour laquelle sa mère ne s'en est pas occupée?

> P. : Comme elle était concierge, elle ne pouvait pas le garder près d'elle. Elle avait deux pièces séparées par une cour, l'enfant était dans l'une et elle, dans sa loge. Elle oubliait souvent de lui donner ses repas à heure fixe.

F. D. : Le lui avez-vous raconté?

> P. : Moi, non. Et je ne sais pas si cela lui a été dit. Concernant ses envies de faire caca, personne ne l'en empêche vraiment, mais quand il les manifeste, nous lui

demandons d'attendre que les activités collectives en cours soient terminées.

F. D. : C'est cela, il s'est fait rentrer dans lui-même. Il n'est pas devenu schizophrène, c'est très curieux. Il est tellement accroché à son corps, probablement par souffrance de la faim, et peut-être aussi par souffrance du siège irrité par ses excréments, faute d'être changé assez souvent. On peut presque dire « tant mieux », parce qu'au moins il a son corps à lui. Mais son doigt parle à son trou de balle, au lieu de parler à des objets.

Probablement devait-il y avoir des choses écrites sur un tableau, ou des dessins sur le papier mural de sa chambre, pour qu'il s'intéresse comme cela à l'écrit. Peut-être aussi a-t-il vu l'écriture arabe, puisque son père est de cette nationalité. Les arabesques de ce graphisme sont tellement belles qu'elles fascinent souvent les enfants. Je pense qu'il devrait pouvoir écrire. Avez-vous déjà pensé à lui tenir la main lorsqu'il écrit?

Parce qu'aucune médiation de son corps de bébé avec le corps d'un autre n'a jamais existé, il est perdu dans l'espace et, malgré cela, il n'est pas schizophrène. Il n'est pas perdu comme un schizophrène. Il regarde les gens, son corps compte pour lui, alors que le schizophrène est hébété et ne s'occupe de son corps qu'en se masturbant. Mais jamais il ne touchera ses trous de nez, ses trous d'yeux, d'oreilles. Son corps n'existe pas à ce point-là. Un schizophrène ferme ses trous de l'intérieur. Il est sourd à la parole, alors qu'il est entendant, et il est aveugle, alors qu'il voit.

P. : Ahmed a été hospitalité un long moment à cause d'une surdité.

F. D. : Soi-disant. Là aussi on a dû lui mettre des trucs dans les trous des oreilles pour les examiner. C'est cela aussi les médecins!

Quoique sa mère l'ait traité comme un objet, elle l'a traité de cette façon sans se rendre du tout compte que, laissé comme ça dans un coin, son fils allait à la catastrophe. Heureusement elle allait le voir à cause des repas, et par chance ça n'est pas une femme qui lui calait ses biberons dans les coussins. Cette habitude est encore pire puisqu'il n'y a plus de corps de la mère du tout. L'enfant ne peut alors identifier son corps qu'au mur ou au plafond.

Tandis que, dans le cas d'Ahmed, pendant les repas, pendant les langeages, au moins, sa mère était là. Ensuite, il l'oubliait, et il a construit une façon de séduire avec des pulsions agressives, héritées de l'anal, objet partiel offert à sa mère.

Pour réussir la thérapie d'Ahmed, il est impératif de le ramener progressivement au niveau de sa naissance.

Si vous agissez en éducateur, votre attitude doit être différente. Elle consistera à lui faire établir une relation avec ce qu'il peut, par les odeurs et par les dires. En même temps, comme il est intelligent, il faut lui parler. Il faut parler à tous les enfants psychotiques comme vous parleriez à un enfant âgé de deux ou trois ans de plus. Vous commentez leur comportement en disant, par exemple : « Je sais bien que tu ne veux pas avoir un comportement de grand parce que tu as du petit qui est resté accroché à toi, et que le petit empêche le grand d'advenir. Mais, essaye de l'appeler, comme tes petits camarades. Tous les enfants qui sont ici ont plus ou moins gardé le petit accroché à eux... »

Vous pouvez ainsi arriver à ce qu'ils se stimulent les uns les autres. C'est une chose dont on ne tient pas assez compte dans les lieux où les enfants sont ensemble. Dans les écoles d'autrefois avec des classes uniques, il était très fréquent qu'un enfant du cours complémentaire aide un enfant du cours préparatoire, ce qui est une façon de fixer davantage son propre savoir en essayant de le transmettre à un esprit plus jeune.

Aujourd'hui, il est grand dommage qu'à cause du nombre d'enfants on ait des classes à niveau homogène.

Ce qui fait la richesse d'une famille nombreuse, c'est justement qu'il y a des enfants avec des intérêts tout à fait divers, et que ceux que cela n'intéresse pas d'une façon active, ont tout au moins un intérêt passif. L'éveil des uns par les autres est énorme, parce qu'ils sont à des niveaux différents. Les aînés se laissent aller à régresser en s'identifiant aux petits, et les petits se promotionnent par identification aux grands.

En ce qui concerne Ahmed, il est important que vous vous référiez beaucoup à son père, et peut-être que vous lui fassiez découper sur des cartes postales des hommes et des femmes représentant toutes les personnes de sa famille, sur lesquelles vous lui ferez mettre des noms.

Bien sûr, faites-le se situer lui aussi, pour qu'il n'oublie jamais, dans cet IMP, qu'il fait partie de cette famille qui l'a structuré avec les difficultés qui sont les siennes.

Si Ahmed, sur ce papier, veut rayer son père, veut rayer ci, veut rayer ça, s'il s'enlève lui-même, le lendemain redécoupez une silhouette pour toujours conserver sa silhouette à lui au milieu de son père et de sa mère de naissance, avec leurs noms et prénoms. Découpez des personnages de La Redoute, puisqu'il les aime, comme tous les enfants qui ont eu pas mal de relations auxquelles ils ne pigent rien, parce que ça défile autour d'eux.

Un jour, il mettra peut-être une casserole à la place de sa maman. Pourquoi pas, puisque Ahmed a eu une mère beaucoup plus casserole qu'autre chose. Beaucoup d'enfants ont souvent des mères casseroles, parce qu'ils imaginent lorsqu'ils entendent des sons de casserole que c'est leur mère mangeuse de caca qui s'en donne. Tant d'enfants prennent le biberon pour du caca! Pour eux, en effet, leur mère s'en va après qu'ils ont vidé leur biberon. Et elle va le remplir de caca pour se régaler... Voilà comment un enfant fabule le plaisir que sa mère prend quand elle est contente de l'avoir langé. C'est-à-dire quand elle en a fini avec lui et qu'elle va faire autre chose. Le bébé s'imagine être le centre de la vie de sa mère parce qu'elle est le centre de sa vie à lui.

Alors, j'insiste, pour que vous vous habituiez à ce mécanisme de pensée qui vous permet de bien comprendre un enfant en vous mettant à sa place. Il faut penser de cette façon poétique, ressentir, avec cet imaginaire, le mode de pensée enfantin. Faites le travail tout seul en vous imaginant tout-petit dans un berceau, disant : « Maman, j'ai faim, manger! »

Eh bien, vous constaterez que des enfants dans une situation différente ont une vision du monde au départ tout à fait différente. Comme nous construisons notre vision du monde d'après la veille, vous voyez ce que ça peut donner chez un enfant qui n'a qu'un trou d'absence, la faim douloureuse, ou du caca qui lui arrache la peau des fesses, à la place d'une relation avec sa mère.

Quand le schéma corporel et le système nerveux d'un enfant se développent, il a besoin de prendre. Il prend ce qui est à sa disposition. S'il n'a pas de couches, ce sont ses excréments et aussi les parties de son corps qu'il peut atteindre, c'est-à-dire ses pieds, son sexe, ses oreilles ou ses cheveux. Mais les excréments ont ceci de très particulier qu'ils ont une odeur qui fait venir la mère, pour les retirer et les emporter. Puisqu'elle les retire et les emporte, tout comme elle apporte un biberon plein et qu'elle le remporte vide, ce sont donc des choses de bouche. La mère est une personne de bouche.

C'est pour cela que je dis que le deuil de la bouche de lait, c'est-à-dire la perte des dents de lait, est un moment d'angoisse de castration orale et anale, de l'habitus de l'enfant avec sa mère. Quand les enfants n'ont pas un habitus comportemental solidement établi avec leur mère à ce moment-là, ils plongent dans un état névrotique. Car avoir des dents d'adulte en étant encore accolé à sa mère dans son odeur, dans son toucher, dans le fait qu'elle vous aide à faire ceci, à faire cela, qu'elle vous habille, qu'elle décide pour vous, c'est qu'on en est encore à l'âge de trois ans, alors que l'on en a sept.

C'est la non-adéquation du schéma corporel et d'une potentialité de l'individuation avec ce qui est autorisé par l'instance tutélaire, ou ce qui est suscité par elle.

Chapitre 16

Identification des enfants à des animaux - Les mécanismes des phobies - Importance du visage pour le développement psychique - « J'ai mal à mon père » - Les petits autistes n'ont jamais de maladies.

P. : Que signifie l'identification d'un enfant à un animal sauvage?

F. D. : L'identification à des animaux est très fréquente chez des enfants. Une enclave tout à fait inconsciente reste identifiée à un animal et cette identification peut resurgir dans un état de détresse. Elle provient de la non-acceptation de son sexe, par éthique surmoïque, surtout à l'époque anale ou urétrale. En fait, la façon de penser du sujet a été investie par une éthique orale, anale ou urétrale, avant même l'apparition des pulsions génitales. Le sujet une fois incité à vivre et à échanger avec autrui, par l'intermédiaire de pulsions génitales, fonctionne en fait avec les moyens langagiers des périodes précédentes, et ne peut donc pas vivre pleinement sa génitalité. Le tout de la libido n'est pas entré dans l'Œdipe et n'a donc pas subi la castration dans la génitalité, suivie du refoulement humanisant de ces pulsions. Ce refoulement a un effet de symbolisation pour le sujet castré, par rapport à l'inceste et à l'inceste seulement. Cette identification inconsciente à un animal domestique, lorsqu'elle est à dominante affective, est la source de la nécessaire présence d'un animal domestique auprès du sujet, une présence auxiliaire pour son narcissisme.

Lorsque inconsciemment un sujet s'identifie à un animal sauvage, il semble que cela provienne d'une époque antérieure à l'âge urétro-vaginal. C'est comme si demeuraient encore, à fleur de peau, certaines pulsions de révolte du sujet dirigées contre l'incompréhension des adultes devant ces détresses infantiles de l'âge oral.

Dans bien des analyses, les patients font des rêves dans lesquels ils sont poursuivis par des animaux sauvages hostiles. Les associations faites sur ces rêves réveillent chez eux ces sortes de souvenirs interrelationnels avec des adultes dont le comportement leur demeurait incompréhensible.

On pourrait dire que dans ces rêves il s'agit de pulsions génitales hétéro ou homosexuelles, mais non œdipiennes, puisque duelles et non liées à une rivalité triangulaire. Il s'agit donc de l'époque anale urétro-vaginale.

De même que les phobies d'animaux sont des identifications déniées à un animal.

L'analyse de ces phobies apporte toujours la preuve que l'animal phobique est, pour une raison enclavée dans l'histoire du sujet, le support narcissique d'une identification qui eût permis au sujet de dépasser l'Œdipe dans lequel quelque chose de sa libido s'était bloqué.

Les phobies résultent toujours d'expériences ayant rompu la relation de continuité du sujet avec son père ou sa mère. L'objet phobique représente ce que désirerait être le sujet dans son individuation, pour que sa relation de continuité avec le parent concerné ne soit pas interrompue.

L'objet phobique est donc un représentant du sujet qui peut vivre, grâce à ce stratagème, un désir incestueux hétéro ou homosexuel. Mais en se forgeant cette identité imaginaire, c'est-à-dire en s'identifiant à l'objet phobique, le sujet échappe à tout interdit, et devient un sujet non humain ayant le besoin érotique d'un objet ne relevant pas du désir, c'est-à-dire de la parole.

Son désir s'accomplit donc en annihilant en lui le sujet de la parole.

La phobie met le sujet en danger, à cause des affects prégénitaux qui continuent à être en activité. Ces affects sont, en effet, en relation avec une zone érogène de besoin et morcellent l'objet du désir. La mère, par exemple, masse provende de besoins, est l'objet partiel de son enfant cannibale, mais, en même temps, objet de désir du sujet dans la parole.

C'est à ce niveau-là qu'un enfant phobique est totalement coincé. L'objet de son désir est confondu avec l'objet du besoin.

Imaginons par exemple un patient ayant la phobie des statues. Si, dans son anamnèse, nous découvrons qu'il y a une statue sur la commode de la chambre à coucher de ses parents, nous pouvons penser que le sujet s'est tenu le raisonnement suivant : « Si j'étais une statue, j'aurais pu assister à la scène primitive. »

C'est bien un moyen d'échapper à la castration, mais destructeur de l'allant-devenant de ce sujet.

Dans une phobie de serpent, par exemple, ce reptile peut être une représentation inconsciente du tube digestif dans son entier dont les deux pôles, l'un, la tête avec les yeux envieux et une langue bifide, et l'autre, la queue analogue aux fèces, personnifient pour l'enfant ses mauvaises relations avec l'adulte tutélaire, soit celles concernant la nourriture et les paroles l'accompagnant, soit celles relatives au dressage et à la propreté.

Cette phobie s'enracine dans le narcissisme blessé de l'enfant que la personne tutélaire n'a pas laissé s'exprimer à l'époque préverbale. Elle n'autorisait que l'expression de besoins, et pas celle concomitante du désir de communiquer, impatiente de soumettre l'enfant à sa volonté.

Autre exemple, celui des phobies de souris et de rats. Cela peut être un désir d'identification à un objet de caresses, à une époque où l'enfant épiait les adultes et mordillait pour exprimer l'intensité de ses pulsions à l'égard d'autrui.

Le substantif *souris* peut aussi faire référence au sourire, vécu comme menaçant, qui découvre les mâchoires d'un visage d'adulte devant un enfant, lui-même encore sans denture. Tous ces comportements mimiques, souvent sans paroles, que l'enfant observe chez l'adulte, sont à l'origine de l'ambiguïté du message qu'il en reçoit.

Il est classique de dire que la peur des rats ou des souris est en rapport avec la peur du sexe masculin. Mais c'est trop vite dit. Cette interprétation se réfère seulement à la période d'intérêt génital de l'enfant. En analyse, nous n'avons pas à conclure trop vite sur ce que nous savons déjà. J'ai connu nombre de femmes devant qui on ne pouvait pas prononcer le mot de « rat » et qui n'étaient absolument pas frigides, leur féminité adulte était tout à fait en place, concernant l'intelligence, le cœur et le sexe.

Cette enclave archaïque demeurait pourtant admise par elles-mêmes et par leur entourage.

Méfions-nous des dictionnaires de symboles, la symbolique de chacun est différente de celle de l'autre. Et, pour chacun, existe un code inconscient de sa symbolique qui se réfère à son histoire, bien avant l'époque où la parole est comprise comme il est d'usage pour le dictionnaire des adultes; les formes vivantes du corps, total ou partiel, répondent alors à des émois prélangagiers élaborés par l'enfant bien avant l'époque du consensus avec autrui sur la signification de ces formes.

Cela vient sans doute de ce que la prévalence d'une perception sur les autres, olfactive, visuelle, auditive, gustative, tactile, permet l'installation d'une phobie en isolant cette perception sensorielle et en la dégageant de son intrication avec les autres perceptions.

En France, par exemple, c'est la prévalence du goût sur l'olfaction qui nous permet d'aimer la sauce appelée « Nuocmam » (sauce à base de jus de poisson pourri dans la saumure).

En revanche, pour les huîtres, objets de tant de répulsions, leur aspect proche de la morve, du sperme, du visqueux, du crachat et le fait qu'elles soient vivantes par-dessus le marché, disqualifie l'exercice du goût.

Vous trouverez vous-mêmes beaucoup d'autres exemples où une phobie, plus ou moins infirmante pour le sujet, se réfère à cette prévalence insurmontable d'un sens sur les autres, qui connote l'absence de langage concernant les perceptions archaïques de l'enfant, demeurant toujours dans l'adulte.

J'ai vu disparaître, par exemple, une phobie de la fourrure, chez un petit garçon de deux ans, en proposant aux parents de verbaliser à l'enfant son intérêt pour leurs toisons pubiennes, leurs poils des aisselles et ceux de la barbe de son père. Tous ces poils le questionnaient globalement, mais il en refoulait l'intérêt parce qu'on ne lui avait jamais parlé de la différence entre les poils et les cheveux. Cet enfant répugnait à toucher la fourrure, mais arrachait les cheveux des autres petits.

Ce comportement agressif a disparu quelques jours après que

ses parents lui ont expliqué cette différence et dit que, lui aussi, serait plus tard, comme son père, poilu aux aisselles et au sexe.

Les allergies ne seraient-elles pas, elles aussi, à analyser comme des phénomènes phobiques, comme des perceptions agréables ou désagréables, sans paroles données à temps, et restant donc sans représentation et sans humanisation?

Les pulsions optiques, sans croisement avec les paroles d'un tiers, peuvent être génératrices de phobies.

En effet, un sujet se persécute lui-même s'il ne dispose que de la vue pour appréhender quelque chose. Privé des autres sensations et des mots d'un tiers à ce propos, il ne peut alors imaginer cette chose que de façon terrifiante.

> P. : J'éprouve toujours un malaise dans mes cures de psychotiques. D'où cela vient-il?

F. D. : Le drame des psychotiques, c'est que leurs relations sont faussées avec nous. En face d'autres êtres humains, ils ne se sentent ni de leur identité, ni de leur sexe, ni de leur espèce, et, par contamination, nous ressentons la même chose.

Voilà pourquoi nous projetons sur eux qu'ils sont psychotiques, d'autant plus qu'ils n'utilisent pas le code en usage parmi les autres pour s'exprimer. Mais nous avons tous des éléments psychotiques en nous. Notre corps, par exemple : c'est ce qui est resté animal et que nous n'arrivons pas à parler. Chaque fois que nous avons un trouble fonctionnel, c'est un trouble psychotique. C'est de cet ordre-là, en tout cas, même si ça ne nous rend pas psychotique. C'est un moment où l'être humain que nous sommes, se met au service de l'animal blessé, de l'animal malade représenté par le corps et essaye, en parlant son mal, d'en donner une représentation au médecin : c'est-à-dire à celui qui sait sur le corps, et dont nous espérons qu'il va nous soulager en faisant taire ce fou de corps, par un petit morceau de « Ça », un médicament.

Quand on dit à un malade d'aller faire une psychothérapie, cela soulève une terrible résistance : « Mais, docteur, je ne suis pas fou, j'ai vraiment mal! »

« Je » n'est pas fou, mais « Moi » a un code perturbé qui

brouille l'accord entre « Je » et « Moi ». C'est là que « Ça », le corps, est étranger à « Moi », auquel « Je » veut s'identifier. En effet, le médicament, c'est-à-dire, je le rappelle, un petit morceau de « Ça », peut momentanément calmer ce hiatus entre « Ça » qui est en manque, et « Moi », réconciliant « Moi » et « Je » par la médiation d'un bon docteur, substitut de papa et maman secourables.

Et voilà « Je » qui se met à croire au langage de la médecine, et se soumet de plus en plus au pouvoir médical en même temps qu'il s'y dérobe, parce qu'il faut bien sauver « Je » de l'identification à « Moi-Ça ». C'est alors le moment où le docteur envoie le patient au psychanalyste.

A propos d'identification à des animaux, j'étais en train de penser à un trait particulier commun entre les enfants autistes et les animaux mammifères. Lorsqu'un animal se blesse un membre ou une partie du corps, il ne la regarde jamais. Les autistes font de même, alors qu'un être humain normal observe la partie blessée de son propre corps et questionne du regard le visage de l'autre, si quelqu'un est près de lui.

Je pense que c'est la place du visage dans notre corps qui nous permet de nous regarder. Pour l'enfant, le visage de ses parents qui le regardent avec amour, est le miroir de son corps en ordre. Avoir mal au visage de ses parents peut entraîner chez un enfant l'entrée dans la schizophrénie. Le visage d'une mère dépressive est sans doute l'élément majeur – accompagné de sonorités violentes ou geignardes venues de ce visage – de l'entrée de l'enfant dans ce qui deviendra mutisme et plus tard schizophrénie, c'est-à-dire une perte de contact et d'échange avec tous les humains, y compris avec soi-même en tant qu'être humain.

Je me rappelle la première séance d'un garçon de douze ans, non scolarisé, sans troubles agressifs du caractère, présentant un air égaré et ne regardant personne.

Je lui ai demandé de quoi et où il souffrait. Comme il ne répondait pas, je me mis à détailler son corps et ses organes de la tête aux pieds, en lui demandant s'il en souffrait. Mais il ne répondait pas et conservait toujours le même air égaré, tournant la tête à droite et à gauche, les yeux au plafond, les bras écartés du corps, ainsi que les jambes.

Devant cette non-réponse, j'ai hasardé : « Peut-être avez-vous mal à quelqu'un? » Immédiatement, l'enfant rassembla ses bras et ses jambes, se pencha pour me regarder dans les yeux, et me dit avec un accent de conviction : « Oh! oui, madame, j'ai mal à mon père. »

Je m'interrogeais avec lui, comment, pourquoi et depuis quand il avait mal à son père ? Je lui proposais un paiement symbolique pour chacune des séances au cours de laquelle il viendrait étudier le problème avec moi : « Oh! oui, je veux bien », m'a-t-il dit. Ce qui signa son entrée en psychothérapie.

P. : Comment vous est venue cette idée?

F. D. : La présentation de ce garçon exprimait comment il était mal à l'aise dans l'espace, évitant de rien regarder, de s'asseoir, de marcher et de ne rien toucher. Mais aussi, il paraissait mal dans son corps, mal dans sa peau comme on dit. De toute façon, lorsqu'un enfant est amené par un adulte tutélaire pour parler à cette étrange personne qu'est un psychanalyste, il faut vraiment qu'il souffre. Mais de quelle souffrance? La difficulté était là, puisque cet enfant était totalement impassible, quasi muet en famille et dans les différentes institutions d'accueil où il venait de passer quatre ans.

Il m'était envoyé par la psychologue du lieu qui l'avait régulièrement reçu en psychothérapie deux fois par semaine pendant trois ans, et avec laquelle aucun transfert ne s'était établi. Sans doute n'avait-elle pas compris que l'enfant y allait pour elle. Plus tard, au cours d'une séance où je lui rappelais le temps passé avec cette dame, il me répondit : « Mais non, je n'ai jamais fait de psychothérapie, c'était une dame qui aimait jouer avec les enfants, mais, moi, j'aimais pas. »

Avant son traitement, il n'avait jamais eu non plus aucune grippe ni aucune maladie infantile, tout comme les enfants autistes. Peu après son début de psychothérapie, il contracta une rhino-pharyngite, premier tribut payé pour l'adaptation à la société des humains. D'ailleurs, le père à qui j'avais parlé de son fils n'avait rien pu me dire d'autre que : « C'est un martien! »

En effet, il ne se sentait pas de notre espèce. C'est ce qui nous fait croire que ces êtres-là ne sont pas dans le langage. Ils le sont, mais le langage qui leur est parlé ne correspond pas à ce qu'ils auraient à dire. Ce qu'ils auraient à dire, ils le signifient par leur comportement et leur habitus.

Les enfants schizophrènes que l'on qualifie de martiens, ne sont ni dans notre temps ni dans notre espace. Ce sont des sujets désarticulés de leur « Moi », lequel ne s'est pas construit dans leur relation avec les adultes. Ils sont des « Je », présentifiés par un « Ça » corporel sans échanges, qui se défendent des autres humains en les ignorant. Il y a toujours souffrance, bien que déniée parfois, peut-être parce que la souffrance des parents est telle que l'enfant évite de se mirer dans leurs visages douloureux.

Les parents des schizophrènes aussi ont mal à leur enfant en eux, et ce mal, ils le disent en projetant sur lui leur incompréhension. Étrangers au contact de cet enfant, ces parents se sentent contaminés d'étrangeté, et à leur tour, s'ils communiquaient avec lui, ils perdraient leur équilibre fragile. Face à lui, leur maternité est malade, et leur paternité, douleur.

Ce qui est très curieux également, c'est le sens extrêmement développé de l'espace, chez les enfants autistes, comme chez les animaux. Un enfant autiste ne trébuche que très rarement sur un obstacle, contrairement aux enfants de son âge, alors qu'il semble ne rien voir autour de lui.

> P. : J'ai soigné un enfant sorti de l'autisme qui m'a expliqué qu'il attrapait maintenant toutes les maladies, parce que, avant, son corps était en fer, et il m'a montré du fil de fer.

F. D. : Fer, me fait penser à ce mot « faire », que beaucoup de mères utilisent quand leurs enfants sont malades. Leurs enfants leur « font » une angine : « Il m'a fait une grippe, il m'a fait la rougeole », disent-elles. L'utilisation du mot « faire » connote aussi le caca. Les enfants autistes sont dans une situation telle avec leur mère qu'ils ne lui « font » rien, justement. Et pas de maladies. Quand ils ne sont plus autistes, ils font des maladies, peut-être parce qu'ils n'ont plus un corps en fer. Il y a peut-être quelque chose à comprendre là, dans cette alternative, mais je ne sais que vous dire de plus.

P. : Vous aviez commencé à développer un jour la signification symbolique des angines.

F. D. : Oui, mais c'est tout à fait autre chose, le fait d'avoir des angines à répétition. Enfin, dans mes analyses, je constate toujours l'apparition d'angines, au moment où le patient travaille l'époque orale, car l'angine est une réaction à l'abandon. Je crois que c'est un symptôme exprimant le désir du sujet d'appeler quelqu'un qui ne viendra pas. La gorge se serre au lieu même où elle voudrait appeler cette personne absente. C'est une souffrance d'abandon.

Tout du moins, c'est ce qui s'est passé à plusieurs reprises dans le transfert de plusieurs patients avec moi, et c'est toujours sujet à caution, puisque c'est dans une relation particulière intertransférentielle où ma personne joue un rôle qui échappe à mon analyse.

On ne peut d'ailleurs commencer à dire qu'un symptôme est signifiant de quelque chose de précis, à une époque donnée, que lorsqu'il se reproduit avec beaucoup d'analystes. A ce moment-là, il est possible de dire que des hommes ou des femmes, aux histoires différentes, répondent par un même symptôme, à une situation donnée, dans une époque donnée.

En ce qui concerne les otites, beaucoup de pédiatres ont constaté que les enfants les contractent très souvent pour ne pas entendre certaines paroles. Quand il est possible de remonter dans ce qui s'est passé, nous retrouvons fréquemment qu'il s'agit de paroles ayant touché ce petit être humain à un point tout à fait vif de sa structure amoureuse ou aimante et que ces paroles auraient pu entrer en conflit avec l'être aimé de ce moment-là.

Chapitre 17

Comment se constitue le double, cet autre en nous-mêmes - La formation des différents pré-Surmoi - La formation des différents pré-Moi - L'entrée dans l'Œdipe - Avortement et Idéal du Moi - Gauchissement de la structure dans les dessins d'enfants - L'inquiétante étrangeté ou la rencontre du double à l'extérieur.

P. : Quels sont les effets d'un double mal constitué chez un individu?

F. D. : Le double est cet autre en nous-mêmes qui nous ressemble comme un frère. Ce miroir de sécurité intérieure, grâce auquel nous avons la certitude d'être le même dans l'espace et dans le temps. Lorsque cette sécurité nous fait défaut, nous sommes obligés de suppléer à ce miroir en devenant l'objet partiel d'individus réels. C'est-à-dire de donner à certaines personnes, amis, parents, etc., le rôle de miroir de nous-mêmes.

Ce double se construit depuis la toute petite enfance selon une dialectique de l'autre, en général la mère, dans les yeux de laquelle l'enfant se mire comme étant conforme à ce qu'elle attend de lui. L'enfant commence, en effet, à désirer en voyant le visage de sa mère. Pour l'enfant, le double, c'est le « Moi-Toi ».

Son visage à lui, c'est d'abord son visage à elle.

Le double se construit grâce à la situation triangulaire existant généralement entre la mère couplée avec le père et leur enfant. Cette situation permet au bébé de se penser, puisque, s'identifiant à sa mère [1], il peut se référer à une autre personne. C'est encore mieux pour lui si sa mère l'introduit dans ses conversations avec

1. Les mères qui rejettent ou abandonnent leurs enfants sont celles qui ne peuvent pas s'identifier positivement à leurs relations avec leurs propres parents

son entourage. La situation triangulaire est non seulement observée, mais aussi vécue par le bébé. Il y prend part en tant que sujet valable pour les deux autres sujets, et non en tant qu'objet de leur discours et sujet réduit au voyeurisme et à l'écoute.

Son corps peut être un objet de conversation avec ces autres personnes, de même qu'il voit sa mère se servir de lui comme objet d'échange et de parole avec autrui. Il entre vraiment dans la dialectique du double.

Celui-ci se construit également en rapport étroit avec le narcissisme de base, tout à fait inconscient et n'ayant rien à voir avec le narcissisme secondaire qui permet de reconnaître sa tête dans la glace ou d'étudier les effets d'un sourire commercial sur l'autre.

Ce double produit des effets considérables. Grâce à lui, nous avons la puissance de demeurer entiers quotidiennement et jusque dans le sommeil, et de nous retrouver au réveil prêts à collaborer et à être complices de l'espace et du temps que nous avions abandonnés en nous endormant. Il assure notre continuité à travers nos différents états.

> P. : Le double ne serait-il pas ce qu'un individu cherche toujours comme référence à un autre? Je pense à une femme qui me disait que sa vie éclatait en petits morceaux, qu'elle vivait des instants séparés les uns des autres, sans liens, sans références si elle n'avait pas un autre avec qui la partager.
> Dans son enfance, le seul personnage qui ait joué ce rôle était une grand-mère très autoritaire, à laquelle, faute de mieux, dans ses moments de détresse, elle fait encore appel. Cette grand-mère me semble un personnage plutôt imaginaire...

F. D. : Dans les valeurs que recherche cette femme, sa grand-mère est peut-être imaginaire, mais dans l'espace et dans le temps, elle a réellement existé. Elle a bien été un corps qui a

---

quand elles étaient enfants. S'occuper d'un enfant suppose, en effet, une introjection inconsciente de bonnes relations tutélaires.

dû et doit encore lui permettre de vivre une situation triangulaire la raccommodant avec son double. Ce double inconscient est nécessaire pour qu'existe une situation triangulaire, faute de quoi nous nous trouverions dans la situation d'une parole délirante, échangée avec nous-mêmes.

Très souvent, j'ai constaté que les enfants en qui ce double inconscient faisait défaut avaient des parents incapables de dire « Nous » ou « Je » et n'employaient que des « On ». On fait ceci, on fait cela, on pense que, etc. Si je leur fais préciser ce que représente cet « On », cela peut être « Je », ou « Nous », ou le médecin, la sage-femme, la sécurité sociale, la maîtresse d'école... Les parents ne semblent pas être impliqués dans ce « On », mais le subir et se laisser assimiler dans le tas que suggère ce pronom indéfini.

A mon avis, il manque à ces êtres la structure de base indispendable pour pouvoir dire « Je ». Ils se retrouvent empêtrés dans leur double inconscient qui les oblige à toujours associer leur femme, le groupe, ou quelque chose comme cela dans leur dire.

P. : Une jumelle qui disait toujours « On » a mis un an en thérapie avant de dire « Je ». Qu'en pensez-vous?

F. D. : C'est tout le problème de la non-castration de l'autre. Que ce soit la dépendance de l'enfant avec sa mère, avec sa grand-mère, avec une sœur ou un frère, c'est cette non-castration qui empêche la création du double inconscient et entraîne qu'il devienne persécuteur. En termes freudiens, c'est à peu près cela, le double persécuteur, mais pas le « Surmoi » persécuteur ou plus exactement le pré-Surmoi persécuteur. Ce dernier me semble se constituer à partir d'une zone érogène élective, au stade précédent, prêt à entrer en action sur le corps, dans l'espace et le temps du sujet, comme un objet partiel de cette zone érogène imaginée, appartenant à une période révolue.

Par exemple, au stade anal, c'est-à-dire au moment de la motricité et du faire où se joue la conquête du corps dans l'espace, le pré-Surmoi apparaît dans certains dessins comme une gueule dentée se promenant dans l'air. Elle est prête à se jeter sur le sujet au moment où celui-ci est en train de désirer faire une expérience qui le ferait advenir à une étape supérieure, lui permettant de s'identifier à son père, à sa mère ou à un aîné.

A cette époque, l'interdit de franchir les étapes se vit sous la forme d'une gueule dévorante, qui s'objective dans les rêves d'enfants et dans les situations où le petit désire faire un acte interdit.

Par exemple, il voudrait bien manger le gâteau défendu, il s'approche de la friandise, mais croise vite les bras dans le dos, pressentant que ses mains vont prendre le gâteau, et qu'une bouche sécante, jaillissant du gâteau, risque de les lui couper. Le pré-Surmoi a ainsi tranché une image du corps fonctionnel qui eût satisfait l'enfant.

Pour l'exprimer autrement, le sujet se met à désirer, ses yeux couvent la friandise, sa bouche se met à saliver, sensoriellement il est désirant, mais le geste permettant de satisfaire ce désir (de l'ordre de la libido anale puisqu'il s'agit d'un faire) est interdit par une zone érogène archaïque (représentée par les êtres ne parlant pas, comme les requins, le poisson, le loup, le tigre, le lion).

Cela dédouble l'enfant en une partie désirante – ce qui est en lui reste oral – et une partie anale – l'exécution – qui, elle, est interdite et dont la zone érogène préhensible, les mains, est menacée de mutilation, par une zone érogène orale, appartenant à l'objet désiré, donc à une période révolue.

Un double favorable reconnaîtra la validité du désir et l'enfant pourra en parler. Mais si le double se met du côté de la zone érogène archaïque, l'enfant ne peut pas partager le dire de son désir avec son double : il régresse ainsi dans la non-représentation de son désir.

Une autre façon de faire face peut consister pour l'enfant à se morceler, ses mains faisant l'acte quasiment à son insu [1].

En revanche, si une autre personne, tout en interdisant la réalisation de ce désir, reconnaît cependant sa validité, elle

1. Et pris sur le fait il nie sans mentir. « C'est pas moi. – Non, ce n'est pas toi, ce sont tes mains. – Oui, pourquoi, " je " voulais pas. » (Ni moi, ni je, mais ça voulait.)

permet à l'enfant de continuer à se ressentir dynamique en désirant. Tout en lui donnant les moyens de comprendre les raisons de temporiser l'accomplissement de son désir. Mais si le désir lui-même est culpabilisé, les pulsions en jeu dans ce désir ne sont plus valables à aucun niveau et mettent en danger l'intégrité même du corps dans sa réalité imaginaire, d'où l'impossibilité de sublimer ces pulsions.

Une nouvelle incitation du désir ne peut alors qu'impliquer une phobie, au lieu de renforcer le langage du désir et de permettre l'apprentissage du code technique conduisant à la satisfaction. C'est-à-dire : « Combien de temps est nécessaire, et comment s'y prendre? »

Revenons à la constitution du pré-Surmoi. Il se constitue à partir d'une zone érogène du stade antérieur.

Au stade oral, cette zone érogène est dentale. Au stade anal, elle est rejet. Au stade génital, la zone érogène imaginée jouant le rôle de pré-Surmoi est morcelante quant à l'objet partiel pénien, mais elle est remplacée par la personne entière du sujet et le pré-Surmoi anal peut surtout entrer en action contre le sujet face aux autres. Il peut lui faire perdre l'honneur ou la face. Cela devient un risque narcissique, à la limite, total.

C'est vous expliquer, selon la forme que revêt le danger, comment on repère dans une cure à quel stade constitutif du Surmoi se trouve le sujet. Est-ce, par exemple, le corps dans son entier qui est menacé? ou seulement certaines de ses parties, devenant objets partiels nécessaires au fonctionnement de zones érogènes périmées [1]?

> P. : Comment se constituent alors les différents « pré-Moi » oral, anal et génital?

F. D. : L'enfant qui sublime bien les pulsions orales après le sevrage est dans le plaisir des paroles utilitaires et ludiques. Il a une bouche pour parler. C'est le « pré-Moi [2] » à dominance

1. Dans le langage . baisser les yeux, rougir, cacher son visage ou cacher sa bouche : avoir honte de soi, de ce que le désir ferait dire Au contraire, tête haute, prendre le risque de son désir : être effronté, n'avoir pas froid aux yeux.

2. C'est à partir du moment où l'enfant dit « Moi » que l'on peut parler de pré-Moi

orale ou la sécurité suspendue à la plénitude, et au fait d'avoir des réserves.

De même que l'enfant qui sublime bien les pulsions anales après le sevrage est dans le plaisir de l'agir utilitaire et ludique : il a des mains pour faire.

Il parle avec tout l'environnement et soutient la vie imaginaire en l'absence d'un interlocuteur, par son agir dans l'espace avec son corps. Dans la déambulation, en marchant, en montant, en descendant, et par la manipulation.

L'enfant qui s'est constitué ce premier « pré-Moi » oral n'est pas encore à l'âge d'aller avec d'autres enfants si la personne tutélaire ne l'initie pas, à l'occasion de leur échange ludique de paroles, à la manipulation pour le plaisir d'objets courants, médiateurs de leur relation : le ménage, la cuisine, les joujoux... Et cela même avant la propreté sphinctérienne.

C'est cet appel à la maîtrise de l'espace par le corps, des objets par les mains et de l'utilisation de l'environnement pour le plaisir, accompagné de langage verbal, qui soutient chez l'enfant la dérivation des pulsions anales brutes (intérêt seulement pour les excréments) vers une activité déjà culturelle et humanisante.

Ensuite, l'espace devient narcissique puisque l'enfant sait s'y amuser, et les autres deviennent des interlocuteurs de paroles et de jeux dans des activités pratiques.

Le désintérêt des excréments le fait s'intéresser à ce qui reste spécifiquement érotique dans le bassin, c'est-à-dire le sexe.

C'est par ces questions concernant le sexe que l'enfant entre dans le pré-Moi génital menant à l'Œdipe. Les pulsions orales et anales, castrées du désir d'intéresser le corps de l'adulte tutélaire et d'en faire son objet complémentaire, trouvent dans cet adulte un compagnon de leurs sublimations. L'adulte devient le compagnon avec qui l'on parle, avec qui l'on agit et avec qui l'on travaille.

Le pré-Moi génital s'appuie sur ce compagnonnage pour apprécier la différence des sexes. Le Surmoi anal n'est plus alors représenté par une imagination de zone érogène sécante qui appartiendrait à l'adulte tutélaire, possesseur de l'objet interdit, mais devient la valeur ludique et utilitaire de l'organe génital.

C'est l'âge du « à quoi ça sert? », sous-entendu : « Ça sert-il au plaisir du possesseur de ce sexe. »

Mais la découverte de la procréation donne un sens anal productif à ce que l'enfant croit être un fonctionnement. Son désir, charmé, tend encore vers les plaisirs oraux et anaux. Il est donc en pleine interrogation, puisqu'il a renoncé au plaisir des zones de besoins.

Il lui semble alors contradictoire d'imaginer le désir de relations génitales dans les lieux risibles ou méprisés : « C'est dégoûtant de faire ça là! » se dit-il.

Ce sont l'estime et l'amour pour les parents qui sont en jeu dans la connaissance par l'enfant de leur vie génitale.

C'est pourquoi les parents qui se souviennent peu ou prou de leur propre écœurement d'enfant s'imaginant le coït, essayent de retarder chez leurs enfants la découverte de la génitalité autre que fonctionnelle, à but procréatif : c'est-à-dire leur désir et leur plaisir de faire l'amour.

Ils craignent, en effet, de ne plus être respectés par leurs enfants. Ce qui prouve que les parents se projettent dans leur progéniture, laquelle présentifie une part de leur narcissisme qu'ils ont peur de perdre.

> P. : A l'âge de la valeur des formes, comment se joue la différence des sexes, selon qu'on est garçon ou fille?

F. D. : Le pénis, érectile ou non, est, pour la fille comme pour le garçon, à l'âge dont vous parlez, une forme visiblement localisée dans un lieu que chacun ressent comme un lieu de désir et pour lequel le garçon possède un objet partiel – le pénis – qui signifie la présence et la vitalité de ce désir. Une fille, elle, n'a rien qui permettre de visualiser une forme apparente dans le lieu de son désir. Elle se demande pourquoi le garçon possède un si beau robinet-pipi et pourquoi elle n'en a pas. Si l'adulte ne répond pas à ses questions concernant l'organe masculin entr'aperçu, ou même à sa revendication du désir d'être un garçon, la petite fille se donne une explication : elle ne l'a pas mérité, ou c'est caca d'en parler.

Pourquoi caca? Parce que, au cours de la défécation, le plaisir anal ressenti, plaisir phallique transitoire, lui a laissé en mémoire la trace d'avoir été prolongé par une petite queue trop vite disparue, et reproduire ce plaisir, pérenniser cette sensation deviendrait interdit. C'est pourquoi l'intelligence de sa sexuation et de son intégrité corporelle totale à l'image de toutes les petites filles et de toutes les femmes du monde, doit lui être délivrée par l'adulte tutélaire.

Il est nécessaire qu'elle comprenne que ce n'est pas un lieu d'excrémentation, de besoin accompagné de plaisir, à hauteur du bassin, mais qu'il s'agit d'une région du corps dédiée au désir entre personnes pour un plaisir réciproque à se donner que sa croissance lui permettra de découvrir sa sexuation, son désir et son plaisir étant aussi valables que la sexuation de ses camarades garçons.

P. : Comment se produit l'entrée dans l'Œdipe proprement dit?

F. D. : Lorsqu'un enfant a renoncé par le sevrage à la relation de bouche à sein avec sa mère, puis au porter de son corps et à la relation de son corps avec les mains de sa mère par la marche et la propreté sphinctérienne, à ce moment-là, il désire s'identifier au parent du même sexe et avoir les satisfactions érotiques du couple parental.

Voir et entendre ce qui se passe dans la chambre conjugale prend beaucoup d'importance. Tous les sens de l'enfant sont en éveil pour saisir la moindre occasion, très satisfaisante pour lui, de s'immiscer dans la vie du couple parental. Cet énervement dû aux pulsions œdipiennes traduit l'exacerbation de pulsions homosexuelles rivales et hétérosexuelles amoureuses.

Ce conflit de pulsions est spécifiquement œdipien, c'est la période des petites phrases, du style suivant, chez les garçons comme chez les filles : « Mon papa, je le déteste, il est trop gentil. Ma maman, je l'aime... » Ou encore : « Par-dessus les rues barrées, je veux aller en prison avec elle, je veux faire le défendu pour elle. » Ou, chez les filles : « Tout le défendu, mon papa un jour me le permettra. Mais je ne pourrai pas attendre, c'est trop difficile. »

Ces tensions contradictoires des pulsions de l'enfant engagé dans l'Œdipe provoquent toujours des troubles fonctionnels ou caractériels.

La paix nécessaire à une croissance saine, aussi bien mentale que psychosociale, nécessite le renoncement aux pulsions génitales dirigées sur les corps attractifs ou répulsifs des parents ou des membres de la fratrie.

C'est l'intégration de l'interdit de l'inceste qui est le Surmoi génital. Ce dernier n'est plus une zone érogène et se déprend du corps de l'enfant qui se met à considérer ses proches comme des personnes dans leur réalité sociale, auxquelles sont reconnus des désirs dont le sujet n'est plus l'objet préférentiel.

Une double difficulté subsiste cependant, l'une vient des enfants : étant encore dépendants des adultes, les enfants les croient, de ce fait, supérieurs en savoir utilisable directement par lui, alors que les adultes ne le sont qu'en connaissance de ce qu'ils ont expérimenté. L'autre vient des adultes qui ont tendance à se croire possesseurs de leurs enfants, lesquels doivent, selon cette logique, leur rapporter plaisir et honneur. Ils les imaginent trop souvent comme une reduplication d'eux-mêmes lorsqu'ils étaient enfants et, à cause de cela, ont tendance à leur faire répéter avec eux les modes de relation que leurs propres parents leur avaient imposés.

Cette éducation calquée sur un modèle datant d'une vingtaine d'années aliène l'enfant dans la fréquentation de sa classe d'âge. Elle vise à culpabiliser l'altérité radicale du sujet enfant, qui ne fait pas plaisir à ses parents. C'est là que le Surmoi inculqué par les parents devient névrotique, puisqu'il est au service d'un pseudo-Idéal du Moi incestueux ou d'un but inculqué, littéralement incestueux, à savoir le plaisir à procurer aux parents.

La zone érogène du Surmoi névrotique œdipien, c'est la personne tout entière du père ou de la mère. Surmoi d'autant plus pathologique si ces adultes ne sont pas couplés l'un avec l'autre de façon satisfaisante.

Alors, chez l'enfant, les interdits de son désir sont représentés par des parents frustrés de plaisir, à qui il devrait, en renonçant à l'expérience du sien, en faire l'oblation.

En fait, le Surmoi vise à maintenir un interdit nécessaire pour vivre, mais inversement il peut empêcher de vivre. Quelle est donc la nature de cet interdit surmoïque et comment se manifestent ses interdictions?

Quand il n'y a pas d'interdit, il y a une dévoration ou un rejet, la pourriture va corrompre la zone érogène qui désire dans le corps du sujet. Ce dernier désire bien satisfaire une rencontre interpsychique, mais l'effectue par l'intermédiaire de son corps. C'est la zone érogène concernée qui sera éliminée comme responsable du désir, parce qu'elle en était le lieu médiateur alors qu'en fait c'était le sujet qui désirait. La castration symbolique n'ayant pas joué, c'est une mutilation que subit la zone érogène. Elle sera agressée par la pourriture, la mort, le sécant, le rejeté ou le détruit par chute, comme le caca. Une chute qui peut être réelle dans l'espace du schéma corporel, dans l'organisme comme les maladies psychosomatiques ou comme les lésions dues à des agents étrangers, s'installant dans une zone dévitalisée par le Surmoi. Mais également une chute qui peut être métaphorique, comme le péché par exemple. C'est-à-dire la dénégation de la face humaine d'un individu, face qui est le support témoin du sujet du désir. Ce qui pourrait se dire également comme si le sujet n'avait plus de miroir intérieur pour se voir humain. Nous retrouvons le double.

Supposez que vous vous regardiez dans une glace sans vous y voir. Vous allez paniquer et revenir à une image de vampire qui signe l'éthique du stade fœtal. Cette éthique guette, au moment de l'Œdipe, le sujet qui ne réussit pas à devenir un égal du père, un rival dans la conquête des femmes, sauf la mère et les sœurs. C'est donc, à ce moment-là, qu'il peut ne plus y avoir de double et que se voir dans la glace est tellement important.

De même, cette horreur de la bouche édentée, à partir de laquelle l'Œdipe peut vraiment se vivre, puisque l'enfant voit un énorme trou dans sa bouche, au lieu de son sourire habituel. Le garçon, par exemple, ne peut plus compter sur son visage pour rivaliser en séduction avec les adultes, ni sur son sexe glabre, comparé à celui plus puissant et plus fourni de son père.

En fait, n'ayant ni queue ni tête, il prend conscience que le sujet en lui est bien plus que le corps, et il s'aperçoit qu'il lui reste l'intelligence et l'accès à la communication avec les autres par le langage.

Beaucoup d'enfants ne savent pas que les dents repoussent, personne ne pensant à le leur dire. C'est une grande détresse, et l'enfant vivant son visage comme un masque de sorcière peut régresser, faute d'une image valeureuse de lui-même. Sauf, s'il s'est constitué un doublet intérieur, qui n'est ni le Surmoi, ni l'Idéal du Moi, ni le Moi Idéal, mais qui lui procure un réconfort. en lui permettant de se dire par exemple : « Moi et moi, nous sommes d'accord pour considérer que nous ne sommes pas si moches que cela. »

Précisément, les êtres ayant un doublet extérieur incarné dans une personne physique n'arrivent pas à se construire un double. Leur enfant leur sert de double et c'est pour cela qu'il devient en général psychotique.

P. : Après l'Œdipe, quels sont alors les gardiens du Moi; qui a remplacé le pré-Moi et sa dialectique affective?

F. D. : A partir de l'Œdipe, le gardien du Moi génital de l'individu est à la fois un Idéal du Moi inconscient de fécondité, de responsabilité de ses actes et de ses paroles face au groupe et face à l'éthique familiale introjectée; mais aussi une possible menace surmoïque anale, en tant que tout sujet est aussi l'objet d'un ensemble d'autres sujets qui peuvent interpréter son comportement par projections.

L'Idéal du Moi génital est également accompagné d'un Surmoi de toute-puissance parentale, qui produit chez l'adulte parent un sentiment de culpabilité lorsque son enfant souffre.

C'est alors la confusion entre la responsabilité et la culpabilité si fréquente chez les parents d'aujourd'hui.

On oublie tout de même que c'est le fœtus qui demande à naître, en accord avec les adultes. C'est leur devoir d'assistance envers les générations montantes que de soutenir les fœtus dans leur désir de s'incarner ainsi que dans leur désir de mourir un jour. Actuellement, il semble que ce devoir d'assistance soit confondu avec l'interdit de la maladie et de la mort.

L'annonce d'un enfant à venir semble être vécue comme l'annonce d'une maladie. Je vais vous donner un exemple concret. Actuellement, lorsqu'un enfant s'annonce d'une façon imprévue dans un couple d'amants, l'homme, plus souvent que la femme, réagit à cet événement par une angoisse surmoïque anale se traduisant par le désir de tuer le fœtus comme si celui-ci dévalorisait ses coïts d'amour avec cette femme.

Cette réaction est nouvelle et en accord avec l'évolution des mentalités.

Bien sûr, comme autrefois, la future venue d'un enfant réactualise le fait qu'une femme est tout autre qu'un homme et remanie la castration primaire.

Mais, en revanche, ce qui est nouveau aujourd'hui, c'est que la joie de donner une promesse de descendance à la femme aimée semble faire place à l'angoisse d'un sentiment de responsabilité génitale et conjugale se traduisant par une sorte d'interdit de mettre au monde un être humain sur cette planète polluée, violente et apocalyptique.

Autrefois, on pensait à la vie dès qu'un enfant s'annonçait, maintenant, on pense à l'angoisse de la mort pour cet enfant en devenir qui représente l'amour des parents. Le futur père est pris dans un conflit de responsabilités qui lui fait le plus souvent fantasmer de quitter cette femme qu'il a rendue mère, ou de lui demander, comme preuve d'amour, d'avorter de cet enfant, future image vivante de leur amour vivant.

Est-ce le mécanisme Gribouille qui est en action? Mourir avant de naître, pour n'avoir pas à mourir en cette fin de siècle trop angoissante!

Peut-être l'angoisse surmoïque anale prévaut-elle sur l'Idéal du Moi génital à cause de la légalisation de l'avortement. Une amende symbolique de cent francs, par exemple, pour créer une dette d'avortement amortissable en quelques années serait sans doute souhaitable, pour chaque femme se livrant à un avortement.

Alors qu'aujourd'hui, on imagine rendre cet acte gratuit pour les couples comme pour les femmes seules.

L'avortement gratuit, du point de vue social, est une bonne chose, mais faire payer une amende, du point de vue symbolique, aiderait à préserver l'Idéal du Moi génital de la femme. Car, toute femme se mutile symboliquement dans un avortement.

Ce qui ne veut pas dire que ce sacrifice assumé volontairement par une femme ne puisse être l'effet de son sens aigu de la responsabilité génitale. Celles, pour qui l'avortement correspondrait vraiment à cet Idéal du Moi génital en action, comprendraient fort bien l'effet salvateur de cette amende symbolique demandée par la société.

P. : Est-ce que les histoires d'ange gardien n'auraient pas à voir avec le double? Quand j'étais petite fille, les anges gardiens me persécutaient.

F. D. : Dans ce cas, l'ange gardien était dialectisé sur l'anal, il était comme un pet malodorant qui vous menaçait. Les anges gardiens sont très péteux. Ils peuvent également être délicieusement parfumés. Ce sont des haleines douces ou pestiférées. Tout dépend de comment se situe notre sentiment de culpabilité par rapport à ces questions d'odeurs. Dans le folklore universel, les anges gardiens sont des oreilles à l'écoute de Dieu et je pense que cela touche à ce problème du double. Suivant la nature du tout début de la relation de l'enfant avec sa mère, le double s'élabore sur un narcissisme basal sécurisant, ou au contraire inquiétant. Je précise que ce double inconscient se constitue par rapport à un miroir des intentions qui n'est pas le miroir des comportements apparents. Chez les individus où il est inquiétant, il y a recherche de cet autre – le double – obligatoirement extérieur. C'est cela qui rend ces personnages si fragiles.

P. : Qu'en est-il dans le cas de deux jumeaux qui voient leur double dans l'autre jumeau?

F. D. : Chaque jumeau a son double intérieur qui n'est pas sa sœur ou son frère jumeau. Mais, bien sûr, le fait d'avoir un jumeau handicape la confiance de chacun dans la construction de son propre double intérieur parce que chacun représente pour l'autre la scène primitive. D'une part le jumeau est le témoin vivant pour l'autre de l'existence du placenta, d'autre part il est le représentant de la scène primitive initiale à la vie de chacun, c'est-à-dire le représentant du père et de la mère et le témoin du coït initial à la conception de l'autre.

Mais les jumeaux savent très bien que chacun existe pour les autres dans l'espace en tant que corps, tandis que le double n'existe pas dans l'espace physique.

P. : La rivalité fraternelle peut-elle se comprendre à partir de ce concept de double?

F. D. : Pas à première vue. Peut-être est-elle tout de même articulée à ce concept de double, dans la mesure où chacun de nous doit définitivement donner la mort à cette partie de lui-même moins promotionnée que celle qui domine le moment actuel où nous nous trouvons. Il faut faire entrer, dans le passé irréversible, l'agir immédiatement terminé. C'est cette mort continuelle que nous devons assumer pour ne pas être névrosés. La névrose, c'est justement de ne pas laisser mourir tout ce qui est révolu : à un point extrême, c'est finalement tout figer, pour stopper le cours du temps. Mais le temps qui passe fait que, par exemple, l'enfant sachant marcher doit définitivement mépriser l'enfant qui n'est pas encore debout, et donc le tuer en lui. Le passé en nous est à tuer. Tuer étant entendu dans le sens de ne pas y revenir, de ne pas s'y identifier comme à quelque chose de valable. Grâce à quoi, le double intérieur peut continuer d'exister, car le double est un auxiliaire du désir en rapport avec le maintien du narcissisme de base, permettant de conserver une promesse de développement vis-à-vis de soi-même [1].

P. : Ne peut-on pas dire dans une famille que lorsqu'un premier enfant est mort jeune, le second qui suit aura pour double le spectre du premier.

1. C'est ce que disent, tout le temps, les petits quand ils répètent : « moi, je suis grand », même quand cela n'est pas encore vrai parce qu'ils font encore caca ou pipi-culotte, par exemple. Il ne faut pas les gronder, parce qu'ils ont vraiment un Moi Idéal de maîtrise, venu en partie de ce que leurs parents, dans ce cas, ont désiré qu'ils deviennent propres. Comme l'enfant ne peut pas atteindre tout le temps ce Moi Idéal, il essaye de s'y identifier en méprisant celui qui en lui est incontinent. L'important consiste à en parler avec l'enfant pour qu'il ne se méprise pas, en lui expliquant que la propreté va venir et que ce n'est pas sa faute s'il est sale, c'est la condition infantile de son corps.

F. D. : Ce n'est pas un phénomène de double, mais de parasitage qui commencera dès la vie fœtale. L'enfant mort est, en effet, fantasmé par la mère enceinte comme le troisième, comme le double du père, prenant donc la place du père. C'est ce qu'exprime la mère quand elle se lamente en parlant du bébé à naître : « Ah, il ne le verra pas! » Le mort est présent chaque fois que la mère fantasme son enfant à naître. Ce dernier se sent donc incestueux d'un mort.

J'en ai fait d'étonnantes observations chez des enfants psychotiques.

P. (homme) : C'est pire quand le nouveau-né porte le nom du disparu!

F. D. : Oui, là, évidemment, c'est un gauchissement du double, puisqu'il est imposé par le nom.

P. : Ce fut le cas de Vincent Van Gogh, dont l'aîné mort s'appelait aussi Vincent. Tous les dimanches, on emmenait le futur peintre sur la tombe de son frère aîné, où il pouvait lire : « Ici est enterré Vincent Van Gogh. »

F. D. : Ce qui a été extraordinaire chez Vincent Van Gogh, le peintre, c'est que son frère Théo a été un véritable contrepoids, un frère inconditionnel, un soutien et un double, confiant en lui, Vincent. Cependant, ça n'a pas empêché Vincent de chercher chez d'autres, dans la réalité, l'incarnation du double intérieur lui faisant défaut. Chaque fois, bien sûr, il est tombé sur des faux frères qui lui voulaient du mal. Gauguin, notamment.

J'aimerais dire un mot à propos de cette notion de gauchissement. Je pense que notre structure est axiale, qu'elle est comme un fil dans notre histoire, de notre conception à notre mort. La santé consiste à pouvoir se maintenir inconsciemment dans cet axe et à pouvoir régresser dans les moments de fatigue, sans être pris dans des gauchissements latéraux. C'est une idée qui m'est venue des dessins d'enfants. Vous connaissez cette maison à laquelle j'ai donné le nom de « maison-Dieu », sans savoir qu'une carte était ainsi nommée dans le tarot. Lorsque l'enfant accouche de la possibilité géométrique de cette maison, il est à l'âge où il se croit le centre et le maître du monde. Il est Dieu, il se sent comme ça. Curieusement, en s'allongeant, cette maison devient le clocher des églises, et en se ratatinant, la niche à chien [1]. C'est tout à fait l'illustration de l'adage selon lequel « qui fait l'ange fait la bête... ». D'ailleurs, l'enfant qui reste à cette étape de son évolution et de son éthique mégalomane, continue à faire ces maisons-là.

Vous le voyez, par exemple, chez les obsessionnels de treize à quatorze ans. Ils dessinent ces petites maisons-là dans tous les coins, de même qu'ils inscrivent partout la signature de leur père. Ils font à la fois le chien et la signature du grand monsieur. Ils sont paumés et font les imbéciles dans la réalité.

Bon, mais cette maison-là peut avoir un toit, qui est représentatif d'un début de pré-Surmoi.

(*b*)

(*c*)

Vous voyez des dessins d'enfants dans lequel le toit n'est pas dans l'axe de la maison [2]. Ce qui signifie qu'il n'y a pas d'axe entre Toi et Moi s'articulant dans un code sûr. L'enfant ne sait pas comment il faut agir pour maintenir sa relation avec l'autre. C'est typiquement le gauchissement du pré-Surmoi d'un enfant confié à des personnes successives, ayant des règlements intérieurs toujours différents. Malgré tout, il fallait bien que l'enfant se fasse à une première bonne ou nurse imbécile. Puis à une autre, imbécile autrement. Puis à une troisième, encore autrement imbécile.

Le résultat de tout cela c'est que le pré-Surmoi va dans tous

1. Voir dessin (*a*), p. 134. – 2. Voir dessin (*b*).

les azimuts parce que l'enfant n'a pas introjecté une règle de comportement donnant un bon narcissisme. C'est comme cela qu'il devient hystérique, versatile et capricieux, parce qu'il est dans le désir de l'autre qui change sans cesse. Il a introjecté quelqu'un de changeant. L'hystérie date de cette époque de la maîtrise de la motricité, utilisée pour être dans le désir de l'autre et le faire céder à ses désirs. Mais sans pouvoir établir un code sûr.

Le style de dessin dont je viens de parler, est le fait d'un enfant qui ne sait pas ce qu'il représente. Il ne peut pas représenter autre chose que cette forme-là, qui est son image du corps symbolique. S'il commence, par exemple, à dessiner un trapèze avec un côté écorné, il l'écornera à tous les dessins de la séance [1].

En écornant un côté de la sorte, il a voulu montrer quelque chose de précis ce jour-là. Et que ses trapèzes représentent des bateaux, des toits de maison ou autre chose, ils seront tous écornés.

C'est signifiant d'une entame de son comportement présurmoïque.

C'est très important de faire dessiner aux enfants un triangle équilatéral, un sapin ou une feuille dentelée, pour observer si leur axe est gauchi. Les enfants qui dessinent des feuilles d'arbres en mutilant leurs axes, représentent par là une mutilation de leur propre axe, due à quelque chose de désavoué autour de leur sexe lorsqu'ils étaient tout petits. C'est-à-dire au moment de l'oralité des biberons, bien avant l'âge de la parole. Cela a gauchi l'axe réunissant leur souffle au plaisir d'être du sexe qui est le leur.

Ces enfants ont subi une mutilation du code existant entre les besoins et les désirs de l'âge oral. Cela a toujours à voir avec un désaveu de leur sexe par la personne qui s'occupait d'eux, que ce soit leur génitrice ou la bonne d'enfant invertie, qui détestait les garçons ou les filles.

Grâce aux dessins, nous pouvons travailler cela dans le transfert. Si nous laissons passer ce gauchissement, ces enfants vont faire une scoliose à huit ans. Je retrouve ces axes mutilés dans les dessins précoces d'enfants qui ont fait plus tard des scolioses graves. Leurs dessins désaxés montraient que leur image du corps

1. Voir dessin (*c*).

végétative avait été faussée, d'où leur impossibilité de représenter quelque chose de vivant et de bien axé.

Ces enfants sont des semblants de personnes, enclavés au stade de la passivité. Un axe bien dessiné signifie que l'on possède son double à tous les stades. L'axial éthique, c'est le sexe et le visage.

Les êtres qui n'acceptent pas leur sexe ont un double fragile, et ont besoin d'être confirmés dans leur sexe par d'autres. Si c'est une femme, elle attend qu'un homme la reconnaisse en tant que telle, et inversement, si c'est un homme. Faute de quoi ces êtres demeurent ambigus vis-à-vis de leur appartenance à un sexe.

> P. : Je soigne une petite fille qui ne parle qu'à voix basse en dessinant continuellement des « maisons-Dieu », souvent sans portes. Je comprends mal ce cas.

F. D. : Aujourd'hui justement, j'ai vu les dessins d'un enfant qui fait des « maisons-Dieu » sans portes et parle également à voix basse. Je me demande si l'absence de portes ne serait pas le signe d'une inhibition à la parole. La porte étant le représentant de la relation de bouche, Toi-Moi. Cela me semble possible, car lorsqu'il y a une porte, il y a aussi une sorte de chemin qui serait en fait la représentation de la parole s'en allant vers quelqu'un. Quand il n'y a pas de portes, le chemin s'arrête très vite. Dès qu'un colloque s'établit avec le psychanalyste, le chemin s'allonge dans les dessins et prend une direction définie. Dans ce cas-là, l'absence de porte ne renverrait-elle pas justement à la période de la relation avec la mère pendant laquelle l'enfant ne pouvait pas encore parler? Il lui faudrait donc encore la vivre intérieurement dans le transfert avec vous.

> P. : Le masque, pour un enfant, ne peut-il pas représenter son double?

F. D. : Un masque réel? Je ne sais pas. En tout cas il se joue quelque chose d'important avec le masque, que j'ai constaté à plusieurs reprises. Je me souviens du cas d'un enfant très bègue qui est venu à sa séance avec un masque, parce que c'était Mardi gras. Derrière son masque il ne bégayait absolument plus. Nous en avons parlé, et il m'a dit : « C'est la même chose si je prends l'accent de Marius, je ne bégaie plus! » Il a aussitôt pris l'accent du Midi et s'est mis à raconter des histoires scatologiques et érotiques, très importantes par rapport à sa propre histoire et à son sexe.

Voilà un cas de plus qui permet de penser que le double est en relation avec le sentiment d'être à l'aise dans son sexe. Cela se joue très précocement, bien avant l'âge du Moi. De même, me semble-t-il, le double a un rapport avec le masque, mais avec un masque interne et pas un masque externe.

Pour ce garçon, l'usage d'un masque externe qui le transformait soi-disant en un autre lui permettait de parler sans bégayer, mais dès qu'il se remettait à parler en son nom, il bégayait à nouveau. Il semble qu'il ne pouvait pas répondre de lui-même dans son sexe au niveau de son phallisme oral et qu'à ce niveau-là, il avait besoin de se protéger derrière une fausse identité pour pouvoir maîtriser la colonne d'air de son expression phallique de garçon.

> P. : Ce que vous dites du masque me remet en mémoire ce que Freud écrit dans son article sur « L'inquiétante étrangeté », à propos du retour du double narcissique mortifère.

F. D. : Cette inquiétante étrangeté me semble en effet un aspect du double. Mais le double n'est pas obligatoirement inquiétant ou étrange. Il est là, justement, pour vous assurer que l'inquiétant et l'étrange ne vont pas au-delà d'un certain seuil. Autant « l'inquiétante étrangeté » rend phobique, autant le double est une sorte d'autre dont on est sûr et en qui on peut mettre sa sécurité. C'est quelque chose d'introjecté et d'unique. C'est une sécurité qui protège d'être un simple objet de besoin avant l'Œdipe, où l'imaginaire de l'enfant peut être d'accord avec l'inceste.

Ce n'est ni spéculaire, ni visible, je crois que c'est un vécu. L'image spéculaire est bien plus tardive, elle commence vers six mois.

> P. : L'image spéculaire n'est-elle pas à la fois très séduisante et très inquiétante?

F. D. : C'est cela. Tandis qu'à partir du moment où s'est structuré le double inconscient, il n'y a plus d'atteinte à l'image spéculaire. Observez par exemple quelqu'un qui se regarde dans la glace et dit : « Mon Dieu que je suis moche! » et puis n'y pense plus. Eh bien, malgré cette image spéculaire peu satisfaisante, le double intérieur de cette personne est tout à fait sécurisant et inchangé.

P. : La formation du double dépend-elle du narcissisme des parents?

F. D. : Ce ne sont pas les parents qui forgent le double. Mais il est le résultat d'une dialectique avec eux. Les enfants qui ont eu des parents très agressifs et destructeurs dans certaines limites sont ceux qui se sont forgé l'image la plus solide.

C'est très étonnant et c'est difficile à comprendre pour nous, car, sous prétexte de principes éducatifs d'acquiescement constant à ce que fait l'enfant, nous les fragilisons énormément. Cela les empêche de structurer un double qui a son quant-à-soi, quoi que dise le voisin.

P. : Si les parents sont agressifs, comment une image solide peut-elle se constituer?

F. D. : Justement. Elle se constitue quand il est clair que les parents ont un désir agressif. En fait, il faut des images ambivalentes, c'est-à-dire que les parents soient agressifs mais aimants, pour que cela donne à peu près un enfant en bonne santé.

P. : Le double inconscient dont vous parlez est intérieur. « L'inquiétante étrangeté » de Freud surgit lorsque ce double est perçu à l'extérieur. Freud raconte cet exemple : il voit un homme dans une glace et se dit : « Tiens, qui est ce vieux bonhomme? » Il réalise soudain que c'est lui. Il a rencontré son double à l'extérieur, au lieu qu'il soit maîtrisé à l'intérieur et installé bien au chaud.
C'est cela, l'inquiétante étrangeté.

F. D. : Il désavouait son apparence. Ce n'est pas le double.

P. (une autre) : Est-ce que l'image spéculaire peut se constituer...

F. D. : ...seulement avec l'eau de l'étang, sans d'autres personnes autour de soi? Non, cela n'existe pas. L'image spéculaire ne se constitue qu'en dialectique avec les autres et certainement pas en face d'un miroir. Elle se fabrique en intériorisant les autres.

P. : Le double ne serait-il pas l'instance qui permet à chacun de se reconnaître, c'est-à-dire le substrat de l'identité?

F. D. : C'est tout à fait cela. C'est quelque chose de permanent qui revient, par exemple, au réveil.

J'ai soigné un homme qui avait perdu une partie de lui-même. A quatorze ans, sa mère l'avait brutalement réveillé dans la nuit pour aller chercher le médecin parce que son père faisait un infarctus. Depuis cette nuit-là, tous les ans, à l'époque précise de cet incident, il avait un épisode maniaque, suivi d'un état dépressif de six semaines, pendant lesquelles il était obligé de se faire interner.

Une fois marié, le symptôme est devenu très gênant et cet homme a commencé une analyse. Au cours de sa cure, il a découvert qu'il avait laissé et perdu à jamais une partie de lui-même dans son lit, la nuit de ce réveil brutal et dramatique.

Au réveil, il ne s'était pas reconnu le même que celui qu'il était la veille au soir en s'endormant. C'est cette partie de lui qu'il était venu rechercher en analyse. Son symptôme a disparu le jour où il a vendu son lit, en fait le lit conjugal de ses parents, c'est-à-dire le lit de la scène primitive. Un lit imposé par sa mère. Ce lit où son père (guéri et vivant depuis) avait fait son infarctus.

Au fond, je me demande si la nécessité de se construire un double, pour chaque être humain, ne vient pas de ce que nous avons un corps et un visage. Le double n'a-t-il pas un rapport avec le visage face aux autres visages? Et plus encore, ce double est-il, ou non, dépendant de la parole? Ce qui m'intéresse particulièrement dans le double, c'est justement ce qu'il a de non dépendant de la parole, et ses rapports avec ce qui précède la parole et la voix. Le double existe chez les inhibés à la parole, qui le sont peut-être pour ne pas la perdre, la parole.

Mon intérêt porte aussi sur la façon dont le double s'élabore chez un sujet, dans le langage qui lui est tenu par autrui et bien avant que le sujet lui-même ne puisse parler.

C'est là, à l'époque du pré-Surmoi, que se passe quelque chose touchant à l'élaboration du double. Le pré-Surmoi, c'est l'accord émotionnel et rythmique de l'enfant avec la personne dont dépend sa vie. Nous savons très bien que les rythmes végétatifs ne sont pas totalement déterminés génétiquement. Bien sûr, chaque enfant a un style de rythmes propres, mais ils vont s'accorder à ceux de la personne qui s'occupe de lui et devenir un langage codé entre eux deux. C'est cela le pré-Surmoi. Si la personne qui prend soin de l'enfant, la mère en général, le dérythme en détraquant son horloge végétative de base, c'est-à-dire en lui imposant ses rythmes à elle, l'enfant va alors tomber dans des troubles graves : insomnie, anorexie ou psychose.

En revanche, si les rythmes de l'enfant sont tolérés, en même temps qu'il a le sentiment d'être reconnu comme faisant vivre la personne qui s'occupe de lui, alors peut s'élaborer quelque chose caractérisant l'autre que l'enfant va intérioriser et qui ne sera pas surmoïque, mais moïque.

Ce sont, par exemple, les lallations du bébé qui imite les phonèmes de la langue maternelle, tandis que progressivement le pré-Surmoi joue sur les muscles phonatoires pour annuler parmi tous les phonèmes prononçables par le pharynx, ceux qui n'ont pas de sens pour la mère.

L'enfant va s'efforcer de rendre présente la phonématique de la personne tutélaire et s'accoutumer à ses fréquences auditives. Ce travail de l'enfant lui rendra peu à peu impossibles les accents, les phonèmes et les fréquences des autres langues.

Le pré-Surmoi joue un rôle très important en étant un instrument qui facilite le désir de l'enfant de devenir l'autre.

P. : Qu'en est-il du rôle de l'objet transitionnel dans l'élaboration du double?

F. D. : Il intervient avant l'intériorisation du double. Mais c'est tout de même une relation de la mère avec lui, que l'enfant projette sur cet objet-fétiche. L'enfant joue à être sa propre mère en ayant un fétiche dont il ne se sépare pas. Il joue à être sa propre mère de l'époque où il était *in utero* ou au sein, mais pas sa mère actuelle. Avec la mère actuelle, il est en relation de fantasmes de paroles qui acquiescent ou dénient ce qu'il fait.

C'est là où l'on voit le Surmoi intervenir, heureusement sans efficacité, en permettant à l'enfant de continuer une activité que les adultes appellent une bêtise. Prenons un exemple très précis. Un enfant de vingt mois vide un placard de son contenu. Il sait très bien qu'il fait une bêtise et répète pendant la durée de son acte : « Faut pas toucher, non, *pichant* (méchant). » Mais il le fait quand même. Le pré-Surmoi entre en jeu. Il est présent dans les paroles de l'enfant, lorsque celui-ci parle en utilisant les paroles de sa mère. Mais avec suffisamment de souplesse pour ne pas empêcher cet enfant d'aller au bout d'un acte de désir tout à fait promotionnant : vider sa maman-placard de tous les objets, pour être le seul maître de ce que contient le ventre de sa mère, à savoir lui-même.

Le désir est plus fort que les dires qui interdisent, bien que ces dires fassent partie de l'intégration de la parole et de l'intégration sociale.

P. : Cet enfant a-t-il déjà intériorisé un bon double?

F. D. : Oui, mais ce double est encore fragile et peut disparaître si l'enfant est gravement puni, par exemple.

P. (homme) : On peut donc situer la formation du double avant la possession du langage par l'enfant. Le double serait-il inscrit dans l'enfant par le langage de son entourage. Serait-ce donc cette part du corps prise dans le langage des autres?

F. D. : Sûrement.

P. (homme) : Serait-ce pour cette raison que le double ne varie plus selon les fluctuations de l'imaginaire, par la suite?

F. D. : Je pense que la constitution du double est en rapport direct avec la symbolisation inconsciente du placenta, cette sœur ou ce frère jumeau, abandonné par chacun à la naissance.

D'ailleurs, dans une analyse, quand le fantasme de la scène primitive n'a pas été revécu avec cet état dépressif qu'on appelle passer par les pulsions de mort, la cure n'est pas terminée. Quand c'est revécu, on peut alors dire que le patient a été jusqu'au bout et qu'il a perdu son placenta, parce que le double s'est constitué au contact du transfert, par la parole.

Dans certaines tribus africaines, le sorcier prend le placenta de chaque enfant nouveau-né et l'enterre dans un lieu connu de tout le monde.

En cas d'accès psychotique d'un membre de la tribu, le sorcier emmène le malade à l'endroit où est enterré son placenta et par une série d'opérations magiques lui permet de symboliser ce double inconscient dont il a été séparé ou dont un soi-disant esprit s'était emparé.

Le sorcier réactive ou provoque cet événement, donnant au malade une véritable castration ombilicale.

> P. : Un fait me frappe : très souvent, la première préoccupation d'une mère après l'accouchement consiste à savoir si son enfant est bien entier, avant même de s'inquiéter de son sexe. Qu'est-ce que cela peut signifier?

F. D. : Chez une telle mère, n'est-ce pas une élaboration secondaire qui lui fait croire que le placenta de l'enfant lui a pris une partie d'elle-même – son enfant? Elle ferait donc une projection sur un placenta rival d'elle. Ce qui ressemble beaucoup à l'angoisse de castration des filles, toujours en rapport avec une mère éviscérante et sorcière qui interdit de jouir des prérogatives du sexe féminin, comme elle l'a fait elle-même.

On sait combien il est fréquent qu'une jeune mère soit obligée de livrer son enfant à sa propre mère pour pouvoir vivre sa vie de femme sans se sentir coupable. Alors, je me demande si ce type de jeunes mères ne projette pas sur le placenta l'interdit, inconscient et menaçant, de leur propre mère, d'avoir un enfant entier.

IMPRIMERIE BUSSIÈRE À SAINT-AMAND (CHER)
DÉPÔT LÉGAL FÉVRIER 1991. N° 12571 (4042)

Du même auteur

AUX MÊMES ÉDITIONS

Le Cas Dominique, *1971*
coll. «Points», 1974

Psychanalyse et Pédiatrie, *1971*
coll. «Points», 1976

Lorsque l'enfant paraît, tomes 1, 2 et 3
1977, 1978, 1979

L'Évangile au risque de la psychanalyse, tomes 1 et 2
coll. «Points», 1980, 1982

Au jeu du désir, *1981*
coll. «Points», 1988

Séminaire de psychanalyse d'enfants, tome 1
en collaboration avec Louis Caldaguès, 1982
coll. «Points», 1991

La Foi au risque de la psychanalyse
en collaboration avec Gérard Sévérin
coll. «Points», 1983

L'Image inconsciente du corps, *1984*

Séminaire de psychanalyse d'enfants, tome 2
en collaboration avec Jean-François de Sauverzac, 1985
coll. «Points», 1991

Enfances
en collaboration avec Alecio de Andrade, 1986
coll. «Points Actuels», 1988

Dialogues québécois
en collaboration avec Jean-François de Sauverzac, 1987

Séminaire de psychanalyse d'enfants, tome 3
Inconscient et Destins
en collaboration avec Jean-François de Sauverzac, 1988
coll. «Points», 1991

Quand les parents se séparent
en collaboration avec Inès Angelino, 1988

Autoportrait d'une psychanalyste (1934-1988)
en collaboration avec Alain et Colette Manier, 1989

Lorsque l'enfant paraît tomes 1, 2 et 3
en un seul volume relié, 1990

en cassettes de 60 minutes
Séparations et Divorces, *1979*
La Propreté, *1979*

CHEZ D'AUTRES ÉDITEURS

L'Éveil de l'esprit de l'enfant
en collaboration avec Antoinette Muel
Éd. Aubier, 1977

L'Évangile au risque de la psychanalyse, tomes 1 et 2
Éd. Jean-Pierre Delarge, 1977, 1978

La Foi au risque de la psychanalyse
en collaboration avec Gérard Sévérin
Éd. Jean-Pierre Delarge, 1980

La Difficulté de vivre
Interéditions, 1981
Vertiges-Carrère, 1987

Sexualité féminine
Scarabée et Compagnie, 1982

La Cause des enfants
Laffont, 1985

Solitude
Vertiges, 1986

Tout est langage
Vertiges-Carrère, 1987

L'Enfant du miroir
Françoise Dolto et Juan David Nasio
Rivages, 1987

La Cause des adolescents
Robert Laffont, 1988

Paroles pour adolescents
ou Le Complexe du homard
avec Catherine Dolto-Tolitch
en collaboration avec Colette Percheminier
Hatier, 1989

Collection Points

SÉRIE ESSAIS

1. Histoire du surréalisme, *par Maurice Nadeau*
2. Une théorie scientifique de la culture *par Bronislaw Malinowski*
3. Malraux, Camus, Sartre, Bernanos *par Emmanuel Mounier*
4. L'Homme unidimensionnel, *par Herbert Marcuse* (épuisé)
5. Écrits I, *par Jacques Lacan*
6. Le Phénomène humain, *par Pierre Teilhard de Chardin*
7. Les Cols blancs, *par C. Wright Mills*
8. Littérature et Sensation. Stendhal, Flaubert, *par Jean-Pierre Richard*
9. La Nature dé-naturée, *par Jean Dorst*
10. Mythologies, *par Roland Barthes*
11. Le Nouveau Théâtre américain, *par Franck Jotterand* (épuisé)
12. Morphologie du conte, *par Vladimir Propp*
13. L'Action sociale, *par Guy Rocher*
14. L'Organisation sociale, *par Guy Rocher*
15. Le Changement social, *par Guy Rocher*
16. Les Étapes de la croissance économique, *par W. W. Rostow*
17. Essais de linguistique générale, *par Roman Jakobson* (épuisé)
18. La Philosophie critique de l'histoire, *par Raymond Aron*
19. Essais de sociologie, *par Marcel Mauss*
20. La Part maudite, *par Georges Bataille* (épuisé)
21. Écrits II, *par Jacques Lacan*
22. Éros et Civilisation, *par Herbert Marcuse* (épuisé)
23. Histoire du roman français depuis 1918 *par Claude-Edmonde Magny*
24. L'Écriture et l'Expérience des limites, *par Philippe Sollers*
25. La Charte d'Athènes, *par Le Corbusier*
26. Peau noire, Masques blancs, *par Frantz Fanon*
27. Anthropologie, *par Edward Sapir*
28. Le Phénomène bureaucratique, *par Michel Crozier*
29. Vers une civilisation des loisirs ?, *par Joffre Dumazedier*
30. Pour une bibliothèque scientifique *par François Russo* (épuisé)
31. Lecture de Brecht, *par Bernard Dort*
32. Ville et Révolution, *par Anatole Kopp*
33. Mise en scène de Phèdre, *par Jean-Louis Barrault*
34. Les Stars, *par Edgar Morin*

35. Le Degré zéro de l'écriture
suivi de Nouveaux Essais critiques, *par Roland Barthes*
36. Libérer l'avenir, *par Ivan Illich*
37. Structure et Fonction dans la société primitive
par A. R. Radcliffe-Brown
38. Les Droits de l'écrivain, *par Alexandre Soljenitsyne*
39. Le Retour du tragique, *par Jean-Marie Domenach*
41. La Concurrence capitaliste
par Jean Cartell et Pierre-Yves Cossé (épuisé)
42. Mise en scène d'Othello, *par Constantin Stanislavski*
43. Le Hasard et la Nécessité, *par Jacques Monod*
44. Le Structuralisme en linguistique, *par Oswald Ducrot*
45. Le Structuralisme : Poétique, *par Tzvetan Todorov*
46. Le Structuralisme en anthropologie, *par Dan Sperber*
47. Le Structuralisme en psychanalyse, *par Moustapha Safouan*
48. Le Structuralisme : Philosophie, *par François Wahl*
49. Le Cas Dominique, *par Françoise Dolto*
51. Trois Essais sur le comportement animal et humain
par Konrad Lorenz
52. Le Droit à la ville, *suivi de* Espace et Politique
par Henri Lefebvre
53. Poèmes, *par Léopold Sédar Senghor*
54. Les Élégies de Duino, *suivi de* Les Sonnets à Orphée
par Rainer Maria Rilke (édition bilingue)
55. Pour la sociologie, *par Alain Touraine*
56. Traité du caractère, *par Emmanuel Mounier*
57. L'Enfant, sa « maladie » et les autres, *par Maud Mannoni*
58. Langage et Connaissance, *par Adam Schaff*
59. Une saison au Congo, *par Aimé Césaire*
61. Psychanalyser, *par Serge Leclaire*
63. Mort de la famille, *par David Cooper*
64. A quoi sert la Bourse ?, *par Jean-Claude Leconte* (épuisé)
65. La Convivialité, *par Ivan Illich*
66. L'Idéologie structuraliste, *par Henri Lefebvre*
67. La Vérité des prix, *par Hubert Lévy-Lambert* (épuisé)
68. Pour Gramsci, *par Maria-Antonietta Macciocchi*
69. Psychanalyse et Pédiatrie, *par Françoise Dolto*
70. S/Z, *par Roland Barthes*
71. Poésie et Profondeur, *par Jean-Pierre Richard*
72. Le Sauvage et l'Ordinateur, *par Jean-Marie Domenach*
73. Introduction à la littérature fantastique
par Tzvetan Todorov
74. Figures I, *par Gérard Genette*

75. Dix Grandes Notions de la sociologie, *par Jean Cazeneuve*
76. Mary Barnes, un voyage à travers la folie
par Mary Barnes et Joseph Berke
77. L'Homme et la Mort, *par Edgar Morin*
78. Poétique du récit, *par Roland Barthes*
Wayne Booth, Wolfgang Kayser et Philippe Hamon
79. Les Libérateurs de l'amour, *par Alexandrian*
80. Le Macroscope, *par Joël de Rosnay*
81. Délivrance, *par Maurice Clavel et Philippe Sollers*
82. Système de la peinture, *par Marcelin Pleynet*
83. Pour comprendre les média, *par M. McLuhan*
84. L'Invasion pharmaceutique
par Jean-Pierre Dupuy et Serge Karsenty
85. Huit Questions de poétique, *par Roman Jakobson*
86. Lectures du désir, *par Raymond Jean*
87. Le Traître, *par André Gorz*
88. Psychiatrie et Antipsychiatrie, *par David Cooper*
89. La Dimension cachée, *par Edward T. Hall*
90. Les Vivants et la Mort, *par Jean Ziegler*
91. L'Unité de l'homme, *par le Centre Royaumont*
1. Le primate et l'homme
par E. Morin et M. Piattelli-Palmarini
92. L'Unité de l'homme, *par le Centre Royaumont*
2. Le cerveau humain
par E. Morin et M. Piattelli-Palmarini
93. L'Unité de l'homme, *par Centre Royaumont*
3. Pour une anthropologie fondamentale
par E. Morin et M. Piattelli-Palmarini
94. Pensées, *par Blaise Pascal*
95. L'Exil intérieur, *par Roland Jaccard*
96. Semeiotiké, recherches pour une sémanalyse
par Julia Kristeva
97. Sur Racine, *par Roland Barthes*
98. Structures syntaxiques, *par Noam Chomsky*
99. Le Psychiatre, son « fou » et la psychanalyse
par Maud Mannoni
100. L'Écriture et la Différence, *par Jacques Derrida*
101. Le Pouvoir africain, *par Jean Ziegler*
102. Une logique de la communication
par P. Watzlawick, J. Helmick Beavin, Don D. Jackson
103. Sémantique de la poésie, *par T. Todorov, W. Empson*
J. Cohen, G. Hartman, F. Rigolot
104. De la France, *par Maria-Antonietta Macciocchi*

105. Small is beautiful, *par E. F. Schumacher*
106. Figures II, *par Gérard Genette*
107. L'Œuvre ouverte, *par Umberto Eco*
108. L'Urbanisme, *par Françoise Choay*
109. Le Paradigme perdu, *par Edgar Morin*
110. Dictionnaire encyclopédique des sciences du langage *par Oswald Ducrot et Tzvetan Todorov*
111. L'Évangile au risque de la psychanalyse (tome 1) *par Françoise Dolto*
112. Un enfant dans l'asile, *par Jean Sandretto*
113. Recherche de Proust, *ouvrage collectif*
114. La Question homosexuelle, *par Marc Oraison*
115. De la psychose paranoïaque dans ses rapports avec la personnalité, *par Jacques Lacan*
116. Sade, Fourier, Loyola, *par Roland Barthes*
117. Une société sans école, *par Ivan Illich*
118. Mauvaises Pensées d'un travailleur social *par Jean-Marie Geng*
119. Albert Camus, *par Herbert R. Lottman*
120. Poétique de la prose, *par Tzvetan Todorov*
121. Théorie d'ensemble, *par Tel Quel*
122. Némésis médicale, *par Ivan Illich*
123. La Méthode
   1. La nature de la nature, *par Edgar Morin*
124. Le Désir et la Perversion, *ouvrage collectif*
125. Le Langage, cet inconnu, *par Julia Kristeva*
126. On tue un enfant, *par Serge Leclaire*
127. Essais critiques, *par Roland Barthes*
128. Le Je-ne-sais-quoi et le Presque-rien
   1. La manière et l'occasion
   par Vladimir Jankélévitch
129. L'Analyse structurale du récit, Communications 8 *ouvrage collectif*
130. Changements, Paradoxes et Psychothérapie *par P. Watzlawick, J. Weakland et R. Fisch*
131. Onze Études sur la poésie moderne, *par Jean-Pierre Richard*
132. L'Enfant arriéré et sa mère, *par Maud Mannoni*
133. La Prairie perdue (Le Roman américain), *par Jacques Cabau*
134. Le Je-ne-sais-quoi et le Presque-rien
   2. La méconnaissance, *par Vladimir Jankélévitch*
135. Le Plaisir du texte, *par Roland Barthes*
136. La Nouvelle Communication, *ouvrage collectif*
137. Le Vif du sujet, *par Edgar Morin*

138. Théories du langage, Théories de l'apprentissage
par le Centre Royaumont
139. Baudelaire, la Femme et Dieu, *par Pierre Emmanuel*
140. Autisme et Psychose de l'enfant, *par Frances Tustin*
141. Le Harem et les Cousins, *par Germaine Tillion*
142. Littérature et Réalité, *ouvrage collectif*
143. La Rumeur d'Orléans, *par Edgar Morin*
144. Partage des femmes, *par Eugénie Lemoine-Luccioni*
145. L'Évangile au risque de la psychanalyse (tome 2)
par Françoise Dolto
146. Rhétorique générale, *par le Groupe μ*
147. Système de la mode, *par Roland Barthes*
148. Démasquer le réel, *par Serge Leclaire*
149. Le Juif imaginaire, *par Alain Finkielkraut*
150. Travail de Flaubert, *ouvrage collectif*
151. Journal de Californie, *par Edgar Morin*
152. Pouvoirs de l'horreur, *par Julia Kristeva*
153. Introduction à la philosophie de l'histoire de Hegel
par Jean Hyppolite
154. La Foi au risque de la psychanalyse
par Françoise Dolto et Gérard Sévérin
155. Un lieu pour vivre, *par Maud Mannoni*
156. Scandale de la vérité, *suivi de* Nous autres Français
par Georges Bernanos
157. Enquête sur les idées contemporaines
par Jean-Marie Domenach
158. L'Affaire Jésus, *par Henri Guillemin*
159. Paroles d'étranger, *par Élie Wiesel*
160. Le Langage silencieux, *par Edward T. Hall*
161. La Rive gauche, *par Herbert R. Lottman*
162. La Réalité de la réalité, *par Paul Watzlawick*
163. Les Chemins de la vie, *par Joël de Rosnay*
164. Dandies, *par Roger Kempf*
165. Histoire personnelle de la France, *par François George*
166. La Puissance et la Fragilité, *par Jean Hamburger*
167. Le Traité du sablier, *par Ernst Jünger*
168. Pensée de Rousseau, *ouvrage collectif*
169. La Violence du calme, *par Viviane Forrester*
170. Pour sortir du XXe siècle, *par Edgar Morin*
171. La Communication, Hermès I, *par Michel Serres*
172. Sexualités occidentales, Communications 35
ouvrage collectif
173. Lettre aux Anglais, *par Georges Bernanos*

174. La Révolution du langage poétique, *par Julia Kristeva*
175. La Méthode
2. La vie de la vie, *par Edgar Morin*
176. Théories du symbole, *par Tzvetan Todorov*
177. Mémoires d'un névropathe, *par Daniel Paul Schreber*
178. Les Indes, *par Édouard Glissant*
179. Clefs pour l'Imaginaire ou l'Autre Scène
par Octave Mannoni
180. La Sociologie des organisations, *par Philippe Bernoux*
181. Théorie des genres, *ouvrage collectif*
182. Le Je-ne-sais-quoi et le Presque-rien
3. La volonté de vouloir, *par Vladimir Jankélévitch*
183. Le Traité du rebelle, *par Ernst Jünger*
184. Un homme en trop, *par Claude Lefort*
185. Théâtres, *par Bernard Dort*
186. Le Langage du changement, *par Paul Watzlawick*
187. Lettre ouverte à Freud, *par Lou Andreas-Salomé*
188. La Notion de littérature, *par Tzvetan Todorov*
189. Choix de poèmes, *par Jean-Claude Renard*
190. Le Langage et son double, *par Julien Green*
191. Au-delà de la culture, *par Edward T. Hall*
192. Au jeu du désir, *par Françoise Dolto*
193. Le Cerveau planétaire, *par Joël de Rosnay*
194. Suite anglaise, *par Julien Green*
195. Michelet, *par Roland Barthes*
196. Hugo, *par Henri Guillemin*
197. Zola, *par Marc Bernard*
198. Apollinaire, *par Pascal Pia*
199. Paris, *par Julien Green*
200. Voltaire, *par René Pomeau*
201. Montesquieu, *par Jean Starobinski*
202. Anthologie de la peur, *par Éric Jourdan*
203. Le Paradoxe de la morale, *par Vladimir Jankélévitch*
204. Saint-Exupéry, *par Luc Estang*
205. Leçon, *par Roland Barthes*
206. François Mauriac
1. Le sondeur d'abîmes (1885-1933), *par Jean Lacouture*
207. François Mauriac
2. Un citoyen du siècle (1933-1970), *par Jean Lacouture*
208. Proust et le Monde sensible, *par Jean-Pierre Richard*
209. Nus, Féroces et Anthropophages, *par Hans Staden*
210. Œuvre poétique, *par Léopold Sédar Senghor*
211. Les Sociologies contemporaines, *par Pierre Ansart*

212. Le Nouveau Roman, *par Jean Ricardou*
213. Le Monde d'Ulysse, *par Moses I. Finley*
214. Les Enfants d'Athéna, *par Nicole Loraux*
215. La Grèce ancienne (tome 1)
par Jean-Pierre Vernant et Pierre Vidal-Naquet
216. Rhétorique de la poésie, *par le Groupe μ*
217. Le Séminaire. Livre XI, *par Jacques Lacan*
218. Don Juan ou Pavlov
par Claude Bonnange et Chantal Thomas
219. L'Aventure sémiologique, *par Roland Barthes*
220. Séminaire de psychanalyse d'enfants (tome 1)
par Françoise Dolto
221. Séminaire de psychanalyse d'enfants (tome 2)
par Françoise Dolto
222. Séminaire de psychanalyse d'enfants
(tome 3, Inconscient et destins), *par Françoise Dolto*
223. État modeste, État moderne, *par Michel Crozier*

Collection Points

SÉRIE ACTUELS

A1. Lettres de prison, *par Gabrielle Russier*
A2. J'étais un drogué, *par Guy Champagne*
A3. Les Dossiers noirs de la police française
par Denis Langlois
A4. Do It, *par Jerry Rubin*
A5. Les Industriels de la fraude fiscale, *par Jean Cosson*
A6. Entretiens avec Allende, *par Régis Debray* (épuisé)
A7. De la Chine, *par Maria-Antonietta Macciocchi*
A8. Après la drogue, *par Guy Champagne*
A9. Les Grandes Manœuvres de l'opium
par Catherine Lamour et Michel Lamberti
A10. Les Dossiers noirs de la justice française
par Denis Langlois
A11. Le Dossier confidentiel de l'euthanasie
par Igor Barrère et Étienne Lalou
A12. Discours américains, *par Alexandre Soljénitsyne*
A13. Les Exclus, *par René Lenoir* (épuisé)
A14. Souvenirs obscurs d'un Juif polonais né en France
par Pierre Goldman
A15. Le Mandarin aux pieds nus, *par Alexandre Minkowski*
A16. Une Suisse au-dessus de tout soupçon, *par Jean Ziegler*
A17. La Fabrication des mâles
par Georges Falconnet et Nadine Lefaucheur
A18. Rock babies, *par Raoul Hoffmann et Jean-Marie Leduc*
A19. La nostalgie n'est plus ce qu'elle était
par Simone Signoret
A20. L'Allergie au travail, *par Jean Rousselet*
A21. Deuxième Retour de Chine
par Claudie et Jacques Broyelle et Évelyne Tschirhart
A22. Je suis comme une truie qui doute, *par Claude Duneton*
A23. Travailler deux heures par jour, *par Adret*
A24. Le rugby, c'est un monde, *par Jean Lacouture*
A25. La Plus Haute des solitudes, *par Tahar Ben Jelloun*
A26. Le Nouveau Désordre amoureux
par Pascal Bruckner et Alain Finkielkraut
A27. Voyage inachevé, *par Yehudi Menuhin*
A28. Le communisme est-il soluble dans l'alcool ?
par Antoine et Philippe Meyer

A29. Sciences de la vie et Société
par François Gros, François Jacob et Pierre Royer
A30. Anti-manuel de français
par Claude Duneton et Jean-Pierre Pagliano
A31. Cet enfant qui se drogue, c'est le mien
par Jacques Guillon
A32. Les Femmes, la Pornographie, l'Érotisme
par Marie-Françoise Hans et Gilles Lapouge
A33. Parole d'homme, *par Roger Garaudy*
A34. Nouveau Guide des médicaments, *par le Dr Henri Pradal*
A35. Rue du Prolétaire rouge, *par Nina et Jean Kéhayan*
A36. Main basse sur l'Afrique, *par Jean Ziegler*
A37. Un voyage vers l'Asie, *par Jean-Claude Guillebaud*
A38. Appel aux vivants, *par Roger Garaudy*
A39. Quand vient le souvenir, *par Saul Friedländer*
A40. La Marijuana, *par Solomon H. Snyder*
A41. Un lit à soi, *par Évelyne Le Garrec*
A42. Le lendemain, elle était souriante..., *par Simone Signoret*
A43. La Volonté de guérir, *par Norman Cousins*
A44. Les Nouvelles Sectes, *par Alain Woodrow*
A45. Cent Ans de chanson française, *par Chantal Brunschwig*
Louis-Jean Calvet et Jean-Claude Klein
A46. La Malbouffe, *par Stella et Joël de Rosnay*
A47. Médecin de la liberté, *par Paul Milliez*
A48. Un Juif pas très catholique, *par Alexandre Minkowski*
A49. Un voyage en Océanie, *par Jean-Claude Guillebaud*
A50. Au coin de la rue, l'aventure
par Pascal Bruckner et Alain Finkielkraut
A51. John Reed, *par Robert Rosenstone*
A52. Le Tabouret de Piotr, *par Jean Kéhayan*
A53. Le temps qui tue, le temps qui guérit
par le Dr Fernand Attali
A54. La Lumière médicale, *par Norbert Bensaïd*
A55. Californie (Le Nouvel Age)
par Sylvie Crossman et Édouard Fenwick
A56. La Politique du mâle, *par Kate Millett*
A57. Contraception, Grossesse, IVG
par Pierrette Bello, Catherine Dolto et Aline Schiffmann
A58. Marthe, *anonyme*
A59. Pour un nouveau-né sans risque
par Alexandre Minkowski
A60. La vie tu parles, *par Libération*
A61. Les Bons Vins et les Autres, *par Pierre-Marie Doutrelant*

A62. Comment peut-on être breton ?, *par Morvan Lebesque*
A63. Les Français, *par Theodore Zeldin*
A64. La Naissance d'une famille, *par T. Berry Brazelton*
A65. Hospitalité française, *par Tahar Ben Jelloun*
A66. L'Enfant à tout prix
par Geneviève Delaisi de Parseval et Alain Janaud
A67. La Rouge Différence, *par F. Edmonde Morin*
A68. Regard sur les Françaises, *par Michèle Sarde*
A69. A hurler le soir au fond des collèges, *par Claude Duneton avec la collaboration de Frédéric Pagès*
A70. L'Avenir en face, *par Alain Minc*
A71. Je t'aime d'amitié, *par la revue « Autrement »*
A72. Couples, *par la revue « Autrement »*
A73. Le Sanglot de l'homme blanc, *par Pascal Bruckner*
A74. BCBG, le guide du bon chic bon genre
par Thierry Mantoux
A75. Ils partiront dans l'ivresse, *par Lucie Aubrac*
A76. Tant qu'il y aura des profs
par Hervé Hamon et Patrick Rotman
A77. Femmes à 50 ans, *par Michèle Thiriet et Suzanne Képès*
A78. Sky my Husband ! Ciel mon mari !
par Jean-Loup Chifflet
A79. Tous ensemble, *par François de Closets*
A80. Les Instits. Enquête sur l'école primaire
par Nicole Gauthier, Catherine Guiguon et Maurice A. Guillot
A81. Objectif bébé. Une nouvelle science, la bébologie
par la revue « Autrement »
A82. Nous l'avons tant aimée, la révolution
par Dany Cohn-Bendit
A83. Enfances, *par Françoise Dolto*
A84. Orient extrême, *par Robert Guillain*
A85. Aventurières en crinoline, *par Christel Mouchard*
A86. A la soupe !, *par Plantu*
A87. Kilos de plume, kilos de plomb
par Jean-Louis Yaïch et Dr Gérard Apfeldorfer
A88. Grands Reportages, *collectif*
A89. François Mitterrand ou la tentation de l'histoire
par Franz-Olivier Giesbert
A90. Génération 1. Les Années de rêve
par Hervé Hamon et Patrick Rotman
A91. Génération 2. Les Années de poudre
par Hervé Hamon et Patrick Rotman
A92. Rumeurs, *par Jean-Noël Kapferer*

A93. Éloge des pédagogues, *par Antoine Prost*
A94. Heureux Habitants de l'Aveyron, *par Philippe Meyer*
A95. Milena, *par Margarete Buber-Neumann*
A96. Plutôt russe que mort !, *par Cabu et Claude-Marie Vadrot*
A97. Une saison chez Lacan, *par Pierre Rey*
A98. Le niveau monte, *par Christian Baudelot et Roger Establet*
A99. Les Banlieues de l'Islam, *par Gilles Kepel*
A100. Madame le Proviseur, *par Marguerite Genzbittel*
A101. Naître coupable, naître victime, *par Peter Sichrovsky*
A102. Fractures d'une vie, *par Charlie Bauer*
A103. Ça n'est pas pour me vanter..., *par Philippe Meyer*
A104. Enquête sur l'auteur, *par Jean Lacouture*

Collection Points

SÉRIE ROMAN

DERNIERS TITRES PARUS

R239. Cherchant qui dévorer, *par Luc Estang*
R240. Le Tournant, *par Klaus Mann*
R241. Aurélia, *par France Huser*
R242. Le Sixième Hiver, *par Douglas Orgill et John Gribbin*
R243. Naissance d'un spectre, *par Frédérick Tristan*
R244. Lorelei, *par Maurice Genevoix*
R245. Le Bois de la nuit, *par Djuna Barnes*
R246. La Caverne céleste, *par Patrick Grainville*
R247. L'Alliance, tome 1, *par James A. Michener*
R248. L'Alliance, tome 2, *par James A. Michener*
R249. Juliette, chemin des Cerisiers, *par Marie Chaix*
R250. Le Baiser de la femme-araignée, *par Manuel Puig*
R251. Le Vésuve, *par Emmanuel Roblès*
R252. Comme neige au soleil, *par William Boyd*
R253. Palomar, *par Italo Calvino*
R254. Le Visionnaire, *par Julien Green*
R255. La Revanche, *par Henry James*
R256. Les Années-lumière, *par Rezvani*
R257. La Crypte des capucins, *par Joseph Roth*
R258. La Femme publique, *par Dominique Garnier*
R259. Maggie Cassidy, *par Jack Kerouac*
R260. Mélancolie Nord, *par Michel Rio*
R261. Énergie du désespoir, *par Eric Ambler*
R262. L'Aube, *par Elie Wiesel*
R263. Le Paradis des orages, *par Patrick Grainville*
R264. L'Ouverture des bras de l'homme
par Raphaële Billetdoux
R265. Méchant, *par Jean-Marc Roberts*
R266. Un policeman, *par Didier Decoin*
R267. Les Corps étrangers, *par Jean Cayrol*
R268. Naissance d'une passion, *par Michel Braudeau*
R269. Dara, *par Patrick Besson*
R270. Parias, *par Pascal Bruckner*
R271. Le Soleil et la Roue, *par Rose Vincent*
R272. Le Malfaiteur, *par Julien Green*
R273. Scarlett si possible, *par Katherine Pancol*

R274. Journal d'une fille de Harlem, *par Julius Horwitz*
R275. Le Nez de Mazarin, *par Anny Duperey*
R276. La Chasse à la licorne, *par Emmanuel Roblès*
R277. Red Fox, *par Anthony Hyde*
R278. Minuit, *par Julien Green*
R279. L'Enfer, *par René Belletto*
R280. Et si on parlait d'amour, *par Claire Gallois*
R281. Pologne, *par James A. Michener*
R282. Notre homme, *par Louis Gardel*
R283. La Nuit du solstice, *par Herbert Lieberman*
R284. Place de Sienne, côté ombre
par Carlo Fruttero et Franco Lucentini
R285. Meurtre au comité central
par Manuel Vásquez Montalbán
R286. L'Isolé soleil, *par Daniel Maximin*
R287. Samedi soir, dimanche matin, *par Alan Sillitoe*
R288. Petit Louis, dit XIV, *par Claude Duneton*
R289. Le Perchoir du perroquet, *par Michel Rio*
R290. L'Enfant pain, *par Agustin Gomez-Arcos*
R291. Les Années Lula, *par Rezvani*
R292. Michael K, sa vie, son temps, *par J. M. Coetzee*
R293. La Connaissance de la douleur
par Carlo Emilio Gadda
R294. Complot à Genève, *par Eric Ambler*
R295. Serena, *par Giovanni Arpino*
R296. L'Enfant de sable, *par Tahar Ben Jelloun*
R297. Le Premier Regard, *par Marie Susini*
R298. Regardez-moi, *par Anita Brookner*
R299. La Vie fantôme, *par Danièle Sallenave*
R300. L'Enchanteur, *par Vladimir Nabokov*
R301. L'Ile atlantique, *par Tony Duvert*
R302. Le Grand Cahier, *par Agota Kristof*
R303. Le Manège espagnol, *par Michel del Castillo*
R304. Le Berceau du chat, *par Kurt Vonnegut*
R305. Une histoire américaine, *par Jacques Godbout*
R306. Les Fontaines du grand abîme, *par Luc Estang*
R307. Le Mauvais Lieu, *par Julien Green*
R308. Aventures dans le commerce des peaux en Alaska
par John Hawkes
R309. La Vie et demie, *par Sony Labou Tansi*
R310. Jeune Fille en silence, *par Raphaële Billetdoux*
R311. La Maison près du marais, *par Herbert Lieberman*
R312. Godelureaux, *par Eric Ollivier*

R313. La Chambre ouverte, *par France Huser*
R314. L'Œuvre de Dieu, la part du Diable, *par John Irving*
R315. Les Silences ou la vie d'une femme, *par Marie Chaix*
R316. Les Vacances du fantôme, *par Didier van Cauwelaert*
R317. Le Levantin, *par Eric Ambler*
R318. Beno s'en va-t-en guerre, *par Jean-Luc Benoziglio*
R319. Miss Lonelyhearts, *par Nathanaël West*
R320. Cosmicomics, *par Italo Calvino*
R321. Un été à Jérusalem, *par Chochana Boukhobza*
R322. Liaisons étrangères, *par Alison Lurie*
R323. L'Amazone, *par Michel Braudeau*
R324. Le Mystère de la crypte ensorcelée
par Eduardo Mendoza
R325. Le Cri, *par Chochana Boukhobza*
R326. Femmes devant un paysage fluvial, *par Heinrich Böll*
R327. La Grotte, *par Georges Buis*
R328. Bar des flots noirs, *par Olivier Rolin*
R329. Le Stade de Wimbledon, *par Daniele Del Giudice*
R330. Le Bruit du temps, *par Ossip E. Mandelstam*
R331. La Diane rousse, *par Patrick Grainville*
R332. Les Éblouissements, *par Pierre Mertens*
R333. Talgo, *par Vassilis Alexakis*
R334. La Vie trop brève d'Edwin Mullhouse
par Steven Millhauser
R335. Les Enfants pillards, *par Jean Cayrol*
R336. Les Mystères de Buenos Aires, *par Manuel Puig*
R337. Le Démon de l'oubli, *par Michel del Castillo*
R338. Christophe Colomb, *par Stephen Marlowe*
R339. Le Chevalier et la Reine, *par Christopher Frank*
R340. Autobiographie de tout le monde, *par Gertrude Stein*
R341. Archipel, *par Michel Rio*
R342. Texas, tome 1, *par James A. Michener*
R343. Texas, tome 2, *par James A. Michener*
R344. Loyola's blues, *par Erik Orsenna*
R345. L'Arbre aux trésors, légendes, *par Henri Gougaud*
R346. Les Enfants des morts, *par Henrich Böll*
R347. Les Cent Premières Années de Niño Cochise
par A. Kinney Griffith et Niño Cochise
R348. Vente à la criée du lot 49, par *Thomas Pynchon*
R349. Confessions d'un enfant gâté
par Jacques-Pierre Amette
R350. Boulevard des trahisons, *par Thomas Sanchez*
R351. L'Incendie, *par Mohammed Dib*

R352. Le Centaure, *par John Updike*
R353. Une fille cousue de fil blanc, *par Claire Gallois*
R354. L'Adieu aux champs, *par Rose Vincent*
R355. La Ratte, *par Günter Grass*
R356. Le Monde hallucinant, *par Reinaldo Arenas*
R357. L'Anniversaire, *par Mouloud Feraoun*
R358. Le Premier Jardin, *par Anne Hébert*
R359. L'Amant sans domicile fixe
par Carlo Fruttero et Franco Lucentini
R360. L'Atelier du peintre, *par Patrick Grainville*
R361. Le Train vert, *par Herbert Lieberman*
R362. Autopsie d'une étoile, *par Didier Decoin*
R363. Un joli coup de lune, *par Chester Himes*
R364. La Nuit sacrée, *par Tahar Ben Jelloun*
R365. Le Chasseur, *par Carlo Cassola*
R366. Mon père américain, *par Jean-Marc Roberts*
R367. Remise de peine, *par Patrick Modiano*
R368. Le Rêve du singe fou, *par Christopher Frank*
R369. Angelica, *par Bertrand Visage*
R370. Le Grand Homme, *par Claude Delarue*
R371. La Vie comme à Lausanne, *par Erik Orsenna*
R372. Une amie d'Angleterre, *par Anita Brookner*
R373. Norma ou l'exil infini, *par Emmanuel Roblès*
R374. Les Jungles pensives, *par Michel Rio*
R375. Les Plumes du pigeon, *par John Updike*
R376. L'Héritage Schirmer, *par Eric Ambler*
R377. Les Flamboyants, *par Patrick Grainville*
R378. L'Objet perdu de l'amour, *par Michel Braudeau*
R379. Le Boucher, *par Alina Reyes*
R380. Le Labyrinthe aux olives, *par Eduardo Mendoza*
R381. Les Pays lointains, *par Julien Green*
R382. L'Épopée du buveur d'eau, *par John Irving*
R383. L'Écrivain public, *par Tahar Ben Jelloun*
R384. Les Nouvelles Confessions, *par William Boyd*
R385. Les Lèvres nues, *par France Huser*
R386. La Famille de Pascal Duarte, *par Camilo José Cela*
R387. Une enfance à l'eau bénite, *par Denise Bombardier*
R388. La Preuve, *par Agota Kristof*
R389. Tarabas, *par Joseph Roth*
R390. Replay, *par Ken Grimwood*
R391. Rabbit Boss, *par Thomas Sanchez*
R392. Aden Arabie, *par Paul Nizan*
R393. La Ferme, *par John Updike*

R394. L'Obscène Oiseau de la nuit, *par José Donoso*
R395. Un printemps d'Italie, *par Emmanuel Roblès*
R396. L'Année des méduses, *par Christopher Frank*
R397. Miss Missouri, *par Michel Boujut*
R398. Le Figuier, *par François Maspero*
R399. La Solitude du coureur de fond, *par Alan Sillitoe*
R400. L'Exposition coloniale, *par Erik Orsenna*
R401. La Ville des prodiges, *par Eduardo Mendoza*
R402. La Croyance des voleurs, *par Michel Chaillou*
R403. Rock Springs, *par Richard Ford*
R404. L'Orange amère, *par Didier van Cauwelaert*
R405. Tara, *par Michel del Castillo*
R406. L'Homme à la vie inexplicable, *par Henri Gougaud*
R407. Le Beau Rôle, *par Louis Gardel*
R408. Le Messie de Stockholm, *par Cynthia Ozick*
R409. Les Exagérés, *par Jean- François Vilar*
R410. L'Objet du scandale, *par Robertson Davies*
R411. Berlin mercredi, *par François Weyergans*
R412. L'Inondation, *par Evguéni Zamiatine*
R413. Rentrez chez vous Bogner !, *par Heinrich Böll*
R414. Les Herbes amères, *par Chochana Boukhobza*
R415. Le Pianiste, *par Manuel Vázquez Montalbán*
R416. Une mort secrète, *par Richard Ford*
R417. La Journée d'un scrutateur, *par Italo Calvino*
R418. Collection de sable, *par Italo Calvino*
R419. Les Soleils des indépendances, *par Ahmadou Kourouma*
R420. Lacenaire (un film de Francis Girod), *par Georges Conchon*
R421. Œuvres pré-posthumes, *par Robert Musil*
R422. Merlin, *par Michel Rio*
R423. Charité, *par Éric Jourdan*
R424. Le Visiteur, *par György Konrad*
R425. Monsieur Adrien, *par Franz-Olivier Giesbert*
R426. Palinure de Mexico, *par Fernando Del Paso*
R427. L'Amour du prochain, *par Hugo Claus*
R428. L'Oublié, *par Elie Wiesel*
R429. Temps zéro, *par Italo Calvino*
R430. Les Comptoirs du Sud, *par Philippe Doumenc*
R431. Le Jeu des décapitations, *par Jose Lezama Lima*
R432. Tableaux d'une ex, *par Jean-Luc Benoziglio*
R433. Les Effrois de la glace et des ténèbres, *par Christoph Ransmayr*
R434. Paris-Athènes, *par Vassilis Alexakis*
R435. La Porte de Brandebourg, *par Anita Brookner*
R436. Le Jardin à la dérive, *par Ida Fink*